한국 키즈콘텐츠의 도전

저자 소개

휘민

동국대학교 일반대학원에서 국문학을 전공해 박사학위를 받았다. 2001년『경향신문』
신춘문예에 시, 2011년『한국일보』신춘문예에 동화가 당선되면서 작품 활동을 시작했
다. 시집『생일 꽃바구니』,『온전히 나일 수도 당신일 수도』,『중력을 달래는 사람』이 있
고, 동화집『할머니는 축구 선수』, 동시집『기린을 만났어』, 그림책『빨간 모자의 숲』,
『라 벨라 치따』등을 펴냈다. 현재 동국대학교 미당연구소 전임연구원으로 재직하고
있다.

한국 키즈콘텐츠의 도전

초판 1쇄 인쇄 2024년 4월 12일
초판 1쇄 발행 2024년 4월 25일

지 은 이　　휘민
펴 낸 이　　이대현

책임편집　　이태곤
편집　　　　권분옥 임애정 강윤경
디자인　　　안혜진 최선주 이경진
기획/마케팅　박태훈 한주영
펴낸곳　　　도서출판 역락
주소　　　　서울시 서초구 동광로46길 6-6 문창빌딩 2층 (우-06589)
전화　　　　02-3409-2055(대표), 2058(영업), 2060(편집) FAX 02-3409-2059
이메일　　　youkrack@hanmail.net
홈페이지　　www.youkrackbooks.com
등록　　　　1999년 4월 19일 제303-2002-000014호

ISBN 979-11-6742-637-6 94800
ISBN 979-11-6742-631-4 94080(세트)

KOREAN WAVE HALLYU

한류총서

한국 키즈콘텐츠의 도전

휘 민

역락

머리말

모든 것은 다 교육으로 통한다

교육(education)과 놀이(entertainment)는 한국의 키즈콘텐츠를 대표하는 핵심 키워드다. 이 둘의 결합으로 에듀테인먼트(edutainment)라는 한국 키즈콘텐츠의 정체성이 탄생한다. 그렇지만 에듀테인먼트가 교육과 놀이의 기계적인 결합을 의미하는 것은 아니다. 핵심은 교육에 있다. 요컨대 한국 키즈콘텐츠의 본질은 교육이고, 놀이는 그 방법인 것이다. 이해를 돕기 위해 하나의 사례를 제시하기로 하자.

여기 한 아이가 있다. 지금 아이가 있는 곳은 어머니의 배 속이다. 어머니는 태중 아기의 존재를 확인하는 순간부터 아기를 위한 정서 교육인 태교를 시작한다. 태아에게 좋은 영향을 주기 위해 자신의 몸과 마음, 감정과 행동, 언어 등을 바르게 하고 음식도 가려 먹는다. 아기에게 클래식 음악을 들려 주고 틈틈이 말을 걸어 주며 소통한다. 아기가 태어나 목을 가누기 시작하면 도리도리·곤지곤지·짝짜꿍처럼 소근육을 길러 주는 놀이를 가르친다. 그리고 밤이 되면 아기의 머리맡에서 자장가와 옛이야기를 들려 준다.

아기가 걷기 시작하면 어머니는 집 안 곳곳에 숫자놀이·한글놀이·알파벳 포스터를 붙인다. 이때부터 집은 아이의 두뇌와 정서 발달을 돕는 생생한 유아교육의 현장으로 탈바꿈한다. 아이의 창의력 학습을 위해 프뢰벨이나 몬테소리 같은 교구 회사의 교사가 방문해 가베 수업을 진행하기도 하고, 어머니는 틈틈이 아이에게 그림카드로 놀이를 하며 한글을 가르친다. 본격적인 유아교육 시기가 되면 아이는 어린이집이나 유치원, 혹은 영어유치원에 다닌다. 어린이집이나 유치원에서는 정규 수업과 별개로 민속촌, 어린이박물관, 직업 체험 테마파크 등으로 현장체험 학습을 떠난다. 하원한 뒤에는 집에서 학습지 선생님이나 독서지도 선생님과 수업을 하고, 신체 발달과 예체능 교육을 위해 태권도 학원과 피아노 학원에 다닌다. 주말에는 문화센터에서 발레수업이나 쿠킹 클래스, 퍼포먼스 미술 수업을 듣거나 어머니와 함께 어린이 뮤지컬을 보러 간다.

이상의 사례는 만 6세까지 한국 아이들이 경험하는 다양한 활동들이다. 태교에서 시작된 한국인들의 남다른 교육열은 이미 학령기 이전에 조기교육이라는 이름으로 아이들을 사교육 시장으로 편입시키고 있다. 한국이 세계 최고 수준의 사교육 시장을 개척할 수 있었던 원동력이 여기에 있다. 또한 IQ와 EQ로 상징되는 전인교육에 대한 부모들의 열망은 다채로운 예체능 교육과 체험학습의 장으로 아이들을 이끌고 있다. 그런 까닭에 한국에서는 아이들이 체험하는 모든 활동이 어떤 방식으로든 교육과 연관되어 있다고 해도 틀린 말이 아니다.

넷플릭스 드라마 〈오징어 게임〉(2021)에 등장하는 한국 아동들의 놀이문화가 시사하듯이, 예로부터 한국문화에는 유아교육의 목적과 연동된 놀이문화가 매우 풍부했다. 공기놀이·제기차기·고무줄놀이·줄다리기 같은 전통 놀이를 하면서 아이는 신체 수련과 더불어 협동심을 기를 수 있었다. 산가지놀이와 칠교놀이를 하면서 아이는 자연스럽게 창의력과 집중력, 공간지각력을 향상시켰다. 전통놀이 속에도 재미를 통해 교육적 효과를 노리려는 한국 아동교육의 속성이 잘 녹아 있는 것이다. 이처럼 한국의 키즈콘텐츠는 교육적 효용성과 오락성이 풍부하다.

또 다른 특성 중 하나는 한국의 키즈콘텐츠에 깃든 긍정적인 세계관이다. 예로부터 우리 조상들은 놀이를 통해 공동체 의식을 기르고 결속력을 다져왔다. 이것은 비단 놀이문화뿐만 아니라 문학이나 애니메이션처럼 스토리텔링을 근간으로 한 콘텐츠에서도 확인할 수 있다. 비록 자신이 처한 현실이 녹록치 않을지라도 주인공은 약자를 돕는 일과 공동체의 이익을 위한 노력을 게을리하지 않는다. 이를 통해 현실의 불행을 창조적인 방식으로 극복하고 모두가 행복한 공공선의 세계를 지향한다. 서구의 블록버스터처럼 한 사람의 뛰어난 영웅이 아니라, 다수의 범인(凡人)이 연대해 위기를 극복하는 서사는 한국의 키즈콘텐츠에서도 어렵지 않게 찾아볼 수 있다.

그러나 영어 단어 키즈와 콘텐츠의 조합으로 이루어진 키즈 콘텐츠(Kids Contents)라는 말은 아직 한국에서 공식적으로 정의되지 않았다. 일반적으로 어린이들을 위해 제작·공급되는 각종 문화 정보나 그 내용물이라고 이해할 수 있지만, 여기서 정작 문제가 되는 것은 '키즈'의 개념이다. 한국에서 '키즈'는 보통 아동으로 통용되지만 영어 사전에서 'Kids'는 아동과 청소년을 아우르는 단어다. 한국도 미국과 마찬가지로 아동과 청소년의 개념에 대한 경계가 모호하다. 관련 호칭도 유아·어린이·아동·청소년·연소자·미성년 등으로 다양하며 법률마다 연령 기준도 다르다. 국제법에서도 유사해서 UN이 정한 아동권리조약은 18세 미만자에 대한 권리를 포괄적으로 명시하고 있다.[1]

그럼 '키즈'라는 개념은 한국에서 어떻게 사용되었을까. '키즈'가 한국 언론에 처음 등장한 것은 미국의 보이 밴드 뉴키즈온더블럭의 내한 공연 소식을 보도한 1992년 2월 2일 《조선일보》 기사였다(「'뉴키즈' 열병 10대들, 공연벽보까지 "싹쓸이"」). 이후 《조선일보》는 1993년 6월 27일 신한연구소가 발표한 논문을 인용하면서 「한국의 '뉴키즈'들은 누구인가」라는 제하의 기사를 냈다. 여기서 '뉴키즈'는 1970년대 중반에 태어난 10대를 지칭하는 개념

---

1   최윤진, 「아동의 권리와 청소년의 권리」, 『청소년학연구』 제7권 2호, 청소년학연구소, 2000, 278쪽.

으로 쓰이면서 '키즈'는 한국에서 처음으로 세대 담론의 영역으로 본격 편입되었다. 그러다가 'X세대'라는 신조어가 등장하면서 그동안 괄호가 쳐져 있던 '뉴키즈'의 정체성은 한국 사회에서 점차 자유로운 개성을 지닌 신세대 청년을 대변하는 단어로 변화되었다.

이후 키즈라는 외래어는 새로운 어린이 문화 혹은 기존의 어린이나 아동을 대체하는 새롭고 세련된 표현으로 인식되면서 한국인의 생활 속으로 스며 들었다. 1994년에는 '키즈클럽'이라는 외국계 영어학원이 국내에 진출하면서 이름을 알리기 시작했고, '키즈랜드'라는 유아들의 놀이 공간, '키즈월드'라는 백화점 어린이용품 매장, '키즈포토'라는 어린이 전문 사진관에 등장하기도 했다. 이렇듯 사업 영역을 확장하면서 키즈는 한국에서 유·아동 소비자를 지칭하는 개념으로 자리잡았다. 요컨대 용례로만 보면 한국에서 키즈의 개념은 본래 1990년대 초반 사회·문화적 측면에서 세대를 구분하기 위해 사용되었고, 1997년 '키즈 마케팅'이라는 용어를 등장시키면서 줄곧 산업 분야에서 선점 후 대중화되었다고 할 수 있다.

상술한 내용을 바탕으로 이 책은 키즈의 범주를 좀 넓지만 유아부터 18세까지의 미성년이라 상정하고자 한다. 다만 콘텐츠의 성격상 유아와 아동과 청소년에 특화된 장르가 있을 수 있다. 그럼에도 불구하고 키즈콘텐츠의 핵심 타깃은 일반적으로 '1318'이라 불리는 청소년이 아니라 어린이라는 점을 밝혀둔다.

그렇다면 이 책은 키즈콘텐츠라는 이름으로 무엇을 다룰 것인가? 앞서 키즈콘텐츠를 어린이들을 위해 제작·공급되는 각종 문화 정보나 그 내용물이라고 정의한 바 있다. 하지만 어느 시기, 어떤 분야의 콘텐츠인가는 여전히 의문부호 속에 있다. 따라서 이 책에서는 시기적으로는 어린이라는 개념의 등장을 출발선으로 삼아 1920년대부터 2020년대까지 약 100년을 포괄하고자 한다. 분야는 콘텐츠 제작과 향유가 가장 활발한 애니메이션·캐릭터·플랫폼·문학·교육 등 다섯 개를 중심으로 살필 것이다.

이 책은 총 7장으로 구성되었다. 각 장은 두 개의 절로 나누어 내용을 구체화했다. 먼저 1장에서는 어린이라는 개념의 등장과 함께 뿌리내린 한국 아동문학의 대략적인 역사를 짚어보았다. 2~6장에서는 애니메이션·캐릭터·플랫폼·문학·교육 등 핵심 분야의 주요 콘텐츠를 분석했다. 마지막 7장에서는 뉴미디어와의 만남으로 새로운 변화를 시도하고 있는 한국 키즈콘텐츠의 미래에 대한 전망을 담았다.

'한류총서'의 일환으로 씌어진 만큼 오늘날 키즈콘텐츠 한류를 일구어 온 바탕이 무엇인지 밝혀보고자 했다. 그 과정에서 필자가 마주한 것은 실패를 거듭하면서도 가장 우리다운 가치와 정체성을 찾고자 했던 창작자들의 열정과 도전정신이었다. 한류라는 거대한 문화의 흐름 속에서 아직 키즈콘텐츠의 위상은 그리 높지 않다. 그러나 가장 다채롭고 가장 역동적인 장르임은 분명해 보인다. 이것이 한국 키즈콘텐츠의 미래 역량이기에 이 책의 제목에 '도전'을 붙인다.

차례

제1장

한국 키즈콘텐츠의
역사와 전개

1. 어린이의 등장과 아동문학의 탄생

『소년』지의 창간과 초기 아동문단

한국에서 근대적 의미의 아동문
학은 아동이라는 주체의 발견에서
부터 시작되었다. 달리 말하면 '아
동문학'은 아동의 존재를 명시적으
로 드러냄으로써 성립한다. 동화(童
話)·동요(童謠)·동시(童詩)·아동극
(兒童劇) 등 아동문학의 하위 장르
명들은 '아동'을 내세움으로써 여
타 문학 장르와의 차이를 드러내는

최남선이 창간한 근대적 아동잡지
『소년』의 창간호(출처: 국립중앙도서관)

것이다.[1] 이러한 정의는 우리에겐 매우 자연스러운 일이다. 하지
만 하나의 문학 장르로서 아동문학은 이른바 근대 전환기라 할
수 있는 20세기 초에 탄생하게 된다. 조금 더 구체적으로 말하자
면 한국에서 아동문학은 최남선이 창간한 『소년』(1908년 11월)지
에서 시작되어 방정환이 창간한 『어린이』(1923년 3월)지 사이에서
태동했다고 보아야 할 것이다. 그렇다면 왜 1908년인가.

---

1   조은숙, 『한국 아동문학의 형성』, 소명출판, 2009, 11쪽.

　한국 아동문학의 역사에서 1908년은 매우 중요한 두 가지 의미를 지닌다. 첫째, 1908년은 근대적 아동잡지의 효시인 『소년』지가 창간된 해였다. 둘째, 한국 최초의 '우화동화'라고 의미를 부여할 수 있는 안국선의 「금수회의록」이 발표되었다. 『소년』지에 대해서는 다음에서 상술하겠지만 먼저 여기서 주목할 것은 후자이다. 우리에겐 신소설로 알려진 「금수회의록」은 짐승들의 세계를 빌려 인간 사회의 모순을 풍자한 작품이다. 당시에 출간된 신소설들이 주로 권선징악이라는 고답적인 주제의식을 정형화된 작법으로 반복하고 있을 때, 안국선은 동물들을 인격화함으로써 『이솝우화』나 『걸리버 여행기』에 견줄 만한 한국적 우화 형식을 완성해 냈다. 비록 신소설이라는 과도기적 장르의 한계를 안고 있었으나, 혼란스럽던 개화기 당대의 인간 사회를 비판하고 일제의 야욕에 맞서는 민족의식을 드러냈다는 점에서 「금수회의록」은 근대적 우화 형식의 효시라 평가할 수 있는 것이다. 동물의 인격을 빌려 인간 세계를 풍자한 우화로서 「금수회의록」이 당대 사회에 끼친 영향력은 1909년 언론출판규제법에 의하여 금서 조치가 내려졌던 사실에서도 확인할 수 있다. 또한 『이솝우화』가 그러하듯이 친숙한 동물이 나오고 교훈이 들어 있다는 점에서 우화는 그 형식적 특별함으로 인해 독자층을 어린이까지 확장한다.

연구에 따르면 우리나라 최초의 신문인 『한성순보』가 간행된 1883년 이래 『소년』지가 창간되기까지 한국에서 출판된 아동물은 총 35종의 잡지 중 『소년한반도』(1906~1907)가 유일했다. 그러나 1906년 11월 1일자로 창간된 대한제국 최초의 청소년잡지 『소년한반도』는 '소년'이라는 제호를 사용하고는 있었지만, 신학문을 소개하는 교육지의 성격이 강했다. 아직 근대적 의미의 아동잡지는 세상에 나오지 못한 상태였다. 이는 "소년한반도라는 잡지는 대한제국의 독립정신과 자유정신·평등주의로써 국민의 뇌수(腦髓)를 자양하는 신경원소(神經原素)요, 교육계의 학리(學理)를 발명하는 해상등대(海上燈臺)"라고 밝힌 창간 취지에서도 확인할 수 있다.[2]

1908년 11월 1일, 최남선이 창간한 『소년』(1908~1911년, 통권 23호)은 우리나라 최초의 종합 월간지이자 한국 근대 아동문학 잡지의 효시였다. 창간호에서 최남선은 "우리 대한으로 하여금 소년의 나라로 하라. 그리하랴 하면 능히 이 책임을 감당하도록 그를 교도하여라"라며 소년 계몽에 대한 의지를 밝혔다. 이 잡지는 1911년 5월 종간되기까지 주로 청소년을 대상으로 새로운 지식의 보급과 계몽, 강건한 청년 정신의 함양에 힘썼다. 우리나라 최

2   이재철, 『아동문학의 이해』, 국학자료원, 2014, 59쪽.

초의 신체시 「해에게서 소년에게」가 창간호에 실렸으며, 소년들을 위한 아동교양잡지라는 정체성에 맞게 「거인국 표류기」, 「이솝 이야기」, 「로빈슨 무인절도 표류기」 같은 번역물과 춘원 이광수의 단편소설 「어린 희생」을 비롯한 문예물을 소개했다. 아울러 우리나라의 전설, 민담 등을 어린이들에게 맞도록 개작·소개하여 번역동화뿐만 아니라 개작동화의 시초를 마련하였다. 이후 『소년』지의 정체성은 최남선이 펴낸 후속 문예지들인 『붉은 저고리』(1913년, 통권 12호), 『아이들 보이』(1913~1914년, 통권 12호), 『새별』(1913~1915년, 통권 16호) 등으로 이어지며 근대 아동문학장의 성립에 기여하였다.

이처럼 경술국치를 전후한 시기에 태동한 근대 아동문학은 계몽운동과 문화운동의 성격이 강했다. 최남선은 『소년』부터 『새별』까지 네 권의 잡지를 출간하고 새로운 아동관을 제시하면서 아동문화운동에 선구적 발자취를 남겼다. 이광수는 최남선·홍명희·문일평과 함께 『소년』의 발행에 참여하면서 시·소설·문학론·논설 등을 활발하게 발표하였다. 1910년에는 루소의 「에밀」에서 영감을 받아 『황성신문』에 봉건적인 교육 방법을 비판하는 「정육론(情育論)」을 발표했으며, 1918년에는 유교적인 가족제도와 봉건적 인권 사상을 비판한 논문 「자녀중심론」을 발표하며 근대적 아동관 형성에 힘을 실었다. 이를 통해 이광수는 전환기의 새로운 가정과 자녀들의 신교육을 추구하는 자아 각성의 지향의식을 회복할 것을 주장하였다. 이처럼 최남선과 이광수가 적극적으로 주도한 태동기 한국 아동문학은 계몽적인 문화운동 이자 민족 자주성을 고취시키기 위한 민족운동의 성격을 강하게 드러내며 방정환이 주도한 어린이 문학운동으로 이어졌다.

『어린이』지의 탄생과 소파 방정환

소파 방정환(1899~1931)이 아동문단에 본격적으로 등장한 것은 1922년이었다. 당시 그는 개벽사에서 세계 명작동화를 번안·개작한 동화집 『사랑의 선물』을 펴내 독자들의 큰 사랑을 받았다. 방정환이 일본 유학 중이던 1921년 번역한 이 동화집에는 안데르센, 그림 형제, 샤를 페로, 오스카 와일드 등 내로라하는 서양 작가들의 명작동화 10편이 수록되어 있었다. 작품들은 주로 권선징악적 주제를 담고 있었는데 서문에서 방정환은 "학대받고, 짓밟히고, 차고 어두운 속에서 또 우리처럼 자라는 어린 영(靈)들을 위하여 그윽이 동정하고 아끼는 사랑의 첫 선물로 나는 이 책을 짰습니다."라고 밝히며 어린이에 대한 남다른 애정을 피력하였다. 서구의 동화가 국내에 유입된 것은 갑오경장 이후 일본을 통해서였지만, 이 책은 우리나라 최초의 번안 동화집이라는 점에서 문학사적 의의가 크다.

소파 방정환과 『어린이』 창간호 첫장(출처: 독립기념관)

　　방정환의 등장과 함께 근대 아동문단은 보다 확고한 입지를 다질 수 있게 되었다. 동경에서 편집하고 서울 개벽사에서 발행을 대행한 월간지 『어린이』는 단연 그 중심에 있었다. 1923년 3월 20일 창간된 순수 아동문학 잡지 『어린이』는 동요·동화·동극 등으로 나누어 아동문학의 장르를 확립하였다. 마해송의 「어머니의 선물」·「바위나리와 아기별」 등 창작동화를 소개하는 한편, 좋은 창작 동요를 다수 게재하였다. 동시라는 용어도 처음 사용하였다. 윤석중·이원수·서덕출·박목월·윤복진 등 한국 아동문학사의 큰 별들을 발굴하고 길러낸 것 또한 『어린이』지였다. 지금까지도 어린이들에게 애송되는 동요인 유지영의 〈고드름〉(1924), 윤극영의 〈반달〉(1924), 서덕출의 〈봄편지〉(1925), 이원수의

〈고향의 봄〉(1926), 윤복진의 〈바닷가에서〉(1926)를 비롯하여 많
은 동요가 이 잡지에 실렸다.

　『어린이』의 성공은 이후 『신소년』을 비롯하여 『샛별』, 『어
린 벗』, 『새벗』 등 수많은 어린이 잡지가 창간되는 계기가 되었
으며, 이는 그동안 우리 사회에서 무시되거나 배제되었던 어린
이의 존재를 새롭게 각인시켰다.[3] 이로써 『어린이』는 우리나라
최초의 아동문예지이자 초기 아동문화운동을 이끌었던 교량으
로 우뚝 서게 되었다. 이는 어린이가 문학 향유의 주체가 되었음
을 의미하는 것이기도 하다. 이처럼 1920년대는 아동문학이 독
자적인 장르로 성립해서 소년운동과 더불어 폭넓은 사회적 반
향을 불러일으킨 시기였다. 이 시기에 이르러 전문작가·매체·
아동독자의 삼위일체가 이루어졌으며, 당시 소년운동과 호응을
이루며 아동문학의 주요 발표 무대가 되었던 매체는 『어린이』
(1923~1935), 『신소년』(1923~1934), 『별나라』(1926~1935), 『아이생활』
(1926~1944) 등이었다.[4]

　소파 방정환은 아동문학계에 축복과도 같은 존재였다. 3·1운
동이 일어나자 독립선언문을 배포하다가 일본 경찰에 체포되어

3　김대용, 「방정환의 '어린이'와 '소년' 개념에 대한 논의」, 『한국교육사학』 32권 2
　　호, 한국교육사학회, 2010, 2쪽.
4　이재철, 『한국 아동문학의 계보와 정전』, 청동거울, 2018, 10쪽.

고문을 받기도 했던 그는 어린이들에게 민족정신을 고취하고자
하였다. 1920년 일본 도요대학 철학과에 입학하여 아동예술과
아동심리학을 연구했으며, 1921년에는 '천도교소년회'를 조직하
여 본격적으로 소년운동을 전개하였다. 1922년 5월 1일에는 '어
린이의 날'을 제정할 것을 선창하였고, 1923년 3월 20일 어린이
문예지 『어린이』를 창간하였다. 같은 해에 조재호·고한승·진장
섭·정병기·윤극영·손진태 등의 일본 유학생들과 함께 어린이운
동단체 색동회를 창립했으며, 5월 1일에는 서울에서 제1회 '어린
이날' 기념식을 거행하였다. 그날 서울 시내에는 어린이에 대한
인식을 일깨우고 소년운동의 근본 취지 등을 밝힌 선전지 12만
장이 뿌려졌다. 전문은 다음과 같다.

1. 취지
젊은이나 늙은이는 일의 희망이 없다. 우리는 오직 나머지
힘을 다하여 가련한 우리 후생(後生)되는 어린이에게 희망을
주고 길을 열어 주자.

2. 소년운동의 기초 조건
본 소년운동회는 '어린이날'의 첫 기념이 되는 5월 1일인
오늘에 있어 고요히 생각하고, 굳이 결심한 끝에 감히 아래와

같은 세 조건의 표방을 소리쳐 전하여 이에 형제 천하의 심심
한 주의와 공명과 또는 협동 실행이 있기를 바라는 바이다.

　어린이를 재래의 윤리적 압박으로부터 해방하여 그들에게
대한 완전한 인격적 대우를 허(許)하게 하라.

　어린이를 재래의 경제적 압박으로부터 해방하여 만 14세
이하의 그들에게 대한 무상 또는 유상의 노동을 폐하게 하라.

　어린이 그들이 고요히 배우고 즐거이 놀기에 족한 각양의
가정 또는 사회적 시설을 행하게 하라. 〈계해 5월 1일 소년운
동협회〉

　3. 어른에게 드리는 글

　어린이를 내려다보지 마시고 치어다 보아주시오.

　어린이를 가까이 하시어 자주 이야기하여 주시오.

　어린이에게 경어를 쓰시되 늘 보드랍게 하여 주시오.

　이발이나 목욕, 의복 같은 것을 때맞춰 하도록 하여 주시오.

　잠자는 것과 운동하는 것을 충분히 하여 주시오.

　산보와 원족 같은 것을 가끔가끔 시켜주시오.

　어린이를 책망하실 때에는 쉽게 성만 내지 마시고 자세 자
세히 타일러 주시오.

　어린이들이 서로 모여 즐겁게 놀 만한 놀이터와 기관 같은
것을 지어 주시오.

　대우주의 뇌신경의 말초는 늙은이에게 있지 아니하고 오

직 어린이들에게만 있다는 것을 늘 생각하여 주시오.

4. 어린이날의 약속
오늘이 어린이날, 희망의 새 명절 어린이날입니다.

5. 어린 동무들에게
돋는 해와 지는 해를 반드시 보기로 합시다.

어른들에게는 물론이고 당신들끼리도 서로 존대하기로 합시다.

뒷간이나 담벽에 글씨를 쓰거나 그림 같은 것을 그리지 말기로 합시다.

꽃이나 풀을 꺾지 말고 동물을 사랑하기로 합시다.

전차나 기차에서는 어른에게 자리를 사양하기로 합시다.

입은 꼭 다물고 몸은 바르게 가지기로 합시다.[5]

인용문에서 방정환은 어린이에게 "완전한 인격적 대우"를 해 줄 것과 "무상 또는 유상의 노동"으로부터 벗어나도록 할 것과 "고요히 배우고 즐거이 놀기에 족한" 가정과 사회를 만들어 줄 것을 주문하고 있다. 이처럼 아동을 독립된 인격체로 존중하고

---

5   김자연, 『아동문학 이해와 창작의 실제』, 청동거울, 2003, 57~58쪽에서 재인용.

'어린이'라는 용어로 격상시킨 것은 방정환의 업적이라 할 수 있다. 여기서 주목할 것은 이러한 사유의 바탕에 천도교의 개벽사상(開闢思想)이 자리한다는 점이다.

　방정환이 주창한 '새로운 어린이'는 동학의 창시자인 수운 최제우의 시천주(侍天主)에서 연유하였다. 수운의 시천주 사상은 해월 최시형과 방정환의 장인이자 천도교의 제3세 교주였던 의암 손병희에게 이어져 개벽사상의 바탕이 되었다. 개벽은 '변화한다'는 뜻과 '열리다'라는 뜻을 담고 있는데 개벽사상은 한국 신종교의 핵심 이념이며, 전통 사회의 모순과 폐단을 직시하고 새로운 사회적 이념을 제시하는 역할을 한다. 이런 맥락에서 방정환은 개벽정신을 기반으로 어린이가 작은 어른이 아닌 온전한 인격체라고 보았다. 그리고 그는 식민지 시기에 어린이 교육운동을 통해, '스스로 판단하고 선택하며 그 결정을 하는 주체적인 어린이'를 키우는 일에 몰두하였다. 방정환은 식민지 조선의 미래를 상징하는 개벽적 존재로서 어린이의 주체성을 강조하였던 것이다.[6]

6　이정아, 「천도교 개벽사상을 기반으로 한 방정환 어린이교육운동의 현재적 함의」, 『방정환연구』 5권, 방정환연구소, 2021, 173~174쪽.

어린이라는 새로운 주체의 발견

'어린이'라는 말은 18세기 말엽 근대 우리말에서 유(幼)의 번역어로 사용되었으며, '어리다'는 우(愚)와 유(幼)의 두 가지 뜻을 지니고 있었다. 최남선은 『소년』 창간호(1908), 『붉은 저고리』 4호(1913)와 『청춘』 창간호(1914) 등에서 어린이를 어리며, 어리석다는 의미로 사용한 바 있었다. 그는 어린이와 소년을 명확하게 구분하였다. 최남선이 소년과 어린이를 구분할 때 소년은 아동보다는 오히려 성인에 가까우며, 어린이는 아동에 가까운 개념이었다. 이처럼 1920년대 이전에 어린이라는 용어는 극히 드물게 사용되었으며, 용법도 크게 달랐다는 점에서 어린이라는 용어는 1920년대에 나타난 신생어라고 할 수 있다.[7]

'어린이'라는 기표가 본격적으로 사용된 것은 1920년대부터였다. 방정환과 함께 색동회를 이끌었던 윤극영에 따르면 그것은 색동회의 준비 모임에서 나온 것임을 알 수 있다. 그들은 '소년'이나 '아이' 같은 말은 무언가 부족하거나 모자란다는 의미로 해석될 우려가 있어 처음부터 거론도 하지 않았다고 한다. 독립적인 주체로서 '늙은이', '젊은이'와 대등한 사람이라는 것을 강조하기 위한 어휘로서 '어린이'를 채택한 것이다. 그러므로 '어린

⎯⎯⎯⎯⎯⎯⎯⎯

7   김대용, 앞의 논문, 3쪽.

이'라는 개념에는 아무리 나이 어린 아이라 할지라도 존중받을
인격이 있음을 선언하고, 미성년들을 억압하는 기성의 문화를
비판하고자 한 의도가 깃들어 있음을 알 수 있다. 앞서 인용한 어
린이날 기념 선전지에서도 나타난 것처럼 방정환과 색동회 회원
들은 어린이 해방과 인격적 평등을 운동의 요체로 내세우며 당
대의 미성년들을 새로운 담론의 장으로 이끌었다.

　물론 의미적으로 보면 '어린이'는 '소년'과 크게 다르지 않다.
'어린이'라는 기표의 등장 이전에 '소년'은 기존의 계몽 담론에
서 익숙하게 사용해 오던 말이었다. 그러나 '소년'은 그 익숙함으
로 인해 이미 나름의 상(像)을 형성하면서 관용적인 수사와 용법
을 축적하고 있는 상태였다. 이에 반해 '어린이'는 미성년을 지
칭하는 말이지만 '소년'의 관습화된 이미지와 달리 참신한 느낌
을 불러일으킬 수 있었다.[8] 또한 순우리말이었기에 나랏말을 빼
앗긴 식민지의 백성들에게 민족의식을 고취시키고 장차 나라의
주인이 될 미래 세대를 인식하도록 하기에 더없이 좋은 용어였
다. 이로써 방정환은 '어린이'라는 개념의 도입을 통해 이전 시기
부터 이어진 계몽적 소년 담론을 이어가면서 소년운동의 새로운
방향성을 제시할 수 있었다.

8　조은정, 『한국 아동문학의 형성』, 소명출판, 2009, 92~93쪽.

어린이라는 용어의 등장은 '동심(童心)'을 근간으로 한 문학의 탄생을 알리는 신호탄이 되었다. 사실상 한국의 아동문학은 동심의 개념과 함께 발달해 왔다고 보아도 무방하다. '동심'은 아이를 뜻하는 '동(童)'과 마음을 의미하는 '심(心)'의 결합어로, 한국 작가들이 새로운 글쓰기의 필요성을 정당화하기 위해 내세웠던 개념이라 할 수 있다. '동'은 성인이 아닌 대상의 신체를 암시했고, '심'은 아동을 지적으로 그리고 정서적으로 다루면서, 전적으로 파악이 가능한 존재로 제시했다.[9] 그러므로 동심의 유무는 성인과 구별되는 아동의 가장 중요한 특징이 되며, 세속화된 어른과 달리 어린이만이 지닐 수 있는 순수하고 천진한 마음 상태를 의미한다. 방정환은 「어린이 찬미」에서 어린이를 "어린 한우님"이라 칭하며 "하로도 삼천가지 마음"으로 살아가야 하는 성인들에게 어린이는 "큰 구제의 길"이자 "새로운 위안"이 되는 존재라고 칭송한 바 있다.[10] 이 같은 방정환의 사상은 동심 천사주의라는 비판을 받기도 하지만 그가 창간한 『어린이』는 1920년대 아동잡지의 황금시대를 열게 된다.

그러나 1920년대 후반, 카프를 중심으로 한 계급문학이 득세

---

9 다프나 주르, 『근대 한국 아동문학: 동심과 미래상 그리기』, 세계아동청소년 문학연구회 옮김, 소명출판, 2022, 24~25쪽.

10 방정환, 「어린이 찬미」, 『신여성』 6호, 1924. 6.

하면서 아동문단은 크게 천사적 동심주의 계열, 투쟁적 계급주의 계열, 선교적 교양주의 계열 등 세 분파로 나뉘게 된다.[11] 당대 문단의 이러한 역학 구도의 영향으로 방정환이 타계한 이후『어린이』역시 9권 12호(1931년 12월호)부터 프로문학 경향을 띠었으며,『별나라』와『신소년』은 프로문학을 선도적으로 이끌어 나갔다.[12] 그러나 식민지 현실 속 고통받는 아이들의 모습을 반영했지만 지나친 목적성과 상상력의 퇴조라는 문학적 한계를 드러내기도 했다.

해방 이후 아동문단

자주가 아닌 외세에 의한 독립이었기에 해방 후 한반도는 서구 열강들의 각축장이 되었다. 정치적 혼란 속에서 문단도 좌우익으로 나뉘어 극심한 대립을 이어갔다. 먼저 좌익 계열은 1945년 해방 직후 조선문학건설본부와 조선프롤레타리아 문학동맹을 조직했다가 1946년 2월에 조선문학가동맹으로 통합되었다. 우익 계열은 1946년 4월에 조선청년문학가협회를 설립하며 이념적으로 맞섰다. 이 무렵 좌익 계열에서는 사회주의 노선을 따

---

11   이재철, 앞의 책, 78쪽.
12   김자연, 앞의 책, 60쪽.

르는 아동지 『새동무』(1945)가, 우익 계열에서는 1948년 해방 전 『어린이』지를 잇는 『소년』지가 고한승에 의해 발간되었다.[13]

그러나 1948년 8월, 남북한 단독정부 수립 후 채 2년도 안 되어 발발한 한국전쟁으로 문학인들은 또다시 이데올로기에 따라 남북으로 갈라설 수밖에 없었다. 한국전쟁 후 전란으로 황폐해진 당대에는 허무의식이 팽배해지면서 아동문단에서도 통속성과 대중성이 강한 작품들이 범람하는 기현상이 발생했다. 이는 성인 문단에서 활동하던 인기 작가들이 대거 아동문학에 참여하면서 심화된 현상이었다. 이 시기 아동문단의 전반적인 특징으로는 동시의 퇴조와 산문문학의 발달을 들 수 있다. 특히, 소설 구조를 기반으로 한 아동소설의 등장과 마해송과 이원수에 의해 탄생한 장편동화, 구성의 합리성과 환상을 중시하는 작품 경향 등을 꼽을 수 있다.[14]

1960년대 아동문단의 주요 성과 중 하나는 아동극운동과 아동문학에 대한 본격 비평이 활발해진 점을 들 수 있다. 아동극은 질과 양 모두에서 내실 있는 성장을 이루었고, 이원수·윤석중·어효선·이재철 등이 이론 탐구를 이어갔다. 어린이 잡지의 창간

---

13   장영희·정미라, 『아동문학교육의 이론과 실제』, 공동체, 2015, 33쪽.
14   김지연, 앞의 책, 62쪽.

도 이어졌다. 어문각에서 나온 『새소년』(1964)은 어효선이 6·25
전쟁으로 중단된 잡지 『소년』을 계승하기 위하여 창간한 잡지였
다. 이후 영부인 육영수가 초대 발행인 겸 편집인을 맡았던 어린
이 종합잡지 『어깨동무』(1967)가 창간되었다. 『소년한국』(1960)·
『소년동아』(1964)·『소년조선』(1965) 등의 아동신문도 발행되었고,
방정환·강소천·마해송·류여촌의 개인 전집과 아동문학 선집 등
이 활발하게 출판되면서 아동문단이 점점 풍성해졌다.

1970년대가 되면 각종 문학상이 제정되면서 아동문학 작가들
의 창작 의욕이 한층 고조되었다. 여러 동인지가 간행되는 가운
데 사회 현실의 조명, 민족 정서의 회복, 전통성의 재발견 등 다
양한 명제들이 아동문단에 등장하게 되었다. 또한 아동문학의
현실인식에 대한 논의가 활발해지면서 리얼리즘 정신의 수용도
두드러지게 나타났다. 〈창비아동문고〉가 발간되기 시작하면서
한국적 정서를 담은 작품들이 많아졌고, 그림책 분야에서는 동
화출판공사에서 발간한 〈그림나라 100〉 시리즈가 나왔다. 영유
아기의 중요성에 대한 인식과 함께 영아용 그림책에 대한 관심
도 높아져서 샘터사가 〈엄마랑 아기랑〉 시리즈를 발간하기도
했다.[15]

---

15   장영희·정미라, 앞의 책, 34쪽.

1980년대 이후에는 아동문학의 가치에 대한 인식이 높아지면서 아동문학 작가들의 창작도 활발하게 이루어졌다. 1984년에는 8·15광복의 혼란과 6·25전쟁의 소용돌이 속에서 불행한 삶을 살지만 모진 세파를 꿋꿋이 헤쳐나가는 몽실이라는 소녀를 주인공으로 한 권정생의 대표작 『몽실언니』가 출간되었다. 이 책은 출간 당시 어린이책으로는 이례적으로 50만 부 이상 팔려 나가며 독자들의 큰 사랑을 받았다. 1990년에는 TV 드라마로 제작되었고 2000년에는 일본에서 번역 출간되어 좋은 반응을 얻었다.

오랫동안 명맥이 끊어졌던 만화잡지가 이 시기부터 다시 발행되었던 것도 주목할 만하다. 1982년 10월, 만화잡지 『보물섬』이 창간되었는데 1996년 9월 종간될 때까지 당시 어린이들로부터 큰 사랑을 받았다. 『보물섬』은 본래 육영재단이 발간한 어린이 교양잡지 『어깨동무』의 별책부록이었으나, 본책보다 만화만으로 채워진 부록의 인기가 높아 만화잡지로 단독 발행하게 되었다. 잡지 내용을 오직 만화만으로 채운 것은 당시로는 파격적인 시도였다. 『보물섬』의 엄청난 인기에 자극받은 기존의 어린이 잡지들도 만화의 비중을 대폭 늘렸지만 『보물섬』의 아성을 넘어서지는 못했다. 『보물섬』은 1988년 『아이큐 점프』가 창간되기까지 만화잡지 분야에서 1위를 지켜냈다.

1990년대에는 해외 아동문학 작품의 번역 출판뿐만 아니라

우리나라 작품의 해외 진출도 이루어졌다. 국제아동도서협의회
(IBBY: International Board on Books for Young People)의 한국지부로서 한
국아동도서협의회(KBBY)가 조직되었고 1995년에는 프랑스 퐁피
두센터에서 한국 어린이 그림책 전시회가 열렸다. 또한 1996년
부터는 이탈리아에서 열리는 볼로냐 국제어린이도서전에 한국
부스를 설치하고 지속적으로 참가하면서 국내외 작가들의 교류
가 더욱 활발해졌다.[16]

2. 한국 아동문학의 뿌리와 독자성

아동문학과 신화의 연관성

세상의 모든 이야기는 인간의 상상력과 입과 귀가 만들어 낸
합작품이다. 누군가의 머릿속에서 구상된 이야기는 최초의 발화
를 통해 누군가의 귀로 전달되고 누군가의 머릿속에 기억된다.
어린 시절 구수한 옛이야기를 들려 주시던 할머니는 아이가 만
나는 최초의 스토리텔러이자 가장 듬직한 이야기 전승자였다는
사실을 우리는 모두 잘 알고 있다. 이처럼 인간에게는 이야기하

---

16 장영희·정미라, 앞의 책, 35쪽.

려는 본능이 있다. 인간은 이야기를 통해 세상을 이해하고자 한
다. 이야기하는 사람을 뜻하는 '호모나랜스(Home Narrans)'라는 개
념이 가능한 이유가 여기 있다. 쓰다라는 뜻의 라틴어 Hi와 이야
기를 뜻하는 Story의 합성어인 History에도 역시 호모나랜스의 의
미가 담겨 있다. 기억에서 기록으로 이어지는 역사의 전개 과정
은 그러므로 인간의 상상력과 구술성이 결합된 거대한 스토리텔
링의 구조라 할 수 있다.

월터 옹의 말처럼 "언어는 기본적으로는 구술/목소리에 의
존하는 것이라는 사실은 어느 시대에나 변함이 없다."[17] 신화·설
화·민담·전설·전래동화 같은 옛이야기의 가장 큰 특징도 그것
이 본래는 말을 통해 전달되던 이야기였지만 어느 시기엔가 문
자로 기록되어 문학의 영역으로 자리잡았다는 데 있다. 그리고
아동문학은 구술성을 기반으로 성장해 온 옛이야기의 성격이 지
금도 가장 강력하게 남아 있는 문학 장르다. 그 가운데 먼저 한국
키즈콘텐츠의 원형이 되는 신화에 대해 살펴보자.

신화는 우주의 기원, 인간과 자연, 전 존재에 대한 심미적 통
찰을 담은 서사이며, 인간 무의식의 텃밭이다. 신화에는 모든 문

---

17   월터 J. 옹, 『구술문화와 문자문화』, 이기우·임명진 옮김, 문예출판사, 2014,
      16쪽.

화 모든 시대 모든 개인을 보편적으로 아우르는 원형(집단적 무의
식)과 스토리 패턴이 담겨 있다. 이런 이유로 신화는 인간 무의식
의 깊은 속내를 캐는 아리아드네의 실타래이며 시대를 초월해
다양하게 해석되고 변주되는 문화콘텐츠의 원천이 된다. 또한
신화는 한 존재의 도전과 모험, 삶과 죽음, 사랑과 이별을 둘러싼
가장 보편적인 주제를 다룬다. 이는 주인공의 성장을 추구하는
아동문학의 특성과도 일치하는 지점이다. 또한 신화는 인간 세
계를 변형시켜 보는 놀이의 성격을 지닌다는 점에서 신비로움과
환상성을 보유하고 있다. 이를 구현하는 것이 바로 상상력이고
신화적 상상력은 아동문학에서 가장 빈번하게 활용되는 방식이
기도 하다. 이처럼 아동문학에는 신화적 상상력에 바탕을 둔 작
품이 많다. 페리 노들먼도 이야기한 것처럼 "전래동화는 신화가
아니지만, 많은 사람들이 신화는 전래동화가 될 수 있다"[18]고 믿
는 까닭이 여기 있다.

한국 아동문학의 원형을 보여 주는 신화들로 먼저『삼국사
기』,『삼국유사』,『고려사』,『동국여지승람』같은 역사서가 전하
는 단군·김수로왕·박혁거세·탈해왕·김알지·주몽·제주도의 삼
성 시조 신화 등을 꼽을 수 있다. 토테미즘에 기반을 둔 단군신화

---

18 페리 노들먼,『어린이 문학의 즐거움 2』, 김서정 옮김, 시공주니어, 2013, 508쪽.

는 한민족의 뿌리와 고조선의 시작을 이야기하는 대표적인 건국
신화이지만, 아이들에겐 곰이 인간이 되는 변신 이야기로 다가
온다. 또한 건국신화가 대부분 시조의 출생과 신분의 고귀함을
드러내기 위해 난생이라는 화소를 활용하고 있다는 점도 호기심
많은 아이들의 상상력을 자극하기에 충분하다. 예컨대 '부러진
칼날'이라는 신표를 들고 아버지를 찾아나선 유리왕의 이야기
는 그리스 신화 속 테세우스 이야기와 서사적 원형이 일치한다.
이른바 '아버지 찾기'를 통해 자신의 정체성을 찾고 본래의 고귀
한 신분을 회복하는 서사인데, 이는 전형적인 영웅 신화의 예시
라 할 수 있다. 이러한 신화들은 그림책과 동화에 다양하게 녹
아들어 신화 원형에 충실하면서도 신화와 역사가 다 채우지 못
한 행간을 작가의 상상력으로 메우고 흥미로운 작품들을 꾸준
히 탄생시킨다.

여기서 주목할 것은 한국 신화의 특징이다. 일반적으로 신은
인간의 입장에서 숭배와 복종의 대상이다. 그런데 대체로 '지배-
갈등-파괴'로 얼룩진 세계 신화와 달리 한국 신화는 개방적이고
포괄적인 '화합-상생-대동'의 신화들로 충만하다. 천상의 존재인
신과 지상의 존재인 인간의 결합으로 천지인(天地人) 합일을 통
해 평화로운 세상을 구현하고자 한다. 특히 한국 신화에서는 신
과 인간의 관계가 가족관계로 나타나는 경우가 상당수이며 이

관계는 한국인의 신관과 인간관을 잘 보여 준다. 따라서 두 존재
는 상호 결합을 통해 각각 자신의 결핍을 충족하거나 존재론적
상승을 꾀하게 된다. 달리 말하면 한국 신화에서는 신과 인간 모
두 상호 관계 맺기를 통해 원래 존재에서 보다 완성된 혹은 새로
운 존재로 다시 태어나는 것이다. 그리고 보완된 두 존재가 함께
산출한 새로운 존재로 가장 이상적인 인간이 태어난다. 환웅(신)
과 웅녀(인간)의 결합으로 한민족의 시조인 단군이 탄생하는 서
사를 그린 단군신화는 한국 신화가 지닌 이러한 속성을 가장 잘
보여 주는 텍스트다.[19]

모계 중심 설화 속 여성 신들

부계 중심의 건국신화가 주로 문헌신화로서 역사서에 기록되
어 있다면, 여성 신들은 구전신화 속에서 그 모습을 드러낸다. 가
부장적 사회문화의 영향으로 한국에 전승되는 설화 내에 자신의
고유한 이름으로 등장하는 여성 캐릭터는 흔치 않지만 존재감은
남성 신 못지않다. 창조신으로서 대모신의 성격을 지닌 마고할
미, 생산과 출산을 관장하는 신으로서 지모신의 성격을 지닌 당

---

19 오세정, 「한국 신화를 통한 한국 문화의 이해: 신과 인간의 관계 맺기를 중심
으로」, 『한국고전연구』 29호, 한국고전연구학회, 2014, 참조. 김익두, 『한국 신
화를 찾아 떠나는 여행』, 지식산업사, 2021 참조.

금애기(삼신할미), 죽은 사람의 영혼을 위로하고 저승으로 인도하는 무조신인 바리공주(오구신)는 그 대표적인 예이다.

　마고할미는 이 세상의 자연물 또는 지형을 창조한 여신으로 한국의 거인 신화를 대표하는 인물이다. 주로 산, 섬, 하천, 성곽 같은 지형들의 창조에 관여하는데 전국적으로 확인되는 마고할미라는 명칭 외에도 경기 지역의 노고할미, 서해안 지역의 개양할미, 강원도 지역의 서구할미, 제주 지역의 설문대할망처럼 지역에 따라 다양한 이름으로 불린다. 마고할미 서사에서 흥미로운 것은 그녀가 자신의 배설물인 오줌 줄기를 이용해 바위를 깨거나 하천을 만들고 때로 바다의 물길을 바꾸기도 한다는 점이다. 이러듯 여성적 특질과 긴밀하게 연결된 마고할미의 신이함은 기존의 남성 신화에서는 찾기 힘든 능력이다. 특히, 제주도의 창조 신화로도 알려진 설문대할망 신화는 서사의 구조가 무척이나 흥미로워 완성도가 뛰어난 환상동화의 구조를 보여 준다. 내용의 일부를 살펴보면 다음과 같다.

　아주 먼 옛날 탐라에 세상에서 가장 키가 크고 힘이 센 설문대할망이 살고 있었다. 어느 날 잠을 자던 할머니가 벌떡 일어나 앉아 방귀를 뀌었더니 하늘과 땅이 생겨났고, 불꽃 섬은 굉음을 내며 요동치고 시뻘건 불기둥이 하늘로 솟아올랐다. 놀란 할머니는 바닷물과 흙을 삽으로 퍼서 얼른 불을 끄고 치마폭에 흙을 담아 날라 부지런히 한라산을 만들었다. 한 치마폭의 흙으로 한라산을 이루고 치맛자락의 터진 구멍으로 흘러내린 흙들이 모여서 오름들이 생겼다. 또 할망이 싸는 오줌발에 성산포 땅이 뜯겨 나가 우도가 되었다.

이렇듯 풍부한 신화소들은 동화적 상상력과 결합되어 꾸준히 한국 아동문학에 귀중한 젖줄을 대어 주었다. 대표작으로 유은실의 동화 『우리 집에 온 마고할미』(푸른숲어린이)를 들 수 있다. 이 작품은 신화 속 창조 여신 마고할미를 아이들의 일상적 공간으로 불러내 새로운 생명력을 부여한다. 바쁜 엄마를 대신해 집 안일을 해 주는 도우미 할머니를 주인공이 마고할미라 여기면서 벌어지는 갖가지 일화들이 때론 신비롭게, 때론 유머러스하게, 때론 서정적이고 아름답게 그려지면서 지극히 사실적이면서도 환상적인 이야기를 만들어 낸다. 무엇보다 할머니가 밤하늘의 별을 보며 주인공 윤이에게 옛이야기를 들려주는 장면은 우리가 잊고 있는 신화의 가치와 정겨운 스토리텔러였던 대모로서 할머니의 존재감을 되새기게 한다. 어느 날 동네 목욕탕에 나타난 이상한 할머니와 아이의 교감을 그려 낸 백희나의 그림책 『장수탕 선녀님』(책읽는곰) 속 주인공 할머니 또한 그 외피는 '선녀'의 형

상을 하고 있으나 내용에서는 마고할미 신화에서 영감을 얻은
캐릭터라 볼 수 있다. 두 작품 속 할머니들은 그 존재만으로도 신
화가 사라진 시대를 살아가는 아이들에게 특별한 영감과 신비로
운 환상을 심어 준다.

삼신할머니라고도 불리는 당금애기는 옥황상제의 명을 받아
아이의 출산과 수명과 질병 등을 관장하는 신이다. 생산과 출산
을 맡은 신으로 그 역할은 그리스 신화에 나오는 헤라와 비슷하
다. 당금애기는 지모신으로 지금까지 알려진 설화만 60가지가
넘는다. 주인공 이름도 당금애기, 당금아기, 당금각시, 제석님딸
애기, 상남아기, 시준애기 등으로 다양하다. 주요 서사는 다음과
같다.

당금애기는 높은 담장과 열두 대문으로 겹겹이 둘러싸인
집에서 자랐다. 그러던 어느 날 부모와 오빠들이 집을 비운
사이, 시준 님이 당금애기가 예쁘다는 소문을 듣고 찾아온다.
도술로 열두 대문을 모두 열고 집 안으로 들어와 끈질기게 시
주를 요구한다. 당금애기가 쌀로 시주하지만 바랑이 터져 쌀
이 새어 나온다. 시준 님은 당금애기에게 쌀을 다 주워 담으
라고 하고 쌀을 다 줍자 날이 저물어 시준 님이 하룻밤을 묵
게 된다. 결국 당금애기는 처녀의 몸으로 임신을 하게 된다.

그러나 임신한 사실을 들키게 되고 집에서 쫓겨난다. 당금애기는 뒷산 돌구멍에서 세 명의 아이를 낳는다. 건강하게 자란 세 아이는 당금애기에게 아버지에 대해 묻고 당금애기는 그간의 사정을 이야기해 준다. 시준 님이 남기고 간 박씨를 뒤뜰에 심자 하룻밤 사이에 박덩굴이 자랐다. 덩굴을 따라가 시준 님을 만나 세 아들은 삼불제석 제석신이 되고 아기를 너무 좋아했던 담금애기는 세상 부부에게 아기를 점지해 주는 일을 맡는 삼신이 되었다.

삼신할미를 원형으로 하는 현대 동화 중 대표작으로 정하섭의 『삼신 할머니와 아이들』(창비)이 있다. 이 작품은 신화의 원형을 충실히 따라가면서 삼신 할머니와, 그녀가 세상에 보낸 용감하고 씩씩한 아이들이 주인공이 되어 펼치는 이야기를 담고 있다. 삼신 할머니가 신이 된 사연, 한락궁이 이야기, 마마신 대별상 이야기를 통해 개성 강한 신화 속 주인공들을 해학적으로 되살려냈다.

바리공주는 한국의 대표적인 무조신으로 흔히 '바리데기'라고 불린다. 여기서 '바리'는 '버리다'는 뜻이다. 앞서 소개한 당금애기가 출생과 삶을 관장하는 여신이라면 바리공주는 저승과 죽음을 관장하는 신이다. 죽은 사람의 넋을 위로하고 저승으로 인도하기 위해서 베풀어지는 진오기굿, 씻김굿, 오구굿, 망무기굿 등의 사령제(死靈祭)에 등장하는데, 지역마다 부르는 이름이 다르다. 서울에서는 바리공주, 함경남도 홍원에서는 오기풀이, 함경남도 함흥에서는 칠공주, 경상북도 안동에서는 비리데기, 광주에서는 바리데기, 전라남도 고흥에서는 오구물림이라고 부른다. 대략적인 서사는 다음과 같다.

> 바리데기 공주는 삼나라의 어비 대왕과 길대 부인의 일곱째 딸로 태어났다. 그런데 어비 대왕은 길대 부인이 계속 딸만 낳자 일곱째 자식인 바리데기 공주를 버린다. 그 후 부모에게 버림받은 바리데기 공주는 바리공덕 할멈 내외의 수양딸이 되어 자란다. 그러던 어느 날 왕과 왕비가 병이 들었고 병을 고치기 위해서는 서천서역 너머 저승 깊은 곳 동대산 동수자의 약수를 구해 와야 살 수 있다는 도인의 말을 듣는다. 왕과 왕비는 여섯 딸들을 불러 청하나 모두 거절하고 마침내 자신들이 버린 바리데기를 찾아내 부탁한다. 바리데기는 약수를 구하기 위해 서천서역으로 향하고 우여곡절 끝에 약수를 구해와 부모를 살리고 죽은 자를 저승으로 인도하는 오구신이 된다.

바리공주 이야기는 건국신화가 중심이 되는 한국 신화의 계보 속에서 특별한 의미를 지닌다. 이 신화는 인간의 삶과 죽음이라는 세속적인 주제와 딸이라는 이유만으로 자식을 버리는 부모의 비틀어진 욕망을 다루고 있다는 점에서 서사적 현재성을 지닌다. 표면적으로는 병든 아버지를 살려내는 효녀 서사를 내세우고 있지만 그 이면에는 남성중심주의에 대한 강렬한 저항의식이 깔려 있는 것이다. 부모에게 버려진 바리공주가 최고의 권능을 지닌 왕조차 가질 수 없는 생명 회생의 권능을 가지고 있다는 점은 인간의 유한성 앞에 권력이 무상하다는 것을 보여 주는 동시에 자신의 한계에 맞서 영웅적 신화를 완성한 한 여성의 성장기를 보여 준다. 더욱이 약수를 구하기 위해 떠나는 여정은 영웅 서사에서 흔히 발견할 수 있는 모험의 단계와 유사하다. 그런 의미에서 바리공주 신화는 효를 숭상하는 가부장적 가치에 부합하면서 고난 끝에 마침내 신이 된 영웅의 서사를 다룬다는 점에서 그 의미가 중층적이라 할 수 있다. 특히, 왕족으로 태어났지만 부모에게 버림받았던 비천한 인간이 이룩한 자율적 여성상은 타율적 여성상을 제시하고 있는 서양의 신화와도 차별화되는 지점이다.

모계신화를 소재로 한 아동문학 작품들(출처: 알라딘)

앞서 살펴본 여신들의 신화처럼 바리공주 신화도 다양한 작품으로 재해석되고 연구되고 있다. 소설로는 바리공주 설화를 북한을 배경으로 재해석한 황석영의 『바리데기』(창비), 그림책으로는 시인이자 소설가인 김승희 교수가 새로 풀어낸 『바리공주』(비룡소)가 대표적이다. 이 책은 바리공주의 원형인 무가 형식을 그대로 살려 생동감 넘치는 입말과 시적 리듬감을 전달하고 있으며, 중견 화가 최정인은 동양적이고 화려한 색감의 그림으로 바리공주의 감정 변화를 섬세하게 담아냈다. 또한 전문 극단이 제작한 연극과 뮤지컬, 중고등학교 학생들이 직접 참여하는 교육 연구의 테마로도 꾸준히 사랑받고 있다.

전래동화에서 찾은 한국 동화의 뿌리

설화는 민족 집단이라는 공동체 속에서 공동체 의식을 바탕으로 자연적으로 발생된 구비문학의 일종으로 일정한 구조의 형식을 가진 꾸며낸 이야기를 말한다. 구비문학, 특히 설화와 민요는 그 본질적 속성이 아동문학과 상당히 긴밀한 상호 유사성을 지니고 있다. 구비문학의 원시성(원형성, 모순 불합리성, 비논리성)과 단순성, 소박성이나 인격화 현상(personification)은 곧 아동문학이 가진 본질적 속성과 일치하며, 구비문학의 설화는 아동문학의 동화에, 민요는 동시와 동요에 직접 계승되었다. 이러한 점에서 한국의 고전 아동문학은 멀리 삼국시대 이전까지 거슬러 올라갈 수 있다.[20]

근대 잡지에서 전래동화를 처음 소개한 것은 1912년 육당 최남선이 발간한 어린이 잡지 『붉은 저고리』에서였다. 당시 최남선은 '고담(古談)'이라는 이름으로 작품을 소개했다. 그러나 근대적 동화의 뿌리로서 전래동화의 가치를 주목하고 이를 본격적으로 수집하고 소개한 사람은 방정환이었다. 그는 1923년 『어린이』지 창간 이전에 이미 전래동화의 중요성을 인식했고, 당시 자신이 주관하고 있던 잡지 『개벽』을 통해 전래동화 현상공모를 실시했다.

---

20 이재철, 『아동문학의 이해』, 국학자료원, 2014, 45쪽.

　　외국 동화의 수입보다도 가장 중요하고 긴급한 우리 동화
의 무대가 될 고래동화의 발굴이 아무것보다도 難事이다. 이
야말로 실로 難事 중의 難事이다. 세상 동화 문학계의 重寶라
고 하는 독일의 『그림동화집』은 그림형제가 오십년이나 長歲
月을 두고 지방 지방을 다니면서 고생고생 모은 것이라 한다.
…… 이 難 중의 難事임을 不關하고 개벽사가 이 뜻을 納하여
쾌연히 이번 고래동화 모집의 擧에 出한 성의는 무한 감사한
다. 그리고 이 의미 있는 일에 응하여 손수 동화 발굴에 협력
해 주시는 응모자 제씨에게도 나는 감사를 드리려 한다.[21]

　　인용문에서 알 수 있듯이 방정환은 '고래동화(古來童話)'라는
명칭으로 전래동화를 발굴하고자 하였으며, 이 공모에는 전국에
서 150여 편의 동화가 응모되었다. 그러나 본래의 취지와 달리
전래동화집을 만들어 보급하는 일은 일제에 의해 시행되었다.
1924년 조선총독부가 '조선 총서' 중 하나로 『조선동화집』을 펴
낸 것이다. 그러나 『조선동화집』은 식민화 정책의 일환으로 일
본인들의 조선 이해를 돕기 위해 일본어로 제작된 동화집이기
에 우리 동화의 보급·발전과는 무관했다. 그렇지만 이로 인해 조
선의 동화에 대한 관심을 고조시켰고 『어린이』지 등에 전래동화

21　방정환, 「새로 개척되는 동화에 관하여」, 『개벽』, 1923년 1월호.

가 꾸준히 게재될 수 있는 기틀을 잡아주었다고 평가할 수 있으
니 조선 최초의 동화집으로서 의의가 없지는 않다. 이후 전래동
화집 출간은 심의린의 『조선동화대집』(1926), 한충의 『조선동화
우리동무』(1927), 한성도서주식회사에서 간행한 『동화집 황금새』
와 『동화집 바다색시』(1928)의 출간으로 이어지며 초창기 아동문
단에 활력을 불어넣었다.[22] 이후 1930년대가 되면 동화가 하나의
장르로 자리를 잡으며 창작이 활발해진다.

　앞서 살펴본 것처럼 한국인에게 가장 익숙한 옛이야기인 단
군 신화, 주몽 신화, 수로왕 신화, 마고할미 신화 등은 가장 오래
된 동화의 원형일 수 있다. 이 밖에도 『삼국사기』에 수록된 온달
설화, 『삼국유사』에 전하는 연오랑세오녀 설화와 거타지 설화는
아동문학의 원형으로서 주목할 만하다. 또한 조선 후기 설화계
소설의 발달과 함께 등장한 「콩쥐팥쥐전」, 「별주부전」, 「흥부전」
등에서도 아동문학의 원형을 찾아볼 수 있으며 판소리 계열 소
설에서는 아동극의 원류를 확인할 수 있다.

　전래동화에서 한국 동화의 뿌리를 찾고자 한 최남선과 방정
환의 노력은 시사하는 바가 크다. 우선 현대 아동문학이 근대문

22　박혜숙, 「개화기 교과서의 이솝우화와 한국 동화의 성립 과정」, 『동화의 형성
　　과 구조』, 한국학술정보, 2005, 20~21쪽 참조.

학의 산물로서 고전문학과 단절되어 새롭게 생성되었다는 인식
을 바로잡아 준다. 형식 자체는 새로운 것일 수 있지만 한국 동화
의 원형은 이미 우리의 신화와 전통, 그리고 수천 년에 걸쳐 전해
내려온 옛이야기 속에 오롯이 담겨 있었기 때문이다. 달리 말하
면 전래동화는 구비문학과 기록문학 사이를 이어 주는 교량이자
근대적인 문학 장르로서 한국에서 동화가 싹트고 성장할 수 있
도록 해 준 자양분을 공급한 실질적 토대였다. 유리 로트만의 주
장처럼 쓴다는 것이 "이차적으로 양식화한 체계"[23]이고 이것을
현대적 의미의 동화라 비유한다면, 구술성을 근간으로 발전해
온 전래동화는 이를 가능케 한 일차 텍스트로서 분명한 지위를
갖는 것이다.

한국형 판타지 동화의 원형인 변신담과 도깨비 설화

인간 정신에는 이성적으로 설명할 수 없는 것을 생각하고 경
험할 수 있는 능력이 있다. 그것이 바로 상상력이다. 상상력(想像
力, imagination)은 일반적으로 눈앞에 존재하지 않는 어떤 것, 실체
가 없는 어떤 것을 구체적인 이미지로 만들어 내는 능력을 말한
다. 그리고 인간의 정신 작용으로서 상상과 그 뿌리를 같이 하는

---

23   월터 J. 옹, 앞의 책, 18쪽.

환상(幻想, fantasy)은 현실에서는 실현 불가능한 기이한 사건이나 현상을 다룬다. 비현실적인 세계를 하나의 구체적인 현실로 바꾸는 작업인 것이다. 그러나 '비현실적'이라고 해서 작가의 상상력으로 빚어낸 환상이라는 시공간이 현실과 단절된 세계는 아니다. 합리성으로는 설명할 수 없지만 인간 무의식의 가장 심오한 반영이기에 환상은 현실의 확장이자 변이이고 심화일 수 있는 것이다.

그렇지만 판타지동화가 그려 내는 '현실-판타지-현실'이라는 시공간의 이동은 직접적으로 주인공이 처한 현실에 관여하지 않는다. 그러나 판타지를 통과함으로써 주인공이 이전과는 다른 자아로 다시 태어나도록 돕는다. 달리 말하면 주인공은 판타지를 경험함으로써 변화된 세계관을 통해 이후의 현실을 변화시킬 수 있는 결정적 힘을 얻는다. 그렇기 때문에 주인공의 성장을 그려 내는 아동문학의 가장 본질적인 성격을 감안한다면 환상은 단순한 기법이 아니라 작가의 사상과 주제의식을 가장 선명하게 보여 주는 작품의 구조가 되는 것이다. 요컨대 현실을 반영하는 미메시스가 현실에 순응하려는 반응이라며 환상은 현실로부터 의도적으로 일탈하려는 반응이다. 환상성을 기반으로 하는 판타

지문학의 전복성이 여기서 나온다.[24]

일반적으로 한국 동화는 서구의 동화에 비해 환상성이 약하다는 편견을 갖기 쉽다. 그러나 한국 동화에 내재한 환상성의 뿌리는 이미 우리에게도 익숙한 옛이야기 속에 담겨 있다. 특히, 변신 모티프와 도깨비라는 흥미로운 캐릭터는 한국형 판타지의 원형이라 할 수 있다. 한국의 설화 속에서 변신담은 비교적 흔하게 접할 수 있는 판타지 유형이다. 함부로 버린 손톱이나 발톱을 오랫동안 주워 먹은 쥐가 사람으로 둔갑하는 이야기는 전국적으로 분포된 설화다. 쥐 둔갑 설화에는 변신 이후 누가 진짜이고 가짜인지를 가려내는 과정이 등장하는데 고대 불교설화를 바탕으로 한 「옹고집전」은 쥐 둔갑 설화의 또 다른 변형이라 할 수 있다. 다만 두 설화의 차이점은 둔갑의 최초 모티프에 있다. 쥐 둔갑 설화는 손톱·발톱이고, 「옹고집전」은 지푸라기다. 「옹고집전」에서는 심술 사납고 인색한 인물을 교화시키기 위해 학대사가 지푸라기를 가짜 옹고집으로 둔갑시키는 서사가 등장한다.

우렁각시와 구미호도 대표적인 변신담 설화다. 우렁각시 설

---

24 캐스린 흄은 그의 저서 『환상과 미메시스』에서 환상성은 어느 한 시대나 사회의 문학에 국한되는 것이 아니라 문학에 내재된 속성임을 강조한다. "미메시스가 허구 세계와 현실 세계의 유사성을 수립"하는 데 유용한 반면, "환상은 자동적인 반응을 교묘하게 회피하면서 관습을 깨뜨리는 새로움을 제공한다."고 보았다. 캐스린 흄, 『환상과 미메시스』, 한창엽 옮김, 푸른나무, 2000, 311쪽.

화에서는 가난한 노총각이 논에서 주워 온 우렁이가 그를 위해
여인으로 변신해 밥상을 차려 주고, 구미호 설화에서는 꼬리가
아홉 개 달린 여우가 아름다운 여인으로 둔갑한다. 구미호 설화
는 중국과 일본을 비롯한 동아시아에 두루 분포하고 있을 만큼
보편적이다. 이를 원형으로 한 대표적인 키즈콘텐츠로 2007년
개봉한 이성강 감독의 극장판 애니메이션 〈천년여우 여우비〉와
TV 애니메이션 〈신비아파트〉를 꼽을 수 있다. 〈천년여우 여우
비〉에서는 100년을 넘게 살았지만 인간의 나이로 치면 열 살인
꼬리 다섯 달린 여우 소녀인 여우비로 등장하고, 〈신비아파트〉에
서는 긴 은발을 지닌 귀여운 미소년 희원이 등장한다. 그런가 하
면 『삼국유사』에는 김현이라는 청년을 사모해 사람으로 변신하
는 호랑이 처녀의 이야기가 수록돼 있어 변신담이 한국 설화에
광범위하게 분포돼 있음을 확인시켜 준다. 이 밖에도 한국 설화
에 나타난 변신 모티프는 변신 주체의 외형에 따라 인간 변신형,
동물 변신형, 식물 변신형, 광물 변신형, 정령 변신형 등 다섯 가
지로 나뉜다.[25]

---

25   김철수, 『한국 현대동화의 환상성 탐구』, 경남, 2012, 84~85쪽.

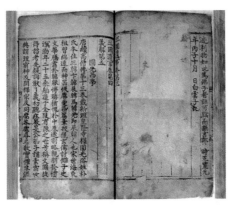

한국 신화와 설화의 보고인 『삼국유사』 (출처: 한국민족문화대백과)

    도깨비는 한국에서 가장 오랫동안 사랑받아 온 변신담의 주
인공이다. 일반적으로 서양에서 도깨비는 '괴물 서사'의 한 축을
담당하는 캐릭터지만 한국에서 도깨비는 호기심 많은 장난꾸러
기 아이의 정체성을 지닌 채 등장하기도 한다. 도깨비는 지역에
따라 도채비, 독갑이, 도각귀, 귀것, 망량, 허주, 허체 등으로 불린
다. 전국적으로 널리 분포된 도깨비 설화에서 공통적으로 찾을
수 있는 것은 도깨비가 비상한 힘과 재주로 사람을 홀리기도 하
지만 내기와 노래를 좋아하며 짓궂은 장난을 즐기는 모습이다.

    한국에서 도깨비 설화의 원형이 가장 최초로 등장하는 책은
『삼국유사』다. 먼저 권1 '기이'편 제1에는 「도화녀와 비형랑」 이
야기가 전하는데 '비형랑'이 도깨비(귀신)를 다루는 인물로 그려

진다. 그는 밤새도록 도깨비들과 어울려 놀고 도깨비들의 도움으로 하룻밤 만에 다리를 놓기도 한다.『삼국유사』권2 '기이'편 제2「처용랑과 망해사」설화에서는 도깨비가 전염병을 몰고 오는 역신으로 등장한다. 그런데 처용은 역신을 물리적 힘을 써서 물리치는 것이 아니라 노래와 춤으로 감화시켰고, 역신은 자신의 잘못을 뉘우치고 스스로 물러난다. 이처럼 한국의 도깨비 설화 속 인간과 도깨비의 관계는 상호존중과 친밀감을 바탕에 두고 있다. 도깨비는 사람을 일방적으로 해코지하고 괴롭히는 존재가 아니라 의리와 도덕을 알고 자신의 잘못을 뉘우치기도 하는 인물로 그려진다. 도깨비의 이러한 정체성은 평화를 사랑하고 해학을 즐겨 왔던 우리 고유의 민족성에서 기인한 것으로, 비슷한 문화권이라 해도 일본과 중국의 도깨비와 차별화되는 특성이다.

변신담 설화를 활용한『옹고집전』과
도깨비가 등장하는 그림책『똥벼락』(출처: 알라딘)

　　민담 속에서도 도깨비는 흥미를 북돋우는 절대 요소로서 등
장한다. 대표적인 설화로는「도깨비방망이」,「혹부리영감」,「아
버지의 유산과 삼형제」,「도깨비감투」등이 있다. 사물에 의지나
생명이 있다고 믿는 물활론적 사고가 잘 발달되어 있는 아이들
에게 빗자루·부지깽이·키·절굿공이·체와 같이 사람들이 늘 사
용하다가 버린 손때 묻은 물건들이 도깨비라는 새로운 인격으로
변신하는 이야기는 친근하고 흥미롭게 다가올 수밖에 없다. 사
회적으로 관습화되기 이전의 비정형적이고 자유분방한 사고, 그
리고 강렬한 호기심은 성인과 대별되는 아이들만의 고유성인데
이는 도깨비의 성격과도 일치한다.

도깨비방망이는 도깨비 설화의 재미를 완성하는 화룡점정의 화소다. 도깨비들이 방망이를 휘두르며 '금 나와라 뚝딱', '은 나와라 뚝딱' 외치면 주문은 현실이 된다. 도깨비방망이가 지닌 마술적 힘은 강렬한 판타지를 원하는 아이들에게 대리만족의 기쁨을 선사한다. 이렇듯 멋진 마술 방망이를 가지고 있지만 도깨비는 아이처럼 순수하고 어리숙한 면도 지니고 있다. 그래서 내기를 좋아하고 느닷없이 씨름을 하자며 인간과 몸놀이를 즐기고, 인간의 행동을 모방하기도 한다. 때로는 인간이 기발한 재치로 도깨비의 이런 속성을 역이용해 재물을 얻기도 한다. 혹부리 영감이 자신의 노래 실력을 부러워하는 도깨비를 속여 혹을 떼어 내는 것이 좋은 예이다.

그런가 하면 도깨비감투는 도깨비가 지닌 초월적 능력을 인간이 대리 체험하는 서사를 완성하는 화소로 작용한다. 도깨비의 소도구인 방망이가 두드림을 통해 천변만화의 조화를 보여 준다면, 도깨비감투는 투명인간이 되고 싶다는 인간의 욕망이 투사된 경우라 하겠다. 그렇지만 도깨비방망이나 도깨비감투를 이용해 인간이 얻은 재화나 능력은 자신의 욕망을 절제하지 못함으로 인해 다시 잃어버리는 경우가 대다수다. 이러한 결말은 권선징악과 더불어 부도덕한 인간의 욕망에 대한 경계심을 일깨워 준다.

현대에도 도깨비는 한국형 판타지동화의 상징적 주체로 통용된다. 도깨비는 엄마한테 혼난 아이와 놀아 주며 속상한 마음을 풀어 주고(임정진, 『어두운 계단에서 도깨비가』), 선한 사람의 작은 성공을 시기하는 못된 부자한테 빚 갚음으로 세상의 모든 똥을 '선물'하기도 한다(김회경 글·조혜란 그림, 『똥벼락』, 사계절). 또한 어린이책 전문 출판사인 비룡소는 1992년에 국내 어린이 문학계 최초로 어린이문학상을 제정하면서 '황금도깨비상'이라 명명해 도깨비가 지닌 위상과 상징성을 잘 보여 주었다.

참고문헌

김대용, 「방정환의 '어린이'와 '소년' 개념에 대한 논의」, 『한국교육사학』 32권 2호, 한국
　　교육사학회, 2010.

김자연, 『아동문학 이해와 창작의 실제』, 청동거울, 2003.

김철수, 『한국 현대동화의 환상성 탐구』, 경남, 2012.

박혜숙, 「개화기 교과서의 이솝우화와 한국 동화의 성립 과정」, 『동화의 형성과 구조』, 한
　　국학술정보, 2005.

방정환, 「어린이 찬미」, 『신여성』 6호, 1924. 6.

＿＿＿, 「새로 개척되는 동화에 관하여」, 『개벽』, 1923. 1.

오세정, 「한국 신화를 통한 한국 문화의 이해: 신과 인간의 관계 맺기를 중심으로」, 『한국
　　고전연구』 29호, 한국고전연구학회, 2014.

이재철, 『아동문학의 이해』, 국학자료원, 2014.

＿＿＿, 『한국 아동문학의 계보와 정전』, 청동거울, 2018.

이정아, 「천도교 개벽사상을 기반으로 한 방정환 어린이교육운동의 현재적 함의」, 『방정
　　환연구』 5권, 방정환연구소, 2021.

장영희·정미라, 『아동문학교육의 이론과 실제』, 공동체, 2015.

조은정, 『한국 아동문학의 형성』, 소명출판, 2009.

다프나 주르, 『근대 한국 아동문학: 동심과 미래상 그리기』, 세계아동청소년문학연구회
　　옮김, 소명출판, 2022.

월터 J. 옹, 『구술문화와 문자문화』, 이기우·임명진 옮김, 문예출판사, 2014.

캐스린 흄, 『환상과 미메시스』, 한창엽 옮김, 푸른나무, 2000.

페리 노들먼, 『어린이 문학의 즐거움 2』, 김서정 옮김, 시공주니어, 2013.

제2장

애니메이션과
키즈콘텐츠 한류

1. '뽀통령'의 탄생과 TV 애니메이션

키즈콘텐츠 한류의 핵심 장르

문화콘텐츠는 2000년대 이후 한국의 핵심적인 성장 동력이
다. 그 중심에 '단군 이래 최대 문화 이벤트'라 불리는 한류가 자
리한다. 일반적으로 한류의 시작은 '한류'라는 단어의 등장에
서 그 기원을 찾는다. 1997년 드라마 〈사랑이 뭐길래〉가 중국
CCTV에서 방영돼 역대 수입 영상콘텐츠 2위인 4.3%의 시청률
을 기록하자 베이징의 한 언론에서 '韓流'라는 단어를 사용한 것
을 한류의 출발로 보는 것이다.[1] 이후 중화권을 중심으로 한국의
TV 드라마와 대중가요가 인기를 얻으면서 한국 문화콘텐츠의
해외 진출이 활발해졌다.

그동안 한류는 시기별로 4단계를 거쳐 성장해 왔다. 한국 드
라마와 음악이 중국과 대만을 중심으로 주목받기 시작한 '한류
1.0 시대'(1997~2000년대 초), 드라마 〈겨울연가〉가 일본에서 중년
여성들을 열광시키고 〈대장금〉이 중국, 홍콩, 동남아, 중앙아시
아, 아프리카, 동유럽까지 퍼져 나가며 한류가 확산된 '한류 2.0

---

1   임성희, 「글로벌 콘텐츠 경쟁시대」, 한국국제문화교류진흥원 엮음, 『한류와
     문화정책: 한류 20년 회고와 전망』, 한국국제문화교류진흥원, 2018, 267쪽.

시대'(2000년대 초~중반), 그리고 한류의 핵심 콘텐츠가 드라마에서 K-Pop으로 전환되면서 중남미, 유럽, 중동, 미주, 아프리카 등 전 세계로 확장된 '한류 3.0 시대'(2000년대 중반~2010년대 초), 그리고 현재는 K-Culture와 K-Style을 중심으로 한 '한류 4.0 시대'로 정의할 수 있다.

드라마와 영화에서 시작해 K-Pop과 게임, 공연을 넘어 화장품, 패션, 의료, 식품, 관광 등으로 분야를 넓혀 온 한류의 역사에서 사실 키즈콘텐츠의 위상은 그리 크지 않았다. 이제는 한국을 대표하는 애니메이션 〈뽀롱뽀롱 뽀로로〉와 인기 캐릭터 뿌까가 등장하기 전까지는 말이다. 그런 의미에서 키즈콘텐츠 한류의 원년은 뿌까가 일본, 홍콩, 중국, 태국의 회사들과 라이선스 계약을 체결하고 본격적으로 해외 진출에 나선 2002년으로 보아야 할 것이다.

물론 방송영상 콘텐츠 수출로부터 한류가 시작되었다고 한다면, 키즈콘텐츠 한류의 역사는 1987년으로 거슬러 올라간다. 88 서울올림픽 직전인 1987년 KBS와 대원동화가 공동 제작한 애니메이션 〈떠돌이 까치〉가 프랑스를 포함한 유럽 등지로 수출되었기 때문이다. 이후 1980년대 말부터 〈아기공룡 둘리〉, 〈달려라 하니〉, 〈천방지축 하니〉, 〈머털도사〉 등의 애니메이션들이 그 뒤를 이었다. 비록 규모는 작았지만 애니메이션이 본격적인 한류 이전에 콘텐츠 수출 시장을 선도해 간 것이다. 2000년을 기준으로 하면 당시 한국의 문화산업 수출액 중 애니메이션이 1만 6675만 달러로 1위, 게임이 1만 150만 달러로 2위를 기록했으며, 그 뒤를 6421만 달러로 출판이 이어갔다. 방송·영화는 다 합해도 2000만 달러가 되지 않았던 것을 감안하면 당시 애니메이션의 위상을 짐작할 수 있을 것이다.[2] 이 시기를 한류 준비기라고 한다면 애니메이션이 문화콘텐츠 수출의 선봉에서 한류를 이끈 셈이다.

〈뽀롱뽀롱 뽀로로〉와 뿌까는 글로벌 시장에서 가장 성공한 애니메이션과 캐릭터로 손꼽힌다. 귀여운 꼬마 펭귄 뽀로로와 동물 친구들이 등장하는 〈뽀롱뽀롱 뽀로로〉와 10대 이상을 타깃으로 반전 매력의 당찬 소녀를 형상화한 캐릭터 뿌까는 지금도 각자의 영역에서 성공 스토리를 만들어 나가고 있다. 전 연령대에 다가갈 수 있는 '슬랩스틱 애니메이션' 영역을 개척한 〈라바〉와 어린이들에게 인기 있는 완구 애니메이션 〈로보카 폴리〉도 키즈콘텐츠 한류를 대표하는 작품으로 손색이 없다.[3] 이들의 인기는 2020년대에도 여전하다. 『2021 글로벌 한류 트렌드』를 참

---

2   박장순, 『문화콘텐츠학 개론』, 커뮤니케이션북스, 2006, 2~6쪽 참조.
3   윤호진, 『한류 20년, 대한민국 빅 콘텐츠』, 커뮤니케이션북스, 2016, 참조.

고하면 2020년 조사 결과, 세계인이 가장 좋아하는 한국의 애니메이션 캐릭터는 뿌까가 1위(21.4%), 뽀로로가 2위(19.4%), 라바가 3위(18.2%), 핑크퐁이 4위(16.5%), 슈퍼윙스가 5위(13.5%)로 나타났다. 뿌까와 뽀로로가 1, 2위를 선점하고 있는 것이다.

한국의 키즈콘텐츠는 그동안 애니메이션에서 시작해 캐릭터로 시장을 확장하면서 성장해 왔다. 키즈콘텐츠 분야로 국한해 한류의 흐름을 나눈다면, 제1기는 뿌까와 뽀로로가 활약한 2000년대로 볼 수 있다. 제2기는 '뽀통령'에게 바통을 이어받은 '폴총리' 〈로보카 폴리〉와 전 세계인을 슬랩스틱 코미디로 웃겨버린 나비 애벌레 두 마리가 등장하는 〈라바〉가 활약한 2010년대 초부터 중반까지로 볼 수 있다. 그리고 제3기는 '아기상어 뚜루루뚜루~'라는 중독성 강한 멜로디로 세계인의 마음을 훔치고, 유튜브에서 신기록 행진을 이어 가고 있는 〈아기상어〉가 등장한 2010년대 중반부터 현재까지로 볼 수 있다. 이처럼 키즈콘텐츠 한류는 애니메이션과 캐릭터를 거쳐 영상동요로 장르를 바꾸어 점점 그 영향력을 확장하고 있다. 키즈콘텐츠를 차세대 한류의 주자로 볼 수 있는 근거가 여기 있다.

애니메이션은 키즈콘텐츠 한류의 핵심 장르다. 2003년 EBS에서 처음 방송된 〈뽀롱뽀롱 뽀로로〉는 새로운 한류의 신호탄을 쏘아 올린 기념비적인 작품이다. 이후 지속적으로 스토리를 개발하여 2021년부터 〈뽀롱뽀롱 뽀로로〉는 시즌 7을 방송하고 있다. 지금까지 전 세계 130여 개국에 수출되었고 6조 원 이상의 경제 효과를 올린 것으로 알려져 있다. 기획 단계부터 세계 시장을 겨냥하긴 했지만 〈뽀롱뽀롱 뽀로로〉의 인기는 기대 이상이었다. 펭귄·여우·곰·공룡 등 아이들이 좋아하는 친근한 동물 캐릭터를 내세운 〈뽀롱뽀롱 뽀로로〉는 등장 이후 국내 영유아 팬들은 물론, 전 세계 어린이들의 사랑을 한몸에 받으면서 아이들의 대통령, 곧 '뽀통령'에 등극했다. 1990년대 후반 드라마를 중심으로 불기 시작한 한류가 2000년대 들어 키즈 애니메이션이라는 돛대를 달고 세계 무대로 거침없는 항해를 시작한 것이다. 이후 슬랩스틱 애니메이션 영역을 개척한 〈라바〉, 자동차 캐릭터들의 활약상을 그린 〈로보카 폴리〉, 〈꼬마 버스 타요〉, 변신 로봇 애니메이션 〈미니 특공대〉 등 〈뽀롱뽀롱 뽀로로〉의 아성에 도전하는 후속 애니메이션들이 잇따라 탄생하면서 한국의 애니메이션은 지금 성장 가도를 달리고 있다.

　무엇보다 애니메이션 산업은 TV 방송(지상파, 위성, 케이블, IPTV), 극장 상영, DVD/비디오 등의 영상물과 캐릭터 상품 출판·게임·교육 콘텐츠·전시·공연·테마파크 등의 부가 사업을 포함해 광범위한 영역에서 원 소스 멀티 유즈(OSMU)가 가능한 산업으로 부상하고 있다. 또한 방송과 통신이 융합하고 미디어가

다양화됨에 따라 이에 맞는 새로운 제작 형식과 사업 모델로 성
장해 가고 있다. 이제부터는 한국 애니메이션의 성장 과정을 살
펴보자.

TV 애니메이션 시대가 열리다

1960년대 말 TV 보급이 늘어나고 대중매체로서 영향력이 커
지면서 한국 내에서도 TV 애니메이션 제작이 시도되었다. 우리
손으로 제작한 최초의 TV 시리즈용 창작 애니메이션은 최초의
민간 상업방송 TBC가 제일동화라는 부서를 차려 제작하고 1968
년에 방송한 〈황금박쥐〉다. 하지만 이 작품은 시작 단계부터 일
본 요미우리 TV와 합작으로 기획되었고 완성작은 일본에서 먼
저 방영되었다. 외형상으로는 합작 형식이었지만 실제 제작 과
정을 살펴보면 애니메이션 제작에 가장 중요한 스토리·기획·캐
릭터 디자인·움직임 연출 등을 일본에서 담당하고 제일동화는
동화(動畫)·클린업·컬러링 등의 단순 반복작업에 필요한 노동력
을 제공하는 하청(OEM) 형태로 제작이 진행됐다.[4]

1980년대는 한국 애니메이션 산업의 전환기였다. 88서울올림
픽 개최를 앞두고 한국 사회를 비롯해 문화예술계는 국가적 자

---

4   노승관·양경미, 『한국 애니메이션 결정적 순간들』, 쿠북, 2010, 50쪽 참조.

존심 및 문화의 자주성 그리고 민족의 주체성을 찾으려는 움직임이 조성되었다. 이러한 분위기 속에 KBS와 MBC를 중심으로 본격적인 자체 창작 애니메이션이 제작되었다. 그동안 하청으로 쌓아 온 애니메이션 제작 기술은 TV용 애니메이션 활성화에 크게 기여했다. 자체 기술로 제작한 한국 최초의 TV용 애니메이션은 1987년에 방영된 KBS의 〈떠돌이 까치〉와 MBC의 〈달려라 호돌이〉였다.[5] 올림픽이라는 국제적인 행사를 앞두고 스포츠 만화라는 장르를 선택한 것이다. 먼저 만화가 이현세의 인기 야구 만화를 80분짜리 장편 애니메이션 영화로 제작한 〈떠돌이 까치〉가 1987년 5월 5일 어린이날에 방영되었다. 〈떠돌이 까치〉가 시청자와 언론으로부터 좋은 평가를 받자, 이듬해 KBS는 후속 작품으로 〈까치의 날개〉도 제작했다.

1987년 5월 19일 MBC에서 방영한 〈달려라 호돌이〉는 88서울올림픽 마스코트인 호돌이를 주인공으로 내세워 제작한 애니메이션이다. 이 작품은 올림픽조직위원회에서 보내 온 시나리오를 대원동화에서 위탁 제작한 것이다. 〈떠돌이 까치〉가 장편 애니메이션이었던 것과 달리 〈달려라 호돌이〉는 10분 분량의 단편 애니메이션이었다. 당시 MBC는 〈달려라 호돌이〉를 토요일과

---

5   노승관·양경미, 앞의 책, 88쪽 참조.

일요일에 각 10분씩 고정 프로그램으로 편성했다. 이 작품들을 시작으로 〈아기공룡 둘리〉, 〈독고탁과 비둘기 합창〉, 〈달려라 하니〉 같은 흥행작들이 연이어 탄생하게 된다. 또한 TV 애니메이션의 성공으로 오랫동안 침체되었던 극장용 애니메이션도 제작에 활기를 띠게 된다.

〈달려라 하니〉(대원동화 제작)는 이진주 원작으로 어린 나이에 어머니를 여읜 주인공 하니가 역경을 딛고 육상선수로 성장하는 과정을 그린 스포츠 애니메이션이다. 만화는 86아시안게임과 88서울올림픽을 앞둔 시점인 1985년부터 1987년까지 『보물섬』에 인기리에 연재되었다. 그러다가 올림픽에 대한 국민의 관심이 고조되던 1988년 8월 KBS에서 방영했다. 〈달려라 하니〉는 한부모 가정의 문제아이자 사춘기에 접어든 중학교 1학년 여자아이를 주인공으로 내세운 작품이다. 돌아가신 엄마에 대한 그리움과 재혼한 아빠와 새엄마 사이에서 괴로워하던 하니는 자신의 재능을 알아본 체육선생 홍두깨를 만나 육상선수의 꿈을 키워간다. 그 과정에서 하니가 라이벌 나애리와 만들어 낸 갈등은 작품에 대한 몰입도를 높였고, 홍두깨와 그의 아내 고은애는 개성 강한 조력자와 감초 캐릭터로 등장해 많은 사랑을 받았다.

KBS가 제작한 스포츠 애니메이션 〈달려라 하니〉(출처: KBS 아카이브)

13부작으로 방영된 〈달려라 하니〉는 한국 애니메이션 역사상 최초로 여자 주인공을 원톱으로 내세운 작품이다. 순정만화풍을 벗어난 명랑하고 열정적인 캐릭터의 등장은 소녀팬들을 열광케 했다. 서사적으로는 영웅 신화와 유사했으며 훈련과 경기 장면에 대한 현실감 있는 고증으로 30%가 넘는 시청률을 기록하며 비인기 스포츠였던 육상에 대한 관심을 한껏 끌어 올렸다. 주목할 만한 사실은 〈달려라 하니〉의 성공 뒤에는 86아시안게임이 낳은 최고의 육상 스타 임춘애의 활약이 있었다는 점이다. 임춘애 선수는 〈달려라 하니〉가 연재 중이던 1986년 서울에서 열린 제10회 아시안게임에서 육상 800m·1500m·3000m에서 세 개의 금메달을 따며 국민 스타의 반열에 오른다. 그런데 아버지가 돌아가신 뒤 엄마와 함께 가난하게 살아 온 임춘애 선수의 삶이 공개되자 많은 이들이 하니를 떠올렸다. 현실 속 임춘애 선수가 '국민 영웅'에 비유되었듯 하니 또한 '국민 캐릭터'로 인식된 것도 그때부터였다.

하니는 1980~90년대에 학창시절을 보낸 한국인들이라면 누구나 기억하는 인기 캐릭터다. 그런데 애니메이션 방영 후 어느덧 35년이 지난 2022년, 영국에서 반가운 소식이 들려 왔다. 인기 패션그룹 JW 앤더슨이 〈달려라 하니〉와의 협업 컬렉션을 선보인 것이다. 하니가 지닌 중성적 이미지에 매력을 느낀 JW 앤더슨은 여성복 라인을 기본으로 하되, 남성들도 착용할 수 있는 티셔츠나 후드 등도 포함시켰다. 컬렉션 아이템에는 주인공 하니 그래픽과 애니메이션 타이틀의 폰트를 변형시킨 'JWA' 협업 로고 등이 디자인 요소로 적용됐다.

창간 이후 수많은 애니메이션의 원작 만화를 탄생시킨 『보물섬』과 〈아기 공룡 둘리〉

1988년 KBS에서 방영된 TV 애니메이션 〈아기공룡 둘리〉는 1983년부터 『보물섬』에 연재했던 김수정 작가의 인기 만화를 TV용 장편 애니메이션으로 제작한 작품이다. 일억 년 전에 존재했지만 지금은 멸종한 공룡을 주인공으로 한 흥미로운 서사와 도우너·또치·고길동·희동이·마이콜 등 독특한 개성을 지닌 다양한 캐릭터들이 등장한다. 방영 당시 40%가 넘는 시청률을 기록한 〈아기공룡 둘리〉는 어린이들뿐만 아니라 전 세대를 아우르며 큰 사랑을 받았다. 〈아기공룡 둘리〉는 한국의 애니메이션은 물론이고 캐릭터의 역사도 새로 쓰게 할 만큼 독보적이었다. 이전까지 한국 애니메이션에서는 만날 수 없었던 세련되고 깔끔한 작화와 개성 강한 캐릭터들, 그리고 타임머신을 활용한 시간 여행 판타지 서사 등은 성공을 뒷받침한 요소들이다.

애니메이션의 성공으로 둘리는 국산 캐릭터 산업의 원조 아이콘이자 수많은 창작 캐릭터들의 탄생을 도운 노둣돌이 되었다. 1996년에는 극장용 애니메이션 〈아기공룡 둘리: 얼음별 대모험〉으로 다시 태어나 35만 명의 관람객들과 만났다. 이는 그해 한국영화 흥행 4위에 해당하는 기록이었다. 1996년 대한민국 만화문화 대상(영상 부문), 공연윤리위원회 우수 영상물, 영화평론가상 등을 수상했다. 1998년 제8회 카이로 국제 어린이 필름 페스티벌의 경쟁 부문에 초청되었고, 1999년에는 독일에 수출되

어 상영되었다. 그 후로도 둘리의 인기는 식지 않아 2003년에는
부천시 명예시민이 되어 주민등록증을 발급받기도 했다. 참고로
부천시는 1998년부터 국제 출판만화 축제인 부천국제만화축제
를 매년 개최하면서 한국에서 만화의 메카로 자리매김했다.

〈머털도사〉는 이두호가 1984년 잡지 『새벗』에 연재한 만화
〈도사님 도사님 우리 도사님〉이 원작이다. 1989년 MBC에서 TV
용 애니메이션영화로 제작했다. 이 작품은 만화가 이두호 특유
의 유머와 재치, 한국적인 캐릭터와 배경, 권선징악을 축으로 하
는 스토리텔링으로 크게 인기를 끌었다. MBC는 〈머털도사〉의
성공에 힘입어 후속편으로 1990년 1월에 〈머털도사와 108요괴〉,
5월에는 〈머털도사와 또매〉를 방영하기도 했다. 〈머털도사〉 시
리즈는 세 편 모두 방영될 때마다 높은 시청률 기록했다. 한국적
인 정체성과 가치관이 반영된 이 작품은 특히, 주인공 머털이가
머리카락을 뽑아 새, 물고기, 호랑이 같은 동물로 변신하는 서사
를 활용해 아이들에게 대단한 인기였으며 컴퓨터 게임으로 개발
되기도 했다.

1990년대를 질주한 TV 애니메이션

1990년 7월에 KBS에서 방영된 〈영심이〉는 인기 만화가 배금
택이 『스포츠 신문』에 연재한 만화를 원작으로 제작되었다. 순

진하지만 엉뚱 발랄한 매력을 지닌 열네 살 영심이의 성장기를 코믹하고 일상적인 에피소드에 담아냈다. 영심이를 찰거머리처럼 따라다니는 경태, 얄미운 깍쟁이인 영심이 동생 순심이 그리고 영심이를 괴롭히는 같은 반 친구 월숙이 등 개성 있는 캐릭터들이 등장하면서 당시 높은 시청률을 기록했다. 〈영심이〉가 이례적인 것은 원작 만화가 연재되던 해에 만화책 출간과 애니메이션 제작, 영화 제작이 동시에 이루어졌다는 점에서도 찾아볼 수 있다. 당시 〈영심이〉의 인기를 짐작할 수 있는 대목이다. 이후 〈영심이〉는 광고·소설·TV 드라마·뮤지컬로 만들어졌고, 2000년 5월 4일에는 만화 시리즈 여섯 번째 묶음으로 영심이 우표가 발행되기도 했다. 2008년에는 〈난타〉 제작사인 PMC에서 뮤지컬 〈젊음의 행진〉을 제작해 어른이 된 영심이와 경태의 만남을 1980~90년대 음악과 함께 그려내 영심이와 함께 성장한 세대들에게 큰 호응을 얻었다.

한국 TV 애니메이션 역사상 최고의 시청률을 기록한 〈날아라 슈퍼보드〉(출처: 유튜브 화면 캡처)

1990년 8월에 KBS에서 방영된 〈날아라 슈퍼보드〉(한호흥업 제작)는 중국의 『서유기』를 원작으로 한 애니메이션이다. 원작을 비교적 충실히 따르면서 중간중간 허영만 작가가 위트가 돋보이는 설정을 양념처럼 가미해 『서유기』를 현대적으로 재해석한 작품이다. 원작에서는 손오공만 부각되는 반면, 〈날아라 슈퍼보드〉에서는 손오공 역할인 미스터 손을 비롯해 사오정과 저팔계 등모든 캐릭터들이 입체적으로 묘사되었다. 세부적인 이야기는 원작과는 크게 다르며, 손오공 일행의 모험과 각각의 여행지에서 경험하는 해프닝이 중심이 되었다. 탄탄한 스토리와 개성적인 캐릭터들의 만남, 그리고 성우들의 열연과 인기 가수 김수철이 부른 주제가까지 화제가 되며 TV 애니메이션 사상 가장 큰 성공을 거두었다. 1990년 8월에 1편, 1991년 1월에 2편, 1992년 12월에 3편이 각각 방송되었으며, 2001년에는 〈날아라 슈퍼보드 5기〉가 발표되었다. 이 작품은 〈아기공룡 둘리〉 이후 캐릭터 애니메이션의 두 번째 성공작으로 기록되는데, 한때 국내 방송사 전 프로그램을 누르고 시청률 1위(42%)를 기록할 정도로 인기가 많았다.

〈하얀 마음 백구〉(2000)는 1993년 진도군에서 있었던 진돗개 백구의 실화를 바탕으로 제작된 애니메이션이다. 자신을 돌봐준 옛 주인을 찾아 투견장에서 탈출해 천릿길을 달려 돌아온 진돗개와 어린 소녀 솔이의 아름다운 우정을 그렸다. 실화를 소재

로 한 감동적인 서사와 가장 한국적인 견종인 진돗개가 만나 어
린이들뿐만 아니라 어른들의 마음까지 사로잡은 작품이다. 2000
년 SBS에서 30분 분량의 TV 애니메이션 13부작으로 방영이 되
었으며, 당시 높은 인기로 게임과 가족 뮤지컬로 재탄생되기도
했다. 그러나 국내에서와 달리 해외 시장에서의 반응은 신통치
않았다. 그 이유는 무엇일까. "돌아온 백구라는 실화를 배경으로
하면서도 극적 긴장을 유지하는 완성도 높은 서사 구조를 지니
고 있었지만, 어린이를 타깃으로 하는 애니메이션에서 투견(鬪
犬)을 중심 소재로 한다는 문화적 장벽을 넘어서지 못했기 때문
이다."[6] 일반적인 문화콘텐츠의 속성이 그러하듯이 세계적인 문
화의 보편성과 한국적 특수성의 관계에 대한 고민이 중요해지는
이유다.

애니메이션 한류의 원조, 〈뽀롱뽀롱 뽀로로〉

　2001년 한국에서는 국산 창작 애니메이션의 세계화를 목표로
㈜아이코닉스가 설립되었다. 그리고 2003년 11월, 개구쟁이 펭
귄 뽀로로와 숲속 마을 친구들이 벌이는 에피소드를 중심으로

6　　박기수, 「한국 애니메이션 스토리텔링 전략 연구」, 『애니메이션 연구』 제3권 2
호, 한국애니메이션학회, 2007, 50쪽.

한 애니메이션 〈뽀롱뽀롱 뽀로로〉(이하 뽀로로)가 TV 애니메이션으로 탄생했다. 이성강 감독과 성백엽 감독, 넬슨 신 감독이 해외 영화제에서 한국 애니메이션을 알리고 있던 무렵, 국내에서는 한국 애니메이션 산업의 판도를 바꾸어 놓을 놀라운 캐릭터 뽀로로가 탄생한 것이다. 〈뽀로로〉는 최초의 남북 합작 애니메이션이라 그 의미가 특별한 작품이다. 미취학 아동을 위한 교육용 애니메이션으로 기획되었으며, 편당 5분짜리 애니메이션 총 52편 가운데 22편을 남북 합작으로 제작했다. 아이코닉스가 기획하고 오콘, SK브로드밴드, 스튜디오 게일, EBS와 조선민주주의 인민공화국의 삼천리총회사가 공동 제작한 3D 애니메이션 〈뽀로로〉는 치밀한 시장 조사를 바탕으로 탄생했다. 분단 이후 경색되었던 남북관계가 1998년부터 시작된 금강산 관광으로 교류의 물꼬를 트고, 분단 55년 만에 처음 만난 남북한 대표가 2000년 6·15남북공동선언을 이끌어 낸 뒤에 찾아온 의미 있는 변화를 상징하는 기획이라 할 수 있다.

　유아교육용 애니메이션 〈뽀로로〉는 기획과 제작 단계부터 이미 해외 시장 진출을 겨냥한 것으로 유명하다. 먼저 유아용 애니메이션이라는 특성을 살려 방송 시간을 유아가 집중력을 발휘할 수 있는 5분으로 조정했다. 주요 시청자들인 영유아들의 생활 패턴을 연구하여 각각의 캐릭터에 성향을 반영하기도 했다. 한국

이라는 특수성이 아니라 세계 시장이라는 보편성을 추구한 것이
다. 이에 따라 캐릭터도 전 세계 모든 아이들이 좋아하는 동물들
을 활용했다. 사람으로 캐릭터를 설정할 경우 발생할 수 있는 인
종과 문화적 한계를 넘어서기 위한 전략이었다. 주요 캐릭터로
는 엉뚱 발랄한 꼬마 펭귄 뽀로로, 우직하고 듬직한 북극곰 포비,
영리하고 재주 많은 여우 에디, 배려심 많고 사랑스러운 비버 소
녀 루피, 귀여운 초록 공룡 크롱 등이다. 시즌을 거듭하면서 씩씩
한 소녀 펭귄 패티와 수다쟁이 새 해리가 추가되었다.

최초의 남북한 합작 TV 애니메이션 〈뽀롱뽀롱 뽀로로〉 (출처: EBS)

세계 시장 공략도 치밀하고 체계적으로 준비되었다. 〈뽀로로〉
는 2003년 11월에 EBS에서 처음 방송되었지만 제작을 위한 기획
은 이보다 2년여 앞선 2001년부터 시작되었다. 당시 기획 과정에

서는 국내 애니메이션 산업의 잠재력과 성공 가능성을 매우 높게 판단하면서 경쟁국인 일본의 경우와 비교하여 우리에게 가장 경쟁력이 있는 틈새를 유아용 애니메이션으로 설정하였다. 결국 〈뽀로로〉는 기획 단계에서부터 경쟁국 콘텐츠 대비 틈새시장을 찾는 과정에서 유아용 애니메이션을 제작하기로 하고, 향후 해외로 수출을 추진할 때 문화적 할인(cultural discount)이 가장 적을 수 있는 동물 캐릭터를 선정하는 등 치밀한 분석을 거쳤던 것이다.[7]

아이코닉스는 애니메이션 강국인 미국과 일본이 아니라 유럽을 겨냥했다. 이들 나라는 유아용 애니메이션 시장이 활발하게 조성된 상태였기 때문이다. 선택이 옳았음은 결과로 입증되었다. 방송 직후부터 〈뽀로로〉가 각국의 페스티벌에 참가해 각종 어워즈에서 잇따라 수상하면서 해외에서도 큰 주목을 받게 된 것이다. 방송 첫 해인 2003년에는 프랑스 지상파 국영방송과 계약을 성사시켰고, 이후 북유럽, 인도, 중국, 싱가포르 등으로 진출했다. 2004년에 10개국, 2005년에 25개국, 2006년에 21개국, 2007년에 31개국으로 시장을 꾸준히 넓히며 지금까지 〈뽀로로〉는 130개국에 수출되었다. 이후 〈뽀로로〉는 키즈콘텐츠 한류의

---

7   김도연, 「애니메이션의 성공조건: 〈뽀롱뽀롱 뽀로로〉 사례를 중심으로」, 『한국콘텐츠학회논문지』 제11권 8호, 한국콘텐츠학회, 2011, 173쪽 참조.

맏형 자리를 듬직하게 지켜내고 있다.

2003년 EBS에서 처음 방송된 〈뽀로로〉는 큰 인기에 힘입어 이후 시리즈를 거듭하면서 제작되었다. 2016년 3월부터 시즌 6이 방송되었고, 2017년에는 편당 5분씩 52회 분량으로 '뽀롱뽀롱 뽀로로 NEW1' 시즌을 선보이며 전 세계 영유아들의 사랑을 한 몸에 받고 있다. 캐릭터를 활용한 다양한 파생 상품이 등장하면서 지금까지 6조 원 이상의 경제 효과를 올린 것으로 추정된다.

변신 로봇과 자동차의 만남 - 〈또봇〉, 〈로보카 폴리〉, 〈헬로 카봇〉

〈변신자동차 또봇〉은 국내 유명 완구회사인 영실업과 애니메이션 제작사 레트로봇이 공동 제작한 3D 로봇 애니메이션이다. 변신 자동차인 또봇들의 활약과 또봇을 조종하는 어린이 파일럿들의 성장을 다루는 애니메이션으로, 2010년 4월 12일부터 2016년 1월 6일까지 KBS2에서 방영했다. 평소엔 도로를 달리는 승용차였다가, 위기가 닥치면 능력자 로봇으로 변신해 악당을 물리치고 도시를 구한다는 설정이 서사의 기본 구조다. 2016년 3월 28일부터 2017년 5월 11일까지 레이싱카를 모델로 한 〈애슬론〉이 방영되었고, 2018년 7월 12일부터 2019년 8월 1일까지 리부트작인 〈또봇 V〉가 방영됐다.

기아자동차의 후원으로 제작되어 또봇 디자인에 실제 기아자

동차의 모델이 적용된 것이 특징이며, 각각의 또봇들은 두 개 혹
은 세 개의 개체가 합체해 모습을 바꾸기도 한다. 예컨대, '로봇
X와 또봇Y'가 결합해 '또봇 타이탄'이 되고, '또봇X, 또봇Y, 또봇
Z'가 결합해 '또봇 트라이탄'이 되는 식이다. 완구회사가 제작에
참여한 까닭에 애니메이션의 방영과 동시에 캐릭터 완구의 판매
가 이어져 남자아이들에게 선풍적인 인기를 끌었다. 애니메이션
의 성공에 힘입어 어린이 뮤지컬로도 제작이 되었으며, 2018년
부터 1기와 2기 작품이 넷플릭스에서 스트리밍 서비스를 시작해
전 세계로 향유층을 확대하고 있다. 〈변신자동차 또봇〉은 그동
안 유아물에 치중돼 있던 국내 애니메이션의 지평을 아동물로까
지 확대하는 선도적 역할을 했다는 평가를 받고 있다.

변신 로보카 구조대의 활약을 다룬 EBS 애니메이션 〈로보카 폴리〉(출처: EBS)

　　로이비쥬얼이 제작하고 EBS에서 방영한 3D 애니메이션 〈로보카 폴리〉는 2010년 프랑스 MIP 주니어 라이선싱 챌린지에서 1위에 선정되면서 일찌감치 성공을 예감케 했다. 2011년 2월 28일부터 EBS에서 방영되었는데 반응은 폭발적이었다. 키즈콘텐츠의 핵심 요소인 재미와 교훈을 모두 갖춘 스토리텔링으로 어린이 시청자들의 마음을 사로잡은 것이다.

　　아름다운 섬마을 브룸스타운에는 언제 어디서나 도움이 필요한 친구들을 위해 출동하는 변신 로보카 구조대가 있다. 최강 속도를 자랑하는 경찰차 폴리, 힘세고 정의로운 소방차 로이, 똑똑하고 다정한 구급차 엠버, 하늘을 나는 헬리콥터 헬리가 그들이다. 여기에 구조대를 지원하는 천재 발명가 진이 합세해 지혜와 힘, 능력을 겸비한 최강의 구조대가 완성되었다. 또한 매회마다 우리 주변의 다양한 자동차들이 서브 캐릭터로 활약하면서 작품의 서사 또한 풍성해졌다. 브룸스타운에서 아이들의 등굣길을 책임지는 수다쟁이 스쿨버스 스쿨비, 마을을 청소하는 청소차 클리니, 언제나 놀 궁리만 하는 말썽꾸러기 견인차 스푸키, 성실한 우편 배달차 포스티처럼 친근하고 개성적인 이름을 지닌 자동차 캐릭터들이 그들이다.

　　더욱 흥미로운 것은 〈로보카 폴리〉에서는 사람과 자동차 캐릭터가 모두 동등한 관계로 등장하고 소통한다는 점이다. 친절

한 타이어 가게 주인 휠러, 마음이 따뜻한 에너지 충전소 주인 스
테이시, 공사장에서 덤프나 포클레인, 롤러 같은 특수차를 지휘
하는 현장감독 빌더 등도 자동차 캐릭터들과 자연스럽게 어우러
지면서 인상적인 스토리를 만들어 낸다. 지금까지 프랑스, 러시
아, 중국, 타이완 등 143개국에 수출되어 전 세계 어린이들을 만
났다. 론칭 10주년을 맞이한 2020년부터는 이탈리아·튀르키예·
독일·스페인 등 여전히 아시아에 대한 편견이 남은 유럽을 집중
공략하면서 시장을 확장하고 있다. 캐나다와 넷플릭스에서 방영
을 시작했으며 그동안 구축한 네트워크 파워로 완구와 방송사
등으로 저변을 확대하고 있다. 또한 10주년을 맞아 캐릭터들의
세계관을 확장한 새로운 콘텐츠 발표도 준비하고 있다. 뮤지컬
포맷도 판매되고 있어 라이선싱 사업도 더욱 포괄적인 형태로
진행될 것으로 보여 앞으로의 활약이 기대되는 애니메이션이다.
'뽀통령'의 인기와 견줄 만한 인기다. 그래서 한국에서는 폴리를
'폴총리'라는 애칭으로 부른다.

　이후에도 변신 자동차와 로봇의 조합으로 만들어진 애니메
이션의 열기는 식지 않았다. 〈또봇〉과 〈로보카 폴리〉의 성공 이
후 제작된 〈헬로 카봇〉은 초이락컨텐츠팩토리가 기획·제작하고
㈜스튜디오더블유바바가 애니메이션 제작을 맡은 3D 애니메
이션이다. 2014년 1월 4일부터 2018년 10월 13일까지 4년간 KBS

1TV에서 방영하며 변신 자동차 애니메이션의 계보를 잇고 있다. TV 애니메이션의 성공에 힘입어 극장판 애니메이션의 제작도 이어졌다. 2018년 8월에 〈극장판 헬로 카봇: 백악기 시대〉가 개봉했으며, 2019년 1월과 9월에는 두 번째 극장판 애니메이션인 〈극장판 헬로 카봇: 옴파로스 섬의 비밀〉과 세 번째 작품인 〈극장판 헬로 카봇: 달나라를 구해줘!〉가 개봉하며 국내 어린이들의 사랑을 받았다.

〈꼬마버스 타요〉, 어린이 교통안전을 부탁해

2010년 8월부터 EBS에서 방영된 〈꼬마버스 타요〉는 〈뽀롱뽀롱 뽀로로〉 제작사인 아이코닉스가 기획하고 서울특별시, EBS가 공동 제작한 3D 애니메이션이다. 다양한 교통수단들이 열심히 맡은 일을 하며 사이좋게 어울려 살아가고 있는 서울시티를 배경으로 해 국내 시청자들에겐 친근함으로 먼저 다가갔다. 이제 막 시내버스로서의 자격을 얻어 운행을 시작한 새내기 꼬마버스 타요가 차고지에서 함께 생활하는 버스 친구들인 로기, 라니, 가니와 활약을 펼친다. 아직은 매사에 서툴지만 훌륭한 시내버스가 되겠다는 의지만큼은 누구 못지않게 강한 타요의 모습은 실제 아이들의 캐릭터를 반영한 것이라 더욱 인기를 얻었다. 여기에 꼬마 택시 누리, 경찰차 패트를 비롯한 다양한 자동차 친구들이 다양한 에피소드를 경험하면서 성장하는 모습을 담아냈다.

서울을 배경으로 꼬마버스들의 활약을 그린 교육용 애니메이션 〈꼬마버스 타요〉(출처: EBS)

2010년 11분짜리 애니메이션 26부작을 선보인 〈꼬마버스 타요〉는 현재 시즌 6을 방영하고 있으며, 2020년 12월부터는 새로운 시리즈로 〈마법버스 타요〉를 10부작으로 방영하고 있다. 〈마법버스 타요〉는 타요와 꼬마버스들이 나쁜 마법사들과 대결하는 새로운 모험을 선보인다. 나쁜 마법사에게 잡혀간 로기, 라니, 가니를 구출하기 위해 타요가 마법학교에 입학해 마법을 배운다는 설정과 도로 위를 달리는 것이 아닌, 하늘을 날아다니는 자동차라는 설정을 추가해 판타지적 요소를 확장했다. 〈로보카 폴리〉처럼 〈꼬마버스 타요〉도 자동차들이 인간과 같은 인격체이고 서로 화합하며 살아간다는 세계관을 보여 준다.

그러나 초기 시즌에서는 서울이라는 특수한 지역을 배경으로 했다는 점에서 콘텐츠의 확장성이 낮다는 한계가 있었으며, 애니메이션의 서사 속에 서울을 홍보하는 내용을 포함하고 있어 타지역의 시청자들에겐 오히려 배경이 낯설게 다가오기도 했다. 실제 〈꼬마버스 타요〉에 등장하는 메인 캐릭터들의 버스 번호는 서울시와 밀접한 관련을 맺고 있었다. 타요의 120은 서울시에서 운행 중인 실제 노선버스의 번호이자 민원센터인 다산콜센터의 번호에서, 지선버스 로기의 1000은 서울의 인구 1000만 명을 상징한다. 전형적인 에듀테인먼트 애니메이션을 표방한 덕에 2014년에는 도로교통공단에서 '타요와 함께하는 어린이 교통안전 체험교육'을 실시하기도 했다. 어린이들이 뽀로로 못지않게 좋아하는 캐릭터 타요는 어린이 교통안전 전도사로서 제 역할을 톡톡히 해내며 어린이들을 위한 캠페인에도 앞장서고 있다.

〈라바〉, 슬랩스틱 애니메이션의 새 역사를 쓰다

투바엔터테인먼트와 시너지미디어가 제작·배급한 〈라바 (Larva)〉는 나비의 애벌레인 레드와 옐로우가 벌이는 좌충우돌 에피소드를 담은 90초 분량의 코믹 애니메이션이다. 2011년 KBS를 통해 하수구를 배경으로 한 시즌 1이 첫 방영된 이래 2013년에는 가정집 배경의 시즌 2, 2014년에는 뉴욕 거리를 배경으로 한 시

즌 3 〈라바 인 뉴욕〉이 케이블 채널을 통해 방영되어 큰 인기를
얻었다. 현재는 뉴욕을 떠나 무인도에 불시착한 레드와 옐로우
의 생존기를 다룬 시즌 4 〈라바 아일랜드〉가 OTT 시장의 최대
강자인 넷플릭스에서 방영되고 있다.

슬랩스틱 애니메이션으로 세계적인 인기를 얻고 있는 〈라바〉(출처: 넷플릭스 화면 캡처)

〈라바〉의 인기 비결은 먼저 레드와 옐로우라는 캐릭터에서
찾을 수 있다. 이들은 서로 먹이를 다투는 경쟁 관계에 있으면서
한국적 정서인 정(情)을 기반으로 필요에 따라 연대하는 공생 관
계를 보여 준다. 예컨대, 디즈니의 대표적인 동물 애니메이션인
〈톰과 제리〉가 서로를 골탕 먹이고 못 살게 하는 철저한 대립 관
계에 있다면, 〈라바〉의 메인 캐릭터인 레드와 옐로우는 필요할
때는 서로 돕는 상보적 대립 관계라고 볼 수 있다. 캐릭터 자체의
매력뿐만 아니라 이러한 관계 설정은 해외 관객들에게도 새롭게
다가 왔다. 둘째, 넌버벌 애니메이션을 표방하면서 세계 무대로
진출할 때 만나는 커다란 난관인 언어장벽을 가볍게 뛰어넘었

다. 대사가 없이도 충분히 내용을 이해할 수 있도록 스토리텔링
을 했으며, 서사의 진행은 캐릭터들의 행동에 의해 전개된다.

셋째, 작품의 무대를 뉴욕의 하수구와 가정집으로 설정함으
로써 문화장벽 또한 쉽게 넘어설 수 있었다. 넷째, 90초라는 짧
은 시간 안에 서사의 긴장감과 재미를 최고조로 끌어올리기 위
한 기법으로 코미디 장르의 트레이드 마크였던 '슬랩스틱' 형식
을 차용해 시청자들의 배꼽을 틀어쥐었다. 맹주공 감독의 이러
한 전략 덕분에 이후 〈라바〉는 한국 콘텐츠 시장의 새로운 강자
로 부상할 수 있었다.

지금까지 〈라바〉는 전 세계 120여 개국에서 방영되었으며 넷
플릭스와 콘텐츠 공급 계약을 맺고 북미 시장에도 진출했다. 여
기에 캐릭터의 매력이 더해지면서 문구·완구·서적·의류·식품
등 관련 출시 상품만 1,000여 종에 달하는 것으로 알려져 있다.
이후 해외에서 선호하는 한국의 캐릭터에 지속적으로 이름을 올
리고 있으며, 특히 아시아 지역에서는 뿌까, 뽀로로를 뛰어넘어
선호 캐릭터 1위를 기록하기도 했다. 2009년에 웹 애니메이션 페
스티벌(Web Animation Festival) 대상, SBS 창작 애니메이션 최우수
상, 2012년에는 대한민국 콘텐츠 대상 문화부장관상을 수상한
바 있다.

호러 애니메이션의 등장, 〈신비아파트〉

〈신비아파트〉는 미디어 그룹 CJ ENM이 운영하는 어린이와 청소년 전문 채널인 투니버스에서 방송된 애니메이션이다. 2014년 12월 31일에 〈신비아파트 444호〉라는 제목으로 시범적으로 방송을 했으며, 본 방송은 〈신비아파트: 고스트볼의 비밀〉이라는 제목으로 2016년 7월 20일부터 2017년 1월 18일까지 매주 수요일 오후 8시에 방영했다. 102살 도깨비 신비, 하리와 두리 남매가 힘을 합쳐 불의의 사고로 세상을 떠난 귀신들의 억울함을 풀어주는 이야기로 한국 애니메이션으로는 흔치 않은 호러 판타지이다.

호러 판타지 애니메이션 〈신비아파트〉(출처: 투니버스 화면 캡처)

귀신이 나오는 장소로 유명한 신비아파트에 이사 온 하리와 두리는 도깨비 신비가 먹던 엿을 빼앗아 먹은 후부터 귀신들이 보이기 시작하고, 신비는 하리와 두리에게 귀신들을 승천시켜 주면 무엇이든 한 가지씩 소원을 들어주겠다고 약속한다. 이후 귀신의 힘에 맞설 수 있는 고스트볼을 무기 삼아 하리와 두리의 활약이 펼쳐진다. 2017년 11월 9일부터 2018년 3월 15일까지 시즌 2의 1부 〈신비아파트: 고스트볼 X의 탄생〉이, 2018년 11월 8일부터 2019년 1월 24일까지 시즌 2의 2부인 〈신비아파트: 고스트볼 X의 탄생 두 번째 이야기〉, 2020년 3월 5일부터 2020년 6월 4일까지 시즌 3의 1부 〈신비아파트: 고스트볼 더블 X 6개의 예언〉, 2020년 10월 8일부터 2021년 1월 21일까지 시즌 3의 2부 〈신비아파트: 고스트볼 더블 X 수상한 의뢰〉가 방송되었다.

호러 판타지라는 장르의 특성과 마니아층의 뜨거운 반응이 이어지면서 〈신비아파트 시즌 3〉은 10%가 넘는 시청률을 기록했다. 또한 모 기업인 CJ ENM이 제작을 맡아 2018년 7월 25일에 극장용 애니메이션 〈신비아파트: 금빛 도깨비와 비밀의 동굴〉, 2019년 12월 19일에 두 번째 장편 애니메이션 〈극장판 신비아파트: 하늘도깨비 대 요르문간드〉가 개봉하였다.

애니메이션에서 시작된 〈신비아파트〉의 열기는 장르를 바꿔 뮤지컬과 게임, 웹드라마로 이어졌다. 그 결과 현재까지 뮤지컬과 웹드라마는 시즌 3까지 제작되어 향유 대상이 성인층으로까지 확장해 가고 있다. 그리고 2018년부터 현재까지 모두 6편의 게임으로 만들어지며 명실상부 최고의 흥행 콘텐츠로 자리매김했다. 그렇다면 〈신비아파트〉의 성공 비결은 무엇일까.

첫째, 국내 최초 호러 애니메이션이라는 차별화된 장르 선택이 주효했다고 볼 수 있다. 둘째, 서사의 힘이다. 아이들에게 익숙한 공간인 학교와 집을 배경으로 이야기를 이끌어 가면서 단순히 귀신과 인간이 대결하는 것이 아니라, 귀신의 원한을 풀어준다는 다분히 한국적인 서사의 힘이 뒷받침되었다. 셋째, 유아와 어린이 대상 애니메이션으로 성인들까지 사로잡았다. 본래 〈신비아파트〉의 메인 타깃은 유아와 초등학생이었지만, 긴장감 있는 서사 전개와 귀여운 귀신 사냥꾼 캐릭터가 지닌 매력은 청소년과 성인층을 끌어들임으로써 뮤지컬, 게임, 웹드라마 같은 새로운 장르로 전환될 수 있었다. 이처럼 국내에서 큰 인기를 누린 〈신비아파트〉는 태국, 인도네시아를 필두로 해외 진출까지 성공해 한국 애니메이션의 저력을 과시하고 있다.

2. 예술성으로 인정받은 한국형 애니메이션

장편 애니메이션의 시작, 〈홍길동〉과 〈로보트 태권V〉

한국에서 애니메이션은 1950년대 말 CF에서 활용되면서 대중과 처음 눈을 맞추었다. 그러다가 1960년대가 되어서야 본격적인 애니메이션 작품이 만들어졌다. 1967년에 그 역사가 시작되었지만, 그로부터 35년이라는 긴 시간 동안 한국의 애니메이션은 철저히 '국내용'에 머물러 있었다. 다른 나라와의 교류도 없었고 주목할 만한 수상도 없었다. 그 오랜 부침에 마침표를 찍고 한국적인 애니메이션의 새로운 가능성을 보여 준 작품이 이성강 감독의 〈마리 이야기〉이다. 이번 장에서는 한국 극장용 애니메이션의 역사를 대략적으로 짚어 보면서 2000년대 이후 새로운 도약을 시작한 주요 작품들을 살펴보자.

한국에서 극장용 장편 애니메이션의 역사가 처음 시작된 것은 1967년 1월이다. 신동헌 감독의 작품 〈홍길동〉(세기상사 제작)이 그 주인공이다. 당시 〈홍길동〉은 '우리 손으로 제작된 최초의 장편만화영화'라는 홍보 카피와 함께 극장 개봉 6일 만에 12만 명의 관객을 끌어 모았다. 이는 당시 개봉 중이던 실사 영화들을 뛰어넘는 놀라운 흥행 성적이었다.[8] 〈홍길동〉은 한국 최초의 한글소설인 허균의 『홍길동전』을 원전으로 삼은 작품이다. 서자로 태어난 길동이 신분 구조의 모순에 대항하며 활빈당을 조직해 탐관오리들을 소탕하고 백성을 구한다는 서사는 원작을 그대로 따르고 있다. 여기에 백운도사, 차돌바위 등 새로운 캐릭터들을 등장시켜 극에 활력을 불어넣으며 홍길동의 영웅 서사를 완성했다. 한국인에게 익숙한 고전 서사가 장르전환을 통해 생동감 있는 이미지와 이야기가 상보적으로 결합된 새로운 시간예술로 재탄생한 역사적인 순간이기도 하다.

〈로보트 태권V〉 포스터. 왼쪽은 1976년 개봉 당시,
오른쪽은 2007년 디지털 복원판

───────────────

8   노승관·양경미, 앞의 책, 38~39쪽 참조.

그 후 한국 장편 애니메이션의 맥은 1976년 김청기 감독에 의해 이어진다. 한국 최초의 로봇 애니메이션 〈로보트 태권V〉(유프로덕션 제작)가 등장한 것이다. 이 작품 이전에 1970년대 로봇 애니메이션의 인기를 주도한 것은 일본의 애니메이션 〈마징가 제트〉였다. 1972~74년까지 후지TV를 통해 총 92회 방영되었는데 당시 최고 시청률이 30%에 이를 정도로 일본 내에서 큰 인기를 끌었다. 사람이 탑승해 조종하는 '탑승형 로봇' 시대를 연 작품으로 평가받는 〈마징가 제트〉는 1975년 한국에 수입되어 25회까지 방영되었다. 거대로봇 애니메이션의 등장으로 국내에서는 한국형 로봇 애니메이션에 대한 관심과 열망이 뜨거웠다. 이에 시나리오 구상에 들어간 김청기 감독은 〈마징가 제트〉와 차별화된 한국형 거대로봇의 탄생을 위해 고심했다. 먼저 캐릭터는 이순신 장군의 얼굴을 모티프로 해 차별화를 꾀했다. 여기에 한국의 전통 무예인 태권도를 접목해 '태권 로봇'이라는 새로운 캐릭터를 완성했다. 시나리오는 세계 정복을 꿈꾸는 붉은 제국의 야욕에 맞서는 권선징악의 서사를 기본으로 했고, 서사의 중심에 태권브이의 활약이 있는 전형적인 영웅 서사를 따랐다. 〈마징가 제트〉가 '신도 악마도 될 수 있다'는 양면적 세계관에서 탄생한 것과 달리 〈로보트 태권V〉는 스토리에서도 차별화가 이루어졌다. 그렇지만 두상과 가슴판을 제외한 몸체 부분은 비슷한 점이 많아 두 캐릭터 사이에는 표절 논란이 끊이지 않았다.

그러나 캐릭터의 외양이 유사한 것을 제외하면 로보트 태권
브이와 마징가 제트는 달랐다. 둘 다 사람이 탑승해 조정하는 방
식이지만 조종법에서 큰 차이가 있었다. 마징가 제트는 로봇의
머리에 있는 조종석에 사람이 앉아 스틱이나 버튼을 이용해 조
종한 반면, 로보트 태권브이는 로봇과 사람이 하나가 되는 일심
동체형이다. 태권브이의 가슴에 있는 조종관에 조정자가 탑승하
면 태권브이와 조종자의 뇌파가 연결되고 조종자의 행동을 로봇
이 따라 한다. 태권도 유단자인 '훈이'가 태권도의 여러 동작을
취하면 태권브이가 그대로 모션을 취하는 방식이다. 주요 무기
도 달랐다. 마징가 제트의 주무기는 팔이 분리돼 마하 2의 속도
로 날아가는 로켓포와 눈에서 나오는 광자력 빔이다. 반면에 로
보트 태권브이는 그 이름답게 돌려차기, 공중차기 등 각종 태권
도 동작이 주무기다. 여기에 로켓주먹과 몸통의 V자에서 발사되
는 광자력 빔이 있다. 마징가 제트가 로켓포를 활용한 원거리 전
투에 최적화되었다면, 로보트 태권브이는 격투기가 주특기인 만
큼 근거리 전투에서 더 우위를 점한다는 것도 다른 점이다. 오
랜 표절 논란에 대한 최종 판결은 2018년 이루어졌다. 서울중앙
지법 민사208 단독 재판부는 "로보트 태권브이는 마징가 제트와

구별되는 독립 창작물"이라 관결했다.[9]

〈로보트 태권V〉의 등장으로 한국 애니메이션은 제2의 전성기를 맞이하게 되었다. 개봉 이후 〈로보트 태권V〉는 가장 한국적인 무예인 태권도와 로봇의 만남만으로도 뜨거운 이슈를 만들어 냈다. 여기에 '김청기 키드'라 불릴 수 있는 어린이 관객들의 열렬한 호응은 침체된 애니메이션 시장에 등장한 구세주와도 같았다. 이후 〈로보트 태권V 2: 우주작전〉(1976), 〈철인 007〉(1976), 〈태권동자 마루치 아라치〉(1977), 〈전자인간 337〉(1977) 등의 작품이 잇따라 흥행하면서 키즈콘텐츠의 핵심 장르로서 애니메이션의 위상을 국내 독자들에게 각인시켰다. 이후 탄생 31년이 지난 2007년에 〈로보트 태권V〉는 디지털로 복원되어 재개봉되었다.

애니메이션이 어린이 문화로 정착됨에 따라 1967년부터 한국에서 극장용 애니메이션은 한 해 제작 평균이 약 2편이었던 것이 1976년과 1977년에는 3편, 1978년에는 7편, 1979년 8편, 1980년 9편, 1981년 6편, 1982년 9편, 1983년 10편, 1984년 6편, 1986년 7편이 제작되어 꾸준히 증가했다.[10]

9   노정연, 「로보트 태권브이 VS 마징가 제트, 두 전설이 맞붙으면…」, 『경향신문』 2018. 08. 03.

10   노승관·양경미, 앞의 책, 64쪽.

안시가 작품성을 인정한 〈마리 이야기〉

1990년대는 애니메이션의 새로운 부흥기였다. 그동안 기획력, 기술력, 제작비 부족으로 일본 애니메이션 하청작업을 하거나 디즈니사에서 제작된 애니메이션에 안방극장을 내주었던 시장이 88서울올림픽을 기점으로 새로운 전환점을 맞이하게 되었다. 방송사들은 앞다투어 TV 애니메이션 시리즈들을 방영하기 시작했고, 1990년대 중반부터는 극장용 애니메이션의 제작도 활발해졌다. 애니메이션에 대한 대중적 관심이 늘어나면서 1995년 12월에는 만화영화 전문 TV 채널인 투니버스(Tooniverse)가 개국했다. 투니버스는 1997년 11월 TV 시리즈 〈영혼기병 라젠카〉를 제작·방영하여 대한민국 영상만화대상 금상을 수상하는 등 국내 애니메이션 시장을 주도해 왔으며, 국내 최초 게임 중계방송을 통해 온라인 게임의 활성화에도 중추적인 역할을 담당했다.

김영삼정부가 들어서면서 정부 차원의 지원도 이루어졌다. 정부는 만화와 애니메이션 산업의 활성화를 도모하기 위해 1995년부터 서울 국제 만화애니메이션 페스티벌(Seoul International Cartoon & Animation Festival, SICAF)을 개최했다. 매년 5~8월 중 명동역, 서울광장, 남산 일대에서 열리는 이 행사는 만화와 애니메이션 산업의 활성화를 위해 시작한 행사로 전시회, 영화제, 이벤트, 문화콘텐츠 마켓 등을 마련해 오고 이를 통해 한국은 애니메이

션 수입국에서 벗어나 세계적인 만화애니메이션 페스티벌 주최
국의 위상을 갖게 되었다. 나아가 만화와 애니메이션은 어린이
와 어른이라는 세대 구분을 넘어 누구에게나 사랑받는 문화콘텐
츠로 거듭나게 되었다.

안시 국제 애니메이션 영화제에서 장편 경쟁 부문 대상을 수상한 〈마리 이야기〉

그러나 한국의 애니메이션은 '이성강'이라는 이름이 프랑스
안시 국제 애니메이션 영화제에서 호명되기까지 한국이라는 좁
은 울타리를 벗어나지 못하고 있었다. 그런 의미에서 이성강 감
독의 〈마리 이야기(My Beautiful Girl, Ma-ri)〉(씨즈엔터테인먼트 제작)는
한국의 창작 애니메이션의 수준을 한 단계 끌어올린 기념비적인
작품이라 할 수 있다. 2002년 세계 4대 애니메이션 페스티벌 중
하나인 제26회 안시 국제 애니메이션 영화제에서 반가운 소식이
들려 왔다. 신비로운 미지의 소녀 마리와 바닷가 소년 남우의 만

남과 사랑을 아름답고 몽환적인 분위기로 담아 낸 이성강 감독
의 판타지 애니메이션 〈마리 이야기〉가 장편 경쟁 부문에서 대
상을 수상했다는 소식이었다.

수상 전 이성강 감독은 1998년에 단편 애니메이션인 〈덤불 속
의 재〉로 안시 국제 애니메이션 페스티벌 경쟁 부문에 진출한 경
험이 있었다. 대학교에서 심리학을 전공한 그는 몽환적 색채와
관념적 주제로 일상과 환상의 만남에 주목해 왔다. 〈마리 이야
기〉는 1998년 10월 기획되어 2002년 1월 11일 개봉되기까지 제
작 기간 3년, 제작비 30억 원이 투입되었는데, 어린 날의 순수함
을 상실한 성인들에게 유년 시절의 아름다웠던 추억과 사랑을
되살려 주기 위해 환상 기법을 활용하고 있다. 〈마리 이야기〉의
주된 서사는 어린 시절 아버지를 여읜 남우가 마리라는 미지의
소녀에게 이끌려 환상의 세계를 경험하고, 그로 인해 현실에서
삶과 성장을 받아들이게 된다는 이야기이다.[11]

특히 현실과 환상을 오가는 과정에서 이성강 감독은 파스텔
톤을 기조로 서정적이고 아름다운 환상을 빚어 냈다. 〈마리 이야
기〉에 쏟아진 영상미가 돋보인다는 찬사는 그렇게 탄생했다. 또
한 남우(이병헌), 준호(공형준), 어머니(배종옥), 아저씨(안성기) 등 인

---

11   한창완 외, 『세계 애니메이션 백과』(한울엠플러스) 중 '마리 이야기' 참조.

기 배우들의 호소력 있는 목소리 연기도 작품의 완성에 힘을 실어 주었다. 그러나 영상의 완성도에서는 의미 있는 성과를 이루어냈지만 서사가 약하다는 평가도 받았다. 이는 〈마리 이야기〉뿐만 아니라 한국의 애니메이션이 극복해 나가야 할 가장 큰 문제이기도 했다. 그럼에도 불구하고 〈마리 이야기〉는 한국의 장편 애니메이션을 해외에 알린 최초의 작품인 동시에, 해외 시장으로 진출할 수 있는 교두보 역할을 했다는 점에서 큰 의미가 있다.

애니메이션 부흥기를 연 〈오세암〉, 〈왕후 심청〉

2000년대 이후 TV 애니메이션과 극장용 애니메이션의 기획·제작이 활발해졌다. 2002년 〈마리 이야기〉에 이어 2004년 〈오세암〉(마고21 제작)이 안시 국제 애니메이션 페스티벌에서 장편 부문 대상을 수상하는 영광을 안았다. 2002년 그랑프리를 수상한 〈마리 이야기〉의 영광을 2년 만에 재현한 〈오세암〉의 수상은 세계에 한국 애니메이션을 각인시키는 데 결정적인 역할을 한 것으로 평가되고 있다. 〈오세암〉은 '한국적인 것'을 표방해 만든 작품으로 주인공 길손의 캐릭터에 특히 중점을 둬 일본 애니메이션과 차별화했다. 설악산 관음사에 전해 내려오는 설화를 바탕으로 창작된 정채봉 작가의 동화 『오세암』을 원작으로 제작되어 화제가 되었다. 이로써 한국의 불교설화가 동화로, 동화가 다시 애니메이션으로 OSMU가 된 콘텐츠가 탄생한 셈이다.

애니메이션으로 새롭게 태어난 성백엽 감독의 〈오세암〉은 2004년 4월에 칸영화제에서 주니어 주어리 프라이즈를 수상했고, 같은 해 제49회 아시아·태평양영화제 애니메이션 최우수작품상을 수상했다. 그리고 이듬해인 2005년에는 제30회 토론토 국제 영화제 관객상을 수상하며 해외에서 작품성을 인정받았다. 애니메이션의 '칸 영화제'로 불리는 안시 국제 애니메이션 페스티벌(프랑스)은 자그레브(크로아티아), 오타와(캐나다), 히로시마(일본) 페스티벌과 함께 세계 4대 애니메이션 페스티벌로 꼽히는 행사다. 특히, 2004년에는 일본, 영국, 체코, 호주에 이어 한국 특별전이 따로 마련되어 넬슨 신 감독의 〈왕후 심청〉, 안태근 감독의 〈망치〉 등 장편 5편과 이명하 감독의 〈존재〉 등 단편 47편, 총 52편의 한국 애니메이션을 선보였으며, 경쟁 부문에도 양우석 감독의 〈에그콜라〉, 김준기 감독의 〈인생〉 등 10여 편의 작품이 출품되어 한국 애니메이션의 달라진 위상을 보여 주었다.[12]

---

12   한국콘텐츠진흥원, 『애니메이션산업 백서 2005』, 2005, 15쪽.

한국의 불교설화를 바탕으로 탄생한 애니메이션 〈오세암〉

〈오세암〉은 한국문화콘텐츠진흥원의 2001년 우수 파일럿 제작 지원작과 영화진흥위원회 극영화 제작 지원작에 선정되면서 일찌감치 작품성을 검증받았다. 화려하진 않지만 안정된 그림체와 감동적인 스토리가 돋보였기 때문이다. 그런 이유로 지금까지도 웰메이드 애니메이션으로 평가받고 있다.[13] 그렇지만 이성강 감독의 〈마리 이야기〉처럼 성백엽 감독의 〈오세암〉도 국내 흥행은 성공하지 못했다. 한국적 정서와 서정에 녹여낸 아름다운 원화와 배경, 동양적인 캐릭터와 동심과 자연의 교감을 보여주는 감동적인 서사로 탄생하며 '한국형 애니메이션'의 진가를 보여 주었지만 개봉 2주 만에 상영을 종료해야 했다.

13 한창완 외, 『세계 애니메이션 백과』(한울엠플러스) 중 '오세암' 참조.

그렇다면 해외 유명 영화제에서 대상까지 수상하며 국제적으로도 인정받은 이들 작품이 흥행하지 못한 이유는 무엇일까? 먼저 작품 자체가 대중성이 다소 부족했다는 평가가 있다. 그렇지만 더 큰 이유는 한국 애니메이션의 배급 구조에 있었다. 아무리 평론가, 언론 등의 호평을 입은 작품이라 할지라도 국내 애니메이션을 꺼리는 극장으로 인해 배급이 원활하지 않고 스크린을 확보하더라도 초기에 많은 관객몰이를 하지 않는 한 국내 애니메이션들은 대부분 조기종영을 하기 때문이다.[14] 1990년대 들어 애니메이션 제작 역량 또한 높아졌지만 관객과 만나는 마지막 관문에서 현실적인 난관에 부딪친 것이다. 문화산업으로서 애니메이션 산업의 꾸준한 성장을 위한 체계적인 지원 정책이 필요한 이유가 여기에 있다.

2005년 7월에는 애니메이션업계의 오랜 숙원이었던 '애니메이션 방송총량제'가 처음 시행되었다. 총량제에 따라 지상파 방송사는 전체 방송 시간의 1%(기타 방송사 1.5%, EBS 0.3%)를 의무적으로 국산 창작 애니메이션에 배정하게 되었다. 이에 따라 국내 애니메이션 창작이 확대되었으며 SK, CJ 같은 대기업들이 잇따라 애니메이션 시장에 출사표를 던짐으로써 애니메이션 산업 활

---

14   노승관·양경미, 앞의 책, 188쪽.

성화에 긍정적인 요인으로 작용했다.

인기 드라마를 원작으로 하는 애니메이션들도 제작되었다. 첫 주자는 MBC 드라마 〈대장금〉을 원작으로 한 〈장금이의 꿈〉이다. MBC와 손오공, 희원엔터테인먼트, 한국문화콘텐츠진흥원 등이 참여한 30분 분량 26부작인 〈장금이의 꿈〉은 장금의 생각시 시절 이야기로, 연말부터 국내에서 방영되기 시작해 일본, 홍콩 등 아시아에서도 성공을 거두었다. 〈대장금〉의 서사가 널리알려진 소재인 만큼 대중에게 친숙하게 다가갈 수 있어 실패의 위험이 적었다. 또한 국내 애니메이션의 취약한 고리로 평가되던 이야기 구조를 원작의 힘으로 극복할 수 있어 제작자에게는 매력적인 요소로 부각되었다.

그런가 하면, 2005년 국내 애니메이션계에 가장 많이 회자된 인물은 〈버스데이 보이〉를 통해 한국인 최초로 아카데미 본상 후보에 올랐던 박세종 감독이었다. 〈버스데이 보이〉는 한국전쟁 중 아버지를 잃은 소년을 통해 전쟁의 아픔을 따뜻한 시선으로 보듬은 작품이다. 생애 첫 출품작으로 박 감독은 2003년 프랑스안시 애니메이션 페스티벌 신인감독상, 미국 시그라프 대상, 시드니 영화제 대상을 받았다. 이어 2005년에는 영국 아카데미 단편 애니메이션 대상을 수상하는 등 크고 작은 국제 애니메이션

영화제에서 수십여 회 수상하는 대기록을 세웠다.[15]

〈왕후 심청(Empress Chung)〉(2005)은 한국인에게 친숙한 고전소설 『심청전』에 판타지 요소를 강화한 애니메이션이다. 이 작품은 넬슨 신 감독이 제작에 참여하는 것만으로도 화제가 되었다. 한국의 애니메이터 1세대이자 해외에서도 그 재능을 인정받아 여러 차례 에미 어워드(Emmy Awards)를 수상한 넬슨 신 감독은 〈스타워즈〉 광선 검 연출과 〈트랜스포머〉 TV 애니메이션 감독으로 널리 알려져 있었기 때문이다. 2005년 남북이 합작하여 처음 선보인 극장용 장편 애니메이션이라는 타이틀을 지닌 이 작품은 ㈜코아필름서울, 코아필름(미국) 그리고 북한의 조선4·26아동영화촬영소가 공동으로 참여해 제작 기간 7년, 제작비 70억 원을 들여 제작한 극장용 장편 애니메이션이다. 2003년 TV 애니메이션으로 방영된 〈뽀롱뽀롱 뽀로로〉에 이은 두 번째 남북한 공동 제작 애니메이션이었다. 그런 이유로 〈왕후 심청〉은 제작 과정에서부터 화제를 불러일으켰으며, 프리프로덕션과 후반 작업을 제외한 동화 작업이 모두 북한에서 진행된 것도 주목할 만하다. 기획은 남한에서 맡고 할리우드에서 활약한 넬슨 신 감독이 연출을, 그리고 북한의 조선4·26아동영화촬영소에서 메인 프로덕

---

15   한국콘텐츠진흥원, 『애니메이션산업 백서 2005』, 2005, 15~16쪽.

션인 원화와 동화 작업의 전량을 OEM 방식으로 소화해 내며 장편 애니메이션 분야에서 남북한의 기술력 합작이라는 역사를 써 내려간 것이다.

〈뽀롱뽀롱 뽀로로〉에 이은 두 번째 남북한 공동제작 애니메이션 〈왕후 심청〉

〈왕후 심청〉은 서사의 큰 줄기는 원작인 『심청전』를 따르면서 대중들과의 소통을 위해 일부 캐릭터를 새롭게 창조했다. 주인공 청이는 충신이자 훌륭한 재상이었던 심학구의 외동딸로 태어난다. 그러나 아버지 심학구 대감이 역적 일당의 음모에 가담하지 않은 데 대한 보복으로 집안은 하루아침에 몰락하고, 목숨을 위협받는 상황에서 심학구는 눈이 멀게 된다. 이처럼 발단 부분에서 원작에는 등장하지 않는 악역 캐릭터인 이러니 대감을 등장시켜 심학규와 갈등의 축을 형성했다. 어린 청이 곁에는 듬직한 삽살개 단추, 말썽 많고 수다스러운 거위 가희, 졸린 눈을 껌뻑이는 거북 터벙이 등을 등장시켰다. 권선징악의 서사를 강화하기 위해 원작에서 심청이가 빠지는 인당수를 바다가 아니라 괴물로 인격화한 것 또한 다른 지점이다.

2005년 광복절을 즈음해 남북한에서 동시 개봉된 이 작품은 2005년 안시 국제 애니메이션 페스타벌에서 프로젝트 경쟁 부문 특별상을 수상했다. 히로시마 국제 애니메이션 페스티벌에도 초청 상영되었으며, 캐나다 오타와 애니메이션 페스티벌 본선에도 진출해 세계 3대 애니메이션 페스티벌에 선보였다. 2007년에는 서울 국제 만화애니메이션 페스티벌에서 장편 부문 대상을 수상하였다.

2007년의 도약과 과제

〈마리 이야기〉로 2002년 안시 국제 애니메이션 페스티벌에서 대상을 수상한 이성강 감독은 2007년 약 3년의 제작 기간을 거친 끝에 두 번째 장편 애니메이션 〈천년여우 여우비〉(옐로우필름, 선우엔터테인먼트 제작)를 탄생시켰다. 전작인 〈마리 이야기〉에서 보여 준 환상성을 구미호 설화와 접목시켜 판타지 애니메이션 장르를 개척하면서 보다 친근하게 대중과 만나는 시도를 선보였다.

여우비는 꼬리 다섯 달린 여우 소녀다. 100년을 넘게 살았지

만 인간의 나이로 치면 열 살, 이제 막 사춘기를 맞이하는 소녀에
견줄 수 있다. 지구에 불시착한 외계인 요요들 여섯 마리와 한 지
붕 아래 살고 있다. 그러던 어느 날, 여우비는 산속에서 자기 또
래의 인간 아이들을 우연히 만나게 된다. 그 가운데 황금이라는
남자아이에게 마음이 끌리고 호기심 반, 설렘 반으로 인간과의
생활을 시작한 여우비 앞에 환상적인 모험의 세계가 펼쳐진다.

설화 속에서 구미호는 사람으로 둔갑할 수 있는 능력을 지닌
존재다. 예로부터 민간에 전해져 오는 구미호의 둔갑술은 주로
인간을 위협하는 부정적인 능력으로 표현되었다. 흔히 요괴라는
말로 그 존재를 인식한 만큼 구미호는 인간의 관점에서 보면 강
력한 타자일 수밖에 없다. 하지만 설화 속 여우의 변신 모티프가
애니메이션으로 각색되면서 〈천년여우 여우비〉에서는 여우비
의 둔갑술의 의미가 달라진다. 작품을 통해 주인공의 모험을 대
리 체험하는 아이들에게 여우비의 둔갑술은 그 자체로 하나의
판타지적 사건이 된다. 또한 인간의 나이로 열 살에 해당하는 캐
릭터인 만큼 여우비는 자아정체성에 대한 고민과 제2차 성징이
라는 신체의 변화를 경험해야 하는 사춘기 아이들의 모습을 그
대로 투영한 캐릭터이기도 하다. 작품 속에서 여우비는 자신이
사랑하는 친구 황금이를 위해 삶과 죽음, 인간세계와 동물세계
의 경계선에 기꺼이 자신을 위치시킨다. 그렇지만 여우라는 본

래의 정체성을 지키기보다 자신이 좋아하는 인간을 위해 자신을 희생함으로써 서사의 새로움은 보여 주지 못하고 있다. 둔갑술이라는 매력적인 장치가 주인공의 정체성 확립에 기여하는 것이 아니라, 서사를 진행시키는 부수적인 장치로만 활용되는 한계를 보여 준 것이다.

그럼에도 불구하고 〈천년여우 여우비〉는 관객 수 46만 명을 기록하며 흥행 면에서도 이성강 감독의 전작인 〈마리 이야기〉보다 앞섰다. 특히, 현실계와 상상계를 오가는 환상적인 배경은 2D와 3D의 적절한 조화와 박진감 있는 화면 연출로 완성했으며, 구미호와 외계 생명체, 서구적인 분위기의 그림자 탐정 등 다양한 캐릭터들을 다채로운 비주얼 프레임에 효과적으로 잘 담아냈다는 평가를 받았다. 손예진, 공형진, 류덕환 등 인기 배우들이 목소리 더빙에 참여했고 재일교포 출신 크로스오버 음악가 양방언이 음악감독으로 참여해 화제를 모으기도 했다. 대규모 자본과 배급망을 갖춘 해외 애니메이션에 비해 상대적으로 척박한 한국 장편 애니메이션 산업 환경에서 〈천년여우 여우비〉는 그 한계를 다시 무너뜨리며 한국 애니메이션의 우수성을 세계에 알린 경우라 할 수 있다.

2007년은 1976년에 개봉했던 한국 최초의 로봇 애니메이션 〈로보트 태권V〉가 30년 만에 재개봉한 해이기도 하다. 세계 최초 무술 로봇 애니메이션 〈로보트 태권V〉는 1976년 개봉 당시 수많은 흥행 기록을 세우며 히어로물이 많지 않은 한국 애니메이션계의 대표 영웅이 되었다. 1981년 미국 수출 진행 중 원본 필름이 유실되어 역사 속에서만 존재할 뻔했던 〈로보트 태권V〉는 2003년, 영화진흥위원회 창고에서 오래된 복사본 하나를 극적으로 발견, 한국 장편영화 복원작업 1호로 선정되었다. 2년간 연 인원 5천여 명이 투입되어 대대적인 디지털 복원작업을 진행하여 한 컷 한 컷 영상을 수정·보완하였고 음향을 업그레이드 했다. 기술적으로도 실제 인물의 동작을 바탕으로 하여 작화하는 로토스코핑 기법을 대한민국 최초로 사용하여 현실적이며 디테일한 액션 장면을 선보였다. 31년 만의 재개봉으로 이슈가 되었던 〈로보트 태권V〉는 초창기 애니메이션 팬들의 팬심을 자극하며 2007년 리마스터링 재개봉 당시 전국 관객 수 71만 명을 기록했다.

〈마당을 나온 암탉〉, 〈넛잡〉의 성공

황선미 작가의 동화를 바탕으로 제작된 장편 애니메이션 〈마당을 나온 암탉〉은 원작이 지닌 스토리의 힘과 기획력, 대형 배급사의 투자가 합쳐져 이루어 낸 작품이다. 2011년 7월에 개봉해 국내에서만 1,265개 영화관에서 상영되었고 이후 중국으로 수출

되어 1,000여 개의 스크린에서 상영되기도 했다. 문학적 완성도
와 주제의 보편성, 개성적인 캐릭터가 어우러져 재미와 감동까
지 두루 잡아 낸 작품으로 〈마당을 나온 암탉〉은 60년 한국 극장
용 애니메이션 역사상 가장 많은 관객을 동원한 작품의 반열에
올랐다. 이전까지 한국 애니메이션 최고의 흥행 기록은 2007년
에 복원된 〈로보트 태권V〉가 세운 71만 명이었다.

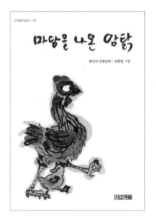 

황선미 원작의 동화 『마당을 나온 암탉』과 애니메이션 〈마당을 나온 암탉〉

〈마당을 나온 암탉〉은 관객 수 220만 명으로 한국 애니메이션
영화의 새로운 기록을 세웠으며 튀르키예·중동·인도네시아·포
르투갈·러시아·독일·프랑스·이탈리아 등지로 수출되어 유수의
영화제에서 호평을 받았다. 제5회 아시아 태평양 스크린 어워드

최우수 애니메이션상, 제31회 한국영화평론가협회상 특별상, 제
20회 부일영화상 음악상, 제44회 스페인 시체스 국제 판타스틱영
화제에서 최우수 가족영화상을 수상했다. 이로써 〈마당을 나온 암
탉〉은 침체기에 들어선 한국의 애니메이션 업계에 새로운 희망
의 빛을 선사했다.

매일 닭장에 갇혀 사는 난종용 암탉 잎싹에게는 마당으로 나
가 알을 품어 보겠다는 꿈이 있다. 며칠을 굶은 끝에 폐계(廢鷄)
웅덩이에 버려지게 되지만 그때부터 천적인 애꾸눈 족제비를 만
나면서 작품 전체를 이끌어가는 갈등의 구도가 만들어진다. 이
후 청둥오리 나그네의 도움으로 마당을 벗어나게 되고 나그네의
알을 품어 아기 오기 초록머리의 엄마가 된다. 그 과정에서 나그
네는 족제비와의 혈투 끝에 죽음을 맞이하고 홀로 남겨진 잎싹
은 우여곡절을 겪으며 초록머리를 무사히 길러내 청둥오리 무리
와 함께 떠나도록 돕는다.

여기서 암탉인 잎싹과 청둥오리인 초록머리의 관계는 입양
가정의 모습을 상징하는 문화적 요소로 기능한다. 2000년대 초
반부터 한국이 다문화 사회로 진입하고 있었다는 점에 비추어
보면 사회적 맥락에서도 충분히 읽을 수 있는 작품이다. 여기까
지만 보면 〈마당을 나온 암탉〉의 주제는 모성과 희생이라는 다
분히 보편적 주제에 머물고 말았을 것이다. 그러나 결말에서 잎

싹의 죽음이라는 반전을 선택함으로써 작가는 양육강식의 원리
가 살아 있는 자연의 법칙을 따르고 있다. 결국 족제비에게 제 목
숨을 내줌으로써 잎싹은 또 다른 생명인 족제비의 새끼들을 구
원하게 되는 구조다.

한국·캐나다·미국 합작 애니메이션 〈넛잡〉의 포스터

〈넛잡(The Nut Job)〉은 2014년에 개봉한 극장용 애니메이션으로
한국·캐나다·미국 합작 애니메이션으로 주목을 끌었다. 한국의
중소 애니메이션 제작사인 레드로버가 기획과 제작을 맡았는데
국내에서는 이런 사실이 잘 알려지지 않았다. 3D 입체 애니메이
션 영화 〈넛잡〉은 할리우드 메이저 배급사인 오픈로드필름(Open
Road Films)을 통해 2014년 1월 17일 북미 전역에서 먼저 개봉했

고, 북미를 제외한 전 세계 지역은 와인스타인컴퍼니(Weinstein Company)를 통해 개봉했다. 북미 박스오피스에서 개봉 첫 주 2위에 올라 할리우드를 놀라게 했고 6500만 달러 이상의 수익을 달성하며 한국영화 역사를 새로 쓰며 흥행 기록을 이어갔다. 러시아에서는 박스오피스 2위를 기록했고, 전 세계 누적 매출 1억 5000만 달러를 달성하였다.

〈넛잡〉의 후속작인 〈넛잡2〉 또한 오픈로드필름을 통해 2017년 8월 11일 북미 지역 4,003개 스크린에서 개봉했다. 전편과 달리 〈넛잡2〉는 전 세계 동시개봉이라는 한국영화 최초의 기록을 세웠다. 스토리텔링에도 공을 많이 들여 〈넛잡1〉에서는 말썽쟁이 다람쥐 설리와 친구들이 땅콩을 훔치기 위해 펼치는 좌충우돌 이야기를, 〈넛잡2〉에서는 다시 리버티 공원으로 돌아온 주인공 설리와 버디가 그곳을 놀이공원으로 개발하려는 악덕 시장과 맞서는 이야기를 담았다. 현재 팬들은 〈넛잡3〉의 제작을 고대하고 있다.

〈넛잡〉은 한국영화의 해외 진출 성공 방정식을 모두 깼다. 대기업도 아닌 중소기업이, 게다가 어린이를 타깃으로 한 극장 애니메이션으로 애니메이션의 본토인 미국에서 성공한 것이다. 여기에 뛰어난 기획과 스토리가 뒷받침되었다. 이름도 모르는 외국 중소기업의 스케치 영상을 보고 할리우드의 메이저 배급사 오픈로드가 곧바로 북미 배급을 결정했으며, 배급 홍보비로 2300만 달러를 투자했다. 콘텐츠가 지닌 가능성을 알아본 안목이 북미 시장에서 〈넛잡〉의 성공을 일구어낸 것이다. 〈넛잡〉의 성공으로 한국 애니메이션의 위상은 이제 한 단계 더 도약할 수 있게 되었다. 기술력과 기획력, 스토리 모두에서 세계와 경쟁해도 뒤지지 않는 역량을 갖추게 된 것이다.

한국 애니메이션 역사를 다시 쓴 〈레드슈즈〉

2019년 7월에 개봉한 장편 애니메이션 〈레드슈즈〉는 제작 당시부터 많은 기대를 모은 작품이다. 디즈니 수석 애니메이터를 지낸 김상진 감독이 캐릭터 디자인을 맡고, 〈원더풀데이즈〉의 CG 감독과 〈에그콜라〉의 연출을 담당했던 홍성호 감독이 총괄 감독을 맡았으며 싸이더스 애니메이션이 제작을 담당했다. 한국 애니메이션 사상 유례를 찾기 힘든 제작비 220억이 투입되었고 제작 기간도 10년을 들인 작품이다. 여기에 할리우드 유명배우 모레츠, 샘 클라플린, 지나 거손, 패트릭 워버튼이 목소리 연기를 맡아 화제가 되었다.

〈레드슈즈〉의 시나리오는 2010년 대한민국 스토리대전에서 대상을 받은 「빨간 구두와 일곱 난쟁이」를 각색한 것이지만 원작은 누구에게나 익숙한 『백설공주』다. 디즈니가 제작한 최초의 장편 애니메이션이 〈백설공주〉였다는 점을 생각하면 분명 도전적인 선택일 수밖에 없다. 〈레드슈즈〉는 원작의 기본 서사를 일정 부분 따라가면서 익살과 재치를 더해 지상 최대 마법구두 쟁탈전으로 스토리를 비틀어버리는 과감한 선택을 했다. 예상은 적중했고 관객들은 열광했다. 〈겨울왕국〉, 〈모아나〉, 〈라푼젤〉을 제작했던 전문 인력도 대거 투입되었다. 포스터만 보면 디즈니 애니메이션으로 착각할 정도였다.

스토리 라인은 이러하다. 사건 사고가 끊이지 않는 동화의 섬에서 사라진 아빠를 찾던 화이트왕국의 공주는 마법구두를 신고 이전과는 180도 다른 모습으로 거듭난다. 한편 초록 난쟁이가 된 일곱 왕자들은 '레드슈즈'가 자신들이 걸린 마법을 풀어 줄 유일한 희망이라고 생각해 그녀는 돕기 시작한다. 서사의 핵심 포인트는 타인의 시선에 의해 겉모습이 바뀌는 저주에 빠진 왕자들이 초록색 난쟁이로, 마법의 사과나무 열매로 만들어진 빨간 구두를 신는 순간 뚱뚱한 외모의 주인공이 아름다운 공주로 변화한다는 설정이다. 여기에 흥미로운 에피소드와 탄탄한 구성이 더해져 원작을 잊게 할 만큼 새로운 작품으로 탄생했다.

원작인 〈백설공주〉를 유쾌하게 비튼 애니메이션 레드슈즈의 포스터

2019년 7월 개봉 당시 〈레드슈즈〉는 첫 주 애니메이션 박스 오피스 1위를 달성하며 한국 애니메이션의 저력을 보여 주었다. 그해 9월 포르투갈을 시작으로 독일, 홍콩, 러시아 등에서 잇따라 개봉을 시작했으며, 2020년에는 전 세계를 강타한 코로나19 팬데믹으로 극장가의 암흑기가 시작된 상황임에도 70여 나라에 수출되며 한국 애니메이션의 역사를 다시 썼다. 그동안 디즈니, 픽사나 일본의 애니메이션에 밀려 저평가되었던 한국 애니메이션에 대한 인식을 새롭게 한 작품으로 손색이 없다.

애니메이션 산업의 강점 중 하나는 작품 속 캐릭터가 자신들의 고유 브랜드를 만들면서 대중들의 인식 속에 강력한 정체성을 형성한다는 점이다. 애니메이션이 다른 대중문화 장르에 비해 캐릭터 산업과의 관계가 긴밀한 이유가 여기 있다. 대중들은 자신이 향유했던 애니메이션 캐릭터들을 생활 속에서도 공유한다. 때로는 위로받고 때로는 동질감을 느끼면서 군중 속의 고독을 견디기도 하고 심리적 공허를 채우기도 한다. 어린 시절 애니메이션을 통해 만난 캐릭터가 평생의 지기가 되기도 하면서 그들과 함께 성장한다. 캐릭터 산업과 직결된다는 점에서 애니메이션 산업의 중요성을 더욱 커질 수밖에 없다.

특히 최근의 소비 변화는 점차 개별화되고 있는 웨어러블 기기의 발달과 콘텐츠 소비에 영향을 주는 속도, 그리고 저장 공간의 확대가 그 기저에 있다. 4.0시대 산업화의 중심에 선 미디어 콘텐츠는 대중에서 개인으로 파편화되어 제작되고 소비되고 있다. 소비자의 한 부분인 영유아들은 현실이 아닌 가상의 세상을 먼저 인지하는 일이 흔하다. 애니메이션 속 세상은 비현실이지만 영유아의 완전한 몰입감은 진정한 현실이 되기도 한다.[16]

유럽과 북미를 넘어 중동이나 인도 등에서도 국산 애니메이션에 대한 관심이 집중되고 있다. 애니메이션 하청에서 시작된 한국 애니메이션은 그동안 약점으로 지적되던 서사의 빈약성

---

16   박란, 『4.0시대 애니메이션 브랜드 전략』, 커뮤니케이션북스, 2019, 13~14쪽.

을 극복하고 이제 기술력과 탄탄한 스토리텔링으로 세계 무대에
서 당당히 이름을 알리고 있다. 일찌감치 한국 애니메이션 기업
들의 기획력과 역량을 알아본 외국 제작사들과 손을 맞잡고 공
동제작 형태로 만들어지는 애니메이션 작품들도 꾸준히 늘고 있
다. 분명히 이전 시대와는 다른 위상 변화다.

한국 애니메이션의 역사는 이제 60년이다. 한국인 중에는 손
재주 좋고 작화 기술이 뛰어난 애니메이터가 많다. 일단 기술력
은 인정받았다. 그러나 모델링, 맵핑, 애니메이팅, 라이팅 등 협
업을 효율적으로 처리하기 위해서는 고도화된 파이프라인 세팅
이 필수다. 하지만 아직 제대로 된 제작 파이프라인을 갖춘 스튜
디오가 적다. 애니메이션 산업은 영화보다 진입 장벽이 높다. 그
런 까닭에 한국에서 길러낸 주요 인재들은 국외로 나가야 했다.
그렇지만 이제는 달라졌다. 〈레드슈즈〉가 보여 준 '작은 성공'에
만족할 일은 아니지만, 이제 애니메이션 제작을 위한 파이프라
인은 세계 수준으로 끌어 올렸다는 자부심은 가질 만하다. 첫 작
품은 10년이 걸렸지만, 질 좋은 스토리만 확보되면 차기작은 제
작 기간을 획기적으로 앞당길 수도 있을 것이다. 이를 기반으로
한국의 애니메이션이 세계 시장에서 사랑받는 문화콘텐츠가 되
길 기대해 본다.

참고문헌

김도연, 「애니메이션의 성공조건: 〈뽀롱뽀롱 뽀로로〉 사례를 중심으로」, 『한국콘텐츠학회논문지』 제11권 8호, 한국콘텐츠학회, 2011.

노승관·양경미, 『한국 애니메이션 결정적 순간들』, 쿠북, 2010.

문화체육관광부, 『2019 콘텐츠산업 통계조사 보고서』, 2020.

박기수, 「한국 애니메이션 스토리텔링 전략 연구」, 『애니메이션 연구』 제3권 2호, 한국애니메이션학회, 2007.

박란, 『4.0시대 애니메이션 브랜드 전략』, 커뮤니케이션북스, 2019.

박장순, 『문화콘텐츠학 개론』, 커뮤니케이션북스, 2006.

윤호진, 『한류 20년, 대한민국 빅 콘텐츠』, 커뮤니케이션북스, 2016.

임성희, 「글로벌 콘텐츠 경쟁시대」, 한국국제문화교류진흥원 엮음, 『한류와 문화정책: 한류 20년 회고와 전망』, 한국국제문화교류진흥원, 2018.

한국콘텐츠진흥원, 『애니메이션산업 백서 2005』, 2005.

_____, 『2020 애니메이션 산업백서』, 2020.

제3장

캐릭터,
한국을 넘어 세계와 만나다

1. 애니메이션 연계 캐릭터들

애니메이션에서 캐릭터의 역할

어린 시절 즐겨 보았던 애니메이션 속 캐릭터는 소비자의 마음속에 고유한 정체성을 형성하면서 소비자와 함께 성장한다. 임수정 화가 원작의 애니메이션 〈아기공룡 둘리〉를 보고 자란 세대에게 둘리와 도우너는 어린 시절의 향수를 대변하는 존재일 수밖에 없다. 뽀로로도 마찬가지다. 순수했던 시절에 접했던 애니메이션 속 주인공들인 만큼 캐릭터에 대한 소비자들의 충성도가 높다는 것도 애니메이션 연계 캐릭터들의 특징이다. '뽀통령'에 열광하는 아이들은 뽀로로의 얼굴이 그려진 숟가락으로 밥을 먹고, 뽀로로 신발을 신고 어린이집에 다녀온 뒤, 뽀로로 인형을 껴안고 뽀로로 이불을 덮고 잠든다. 그들에게 뽀로로는 단순히 가상 공간에 존재하는 애니메이션 캐릭터가 아니다. 현실 속에서 자신과 생활을 함께하며 정서적 교감을 나누는 진짜 친구인 셈이다. 이처럼 어린 시절에 만난 애니메이션 캐릭터들은 대중과 함께 성장하며 그들의 평생 친구가 된다. 캐릭터 산업의 근간에 애니메이션이 자리하는 만큼 둘의 관계는 더욱 긴밀해질 수밖에 없다. 애니메이션의 성공이 캐릭터 시장을 추동하는 것이다.

캐릭터는 애니메이션의 성공을 좌우하는 핵심 역량이다. 잘 만들어진 캐릭터는 작품 속에서 생명력을 얻어 스스로 사건을 전개시켜 나간다. 애니메이션에서는 장면과 장면을 이어 주는 캐릭터의 역할이 스토리를 이끌어 나가는 매개가 되기 때문이다. 디지털 기술의 발달로 최근에는 매우 다양한 기법을 활용한 애니메이션들이 제작되고 있다. 시리즈로 기획되는 TV 애니메이션과 달리 예술성과 완성도가 상대적으로 뛰어난 극장용 애니메이션의 경우에는 실사를 능가하는 3D 애니메이션 작업도 활발해지고 있다. 오랫동안 2D 애니메이션을 고수하면서 인간과 생명에 대한 철학적 해석을 보여 주었던 지브리 스튜디오가 2020년 첫 3D 애니메이션 〈아야와 마녀〉를 선보인 것 또한 이러한 흐름을 반영한다. 시대의 변화에 따라 이처럼 관객들의 눈높이가 높아진 만큼 애니메이션 자체의 구성과 캐릭터의 역할은 더 중요해질 수밖에 없다.

매력적으로 설계된 캐릭터는 힘이 세다. 작품의 내용은 잊어도 캐릭터는 남기 때문이다. 피터팬, 삐삐, 앨리스, 톰 소여, 빨간 머리 앤은 모두 시간의 중력을 이겨낸 캐릭터라는 공통점이 있다. 어른에 비해 체험의 폭이 제한될 수밖에 없는 어린이들은 작품 속에서 모험, 성공, 신비로운 체험 같은 흥미진진함을 얻길 원한다. 주인공의 삶과 모험을 통해 자신의 소망을 대리 체험하기 때문이다. 특히, 키즈콘텐츠에서는 등장인물의 성장이 중요하다.

등장인물은 자신이 처한 현실과 부딪치며 좌절을 겪기도 하지만, 그것을 이겨내고 앞으로 나가려는 노력을 통해 변화와 성장을 경험한다. 그런 이유로 애니메이션의 주요 타깃은 작품 속 인물들과 비슷하게 결정된다.

예컨대 유아들이 가장 선호하는 캐릭터지만 뽀로로와 로보카 폴리의 향유층은 다르다. 유아의 인성발달을 돕는 스토리가 중심이 된 뽀로로가 대체로 어린이집에 다니는 4세 수준의 아이들에 초점이 맞춰져 있다면, 로보카 폴리는 5~6세의 유치원생이 메인 타깃이 된다. 신체적·정신적으로 왕성한 성장기에 있는 어린이들은 나이에 따라 사고 수준이나 생활 패턴에 차이가 많이 난다. 그런 이유로 애니메이션을 제작할 때는 캐릭터에 대한 치밀한 연구와 콘텐츠 수용자들의 연령과 특성에 대한 이해가 중요할 수밖에 없다. 공감 가는 에피소드와 플롯의 탄생을 위해서는 작품 속 캐릭터와 콘텐츠 향유자에 대한 철저한 분석이 이루어져야 하기 때문이다.

한 가지 더 빼놓을 수 없는 것은 콘텐츠에 반영된 이데올로기다. 키즈콘텐츠의 궁극적 목적은 교육과 재미라는 두 마리 토끼를 잡는 데 있다. 곧 교육적 가치(education)와 흥미 요소(entertainment)를 포괄해야 하는 것이다. 그래서 탄생한 개념이 '에듀테인먼트(edutainment)'다. 특히, 국내에서 생산되는 애니메이션 중 EBS에서 방영하는 유아용 TV 애니메이션들이 여기에 해당한다. 그 선두에 있는 캐릭터가 20년 가까이 변함없는 사랑을 받고 있는 어린이들의 대통령 뽀로로다. 그 뒤에 '폴총리'라 불리는 로보카 폴리가 자리한다. 아이들의 식습관 개선을 위해 기획된 〈냉장고 나라 코코몽〉, 어린이에게 교통안전에 대한 지식을 쉽고 재미있게 전달하는 〈우당탕탕 아이쿠〉도 같은 사례다. 반면에 아이들도 좋아하는 애니메이션이지만 〈라바〉의 캐릭터와 스토리 구성은 다르다. 독특한 애벌레 캐릭터와 익살스러운 플롯을 통해 철저하게 재미만을 추구한다. 메인 타깃이 어린이가 아니라 어른이기 때문이다.

둘리, 한국형 캐릭터의 탄생과 도전

일반적으로 캐릭터의 효시는 1928년에 등장한 미키 마우스로 본다. 월트 디즈니가 제작한 세계 최초의 발성 애니메이션 〈증기선 윌리〉에 처음 등장한 이후, 미키 마우스는 성공한 캐릭터의 대명사가 되었다. 이후 도널드 덕과 벅스 버니, 백설공주와 신데렐라 같은 디즈니의 공주들, DC 코믹스와 마블의 히어로들이 등장하면서 캐릭터 산업은 전성기를 맞게 된다.

한국에서 캐릭터 산업의 물꼬를 튼 것은 둘리였다. 〈아기공룡 둘리〉는 1983년 월간 『보물섬』에서 연재가 시작된 후 큰 인기를 끌며 대중에게 다가갔다. 1984년에는 국내 만화 캐릭터로는 최초로 선우프로덕션과 라이선싱 계약을 체결하고 캐릭터 산업의 기반을 다졌다. 1985년부터는 아이스크림과 초콜릿 등의 상품에 둘리 캐릭터를 접목하고, 1995년에는 (주)둘리나라를 설립해 캐릭터 산업화에 박차를 가했다. 이후 둘리는 극장판 애니메이션 제작과 해외 진출을 일궈내며 성공한 문화콘텐츠로서 입지를 다져왔다.

〈아기공룡 둘리〉에 등장하는 캐릭터들(출처: 이젠돌스)

1983년 종이 만화로 탄생한 뒤 마니아들을 중심으로 인기를 얻던 둘리는 1988년 TV 애니메이션으로 제작되면서 일약 최고의 스타 캐릭터가 되었다. 친근하고 귀여운 초록 공룡은 금세 어린이 팬들을 사로잡았고, 만화에 대한 인식이 좋지 않던 기성세대들의 마음까지 흔들어 놓았다. 극장판 애니메이션은 당시 단관 개봉임에도 불구하고 35만 명의 관객을 동원해 1996년 한국 영화 흥행 부문 4위를 기록하는 기록을 세웠다.

그렇다면 둘리의 인기 비결은 어디에 있었을까. 〈아기공룡 둘리〉의 매력은 비단 주인공 둘리의 캐릭터에만 있지 않았다. 원작자 임수정은 당시 한국 중산층의 생활상을 보여 주는 가정집을 배경으로 가부장적이고 권위적인 아버지 고길동을 둘리의 '천적'으로 등장시켰다. 사사건건 둘리와 갈등하고 둘리와 도우너에게 당하기만 하는 무기력한 가장의 모습은 웃음을 넘어 연민을 불러일으키기에 충분했다. 반면에 쉽사리 어른에게 지지 않으면서 오히려 어른을 골탕 먹이고 '호이 호이'를 외치며 초능력을 발휘하는 둘리, 어른보다 똑똑한 아기 희동이, 아이들이라면 누구나 선망하는 타임머신을 타고 '깐따삐야!'를 외치며 시공간을 여행할 수 있는 도우너의 활약상에 아이들은 열광했다. 하지만 작가는 고길동이라는 비중 있는 캐릭터를 통해 〈아기공룡 둘리〉를 현실을 비트는 블랙코미디로 해석할 수 있는 여지를 마련해 두었다. 여기에 가수가 되고 싶은 흑인 청년 마이콜까지 등장시키면서 애니메이션 내에서 유쾌한 웃음의 축을 담당하는 둘리, 도우너, 또치, 희동이의 반대편에 당시로서는 파격적으로 소수자를 애니메이션에 등장시킨 것이다. 한국 사회에서 다문화에 대한 논의가 2000년대에 비로소 본격화되었다는 점을 감안하면,

당시 〈아기공룡 둘리〉가 캐릭터와 주제 면에서 얼마나 앞서갔는지 짐작할 수 있을 것이다.

둘리는 뽀로로의 등장 이후 국내 최고의 캐릭터 자리를 넘겨주었지만, 태어난 지 40여 년이 된 지금까지도 세대를 넘나들며 사랑받고 있는 장수 캐릭터다. 2020년 선호 캐릭터 조사에서도 둘리는 당당히 8위에 이름을 올렸다. 캐릭터 인형부터 학용품, 의류, 그릇, 침구류까지 지금까지 둘리 얼굴이 새겨진 캐릭터 상품만도 1,000여 가지가 넘게 생산됐다. 아기공룡 둘리의 활약은 여기서 그치지 않는다. 둘리의 캐릭터를 활용한 게임이 만들어졌고, 빙하를 타고 이동하다가 쌍문동에 정착하게 되었다는 작품 속 설정에 힘입어 둘리의 '고향'으로 알려진 서울 도봉구 쌍문동에는 2015년 둘리뮤지엄도 개관했다. 둘리뮤지엄은 1996년 개봉했던 극장판 〈아기공룡 둘리: 얼음별 대모험〉의 이야기를 기반으로 미디어 기술과 VR 콘텐츠를 접목한 체험형 전시를 선보이며, 모든 세대가 함께 즐길 수 있는 복합문화 공간으로 꾸며졌다.

그러나 둘리의 성공이 만족할 만한 것은 아니다. 캐릭터 산업의 역사가 긴 미국이나 일본의 경우에는 백 년 가까이 대중과 함께하며 여전한 인기를 누리는 캐릭터들이 존재한다. 디즈니의 캐릭터들은 말할 것도 없고, 일본의 아톰(1952)이나 헬로키티

(1974) 역시 캐릭터 상품을 넘어 국가 이미지를 대표하는 상징적 아이콘이 되었다. 앞으로 캐릭터계의 맏형으로서 둘리가 보여줄 가능성은 무엇일까. 그러나 쉽게 떠오르지 않는다. 여기서 주목할 것이 캐릭터 강국들의 선례다.

캐릭터 왕국 디즈니의 경우 캐릭터의 저작권과 OSMU를 철저하게 디즈니사에서 직접 관리하면서 캐릭터는 물론 디즈니의 이야기 가치를 높이려 노력한다. 일본의 반다이나 지브리스튜디오도 마찬가지다. 캐릭터를 관리할 때 특히 주의해야 할 것이 코어 콘텐츠를 과도하게 OSMU 하는 것이다. 이는 캐릭터의 정체성을 강화하는 것이 아니라, 오히려 캐릭터의 아우라를 바래게 한다. 장수 캐릭터로 성장하는 데 걸림돌이 될 수 있다. 코어 콘텐츠에 대한 각별한 관리가 필요한 이유가 여기 있다.[1] 미키 마우스나 아톰, 키티와 견주어 보면 둘리는 젊다. 이제 막 어른이 되었을 뿐이다. 캐릭터의 가치와 가능성은 아직 미래를 향해 열려 있다. 그 문을 여는 방식에 따라 둘리의 운명도 달라질 것이다. 추억 속의 캐릭터로 남을 것인지, 다시 후반전을 시작할 것인지.

---

1   한혜원, 『아이의 마음을 훔치는 스토리텔링 전략』, RHK, 2012, 58~59쪽 참조.

토종 캐릭터의 힘, 뿌까와 마시마로

뿌까는 토종 캐릭터 중 가장 성공한 사례로 꼽힌다. 출시 20년이 넘었는데, 이제는 해외의 유명 캐릭터들과도 어깨를 나란히 하고 있다. 뿌까는 새로운 밀레니엄이 시작되는 2000년 1월, 부즈의 공식 사이트에 플래시 애니메이션 〈Pucca Funny Love〉를 게시하면서 세상에 모습을 드러냈다. 초기에는 주로 이메일 카드로 만들어져 포털 사이트를 통해 대중을 만났는데, 웹에서 인지도를 확보한 후 뿌까는 기존의 캐릭터들과 다른 길을 선택했다. TV 애니메이션화를 시도하지 않고 캐릭터 상품화에 주력한 것이다. 대부분 성공한 캐릭터들이 애니메이션을 기반으로 성장한 것과 달리 뿌까는 캐릭터 자체의 힘에 사활을 건 사례다.

뿌까는 토종 캐릭터 중 가장 성공한 사례로 꼽힌다. (출처: 투니버스)

뿌까가 세계 시장에서 거둔 성공 뒤에는 발상의 전환에 착안한 철저한 전략이 있었다. 애니메이션 기반 캐릭터들이 대부분유아와 어린이를 타깃으로 삼는다면, 뿌까는 20~30대 여성을 공략했다. 캐릭터의 소비자를 어른으로 본 것이다. 일본의 헬로키티나 네덜란드의 미피처럼 귀여운 동물 이미지를 활용한 것이아니라 인물을 내세운 것도 특징적이다. 짙은 검정색 머리를 양갈래로 묶어 올리고 빨간색 원피스를 입은 개성 강한 아시아 소녀는 그렇게 탄생했다.

무엇보다 뿌까는 당차고 개성이 강한 캐릭터다. 디즈니의 공주가 보여 준 여리고 순종적인 모습은 어디에도 없다. 적극적이고 개성이 넘친다. 못생겼지만 매력적이다. 적극적으로 사랑을쟁취하는 이 개성 강한 여성상에 세계의 젊은 여성들이 반응했다. 캐릭터가 탄생한 지 20년이 지났지만 뿌까의 인기는 조금도시들지 않았다. 국내보다 해외에서 더 인기가 많다는 점도 주목할 만하다. 뿌까는 '2020 해외 한류 실태 조사'에서도 15.9%로 캐릭터 선호도 1위를 차지했다. 15.5%로 그 뒤를 바짝 쫓은 2위는뽀로로였고, 라바(14.8%)와 핑크퐁(13.3%), 슈퍼윙즈(10.3%)가 뒤를이었다.

뿌까의 차별화 전략 중 하나는 라이선싱에서도 드러난다. 일반적인 캐릭터들이 완구를 중심으로 캐릭터화를 시작하는 것과

달리 뿌까는 처음부터 의류, 액세서리, 가방 등 패션 브랜드와의
콜라보레이션에 주력했다. 다양한 제품군의 차별화된 브랜드 전
략으로 센세이션을 일으켰으며 새로운 트렌드를 창출해 냈다.
월드컵이 한창이던 2002년에는 일본, 홍콩, 대만 등으로 진출하
며 한국 캐릭터의 위상을 높였고, 2003년에는 아시아를 벗어나
유럽과 중동 등 51개국과 라이선싱 계약을 성사시켰다. 2008년
에는 북미에 입성했고, 2009년 6월에는 세계적인 글로벌 엔터테
인먼트 기업인 워너브라더스와 라이선싱 계약을 체결하며 눈부
신 성장을 이어왔다. 지금까지 뿌까는 베네통, 텍스코튼, 맥도널
드 등 세계의 메이저 브랜드들과의 콜라보레이션을 통해 완구,
가방, 신발, 화장품 등 3,000여 종의 상품을 판매하고 있다. 순수 캐
릭터의 성공이 애니메이션 제작까지 이루어 낸 보기 드문 경우다.

처음부터 국내 시장보다 해외 시장을 공략한 것도 주효했다.
뿌까는 현재 전체 매출의 90% 이상을 해외에서 올리고 있다. 유
럽과 남미가 매출의 절반 이상을 차지하고 중국을 비롯한 아시
아 국가들이 그 뒤를 잇고 있다. 이러한 성공에 힘입어 2006년에
는 디즈니의 투자로 TV 애니메이션 〈Pucca〉가 제작되어, 툰 디
즈니 채널의 제틱스를 통해 유럽 전 지역에서 방영되었다. 이는
디즈니가 한국 콘텐츠에 투자한 첫 사례였다. 시즌 1은 7분짜리
78부작, 시즌 2는 50부작으로 제작되었다. 뿌까 캐릭터는 지금까

지 전 세계 150여 국에 수출되어 연간 5000억 원의 매출을 올리고 있다. 어느덧 '성인'이 된 뿌까는 명실공히 3,000여 개의 상품을 판매하는 세계적인 브랜드로 성장하였다.

2000년은 한국의 캐릭터 산업이 성장한 원년이라 할 수 있다. 그동안 TV 애니메이션과 디즈니 캐릭터를 중심으로 발전해 온 캐릭터 시장에 마시마로라는 국산 순수 캐릭터가 등장한 것이다. 이전까지 국내 캐릭터 시장은 TV 애니메이션, 디즈니 캐릭터 등을 중심으로 발전해 왔다. 그러다가 마시마로의 등장을 기점으로 국산 순수 캐릭터 중심의 캐릭터 라이선스 비즈니스가 본격화된 것이다. 이런 캐릭터 라이선스의 움직임은 기존의 캐릭터 상품의 상업적인 성공 가능성에 대한 새로운 시각을 갖게 했다.

특히 〈탑 블레이드〉라는 애니메이션과 캐릭터 상품이 큰 성공을 거두기 시작한 2001년을 전후하여 캐릭터 상품이 무더기로 출시되면서 국내 캐릭터 시장은 약 4조 원 규모로 커졌으며, 사업체의 수도 3배 이상 증가하여 약 1,000개 업체 이상으로 급성장하게 된다. 더욱이 게임이 애니메이션으로 제작되고 만화가 영화로 제작되는 등 애니메이션, 게임, 만화 등의 문화콘텐츠의 활용이 다양해지면서 캐릭터 산업의 수익 창구 역할을 했다.[2]

---

2   한국문화콘텐츠진흥원, 『2005 애니메이션산업 백서』, 2005, 36쪽.

'엽기토끼'라는 애칭으로 널리 알려진 마시마로(출처: www.mashmaro.com)

마시마로는 뿌까와 함께 한국의 대표적인 장수 캐릭터로 꼽힌다. 2000년 8월, 김재인이 만든 플래시 애니메이션 〈마시마로의 숲〉의 주인공인데 '엽기토끼'라는 애칭으로 널리 알려져 있다. 인터넷에서 7편의 에피소드를 공개하면서 마시마로는 엄청난 인기를 얻었고, 캐릭터 제조업체 씨엘코 엔터테인먼트가 2001년부터 이를 공식 상품화하면서 본격적으로 시장에 진출했다. 당시 출시된 마시마로 봉제인형은 단일 상품으로 2,000만 개라는 엄청난 판매 기록을 세우기도 했다. 마시마로가 등장한 2000년은 한국에서 엽기라는 B급 감성의 문화가 유행한 원년이었다. 같은 해 한국에서는 엽기적인 여대생과 순진한 복학생의 좌충우돌 사랑 이야기를 담은 로맨틱 코미디 소설 『엽기적인 그녀』가 출간돼 큰 인기를 끌었다. 밀레니엄을 앞두고 일었던 세기

말적 퇴폐성이 사라진 자리에 비정상적인 기괴함을 근간으로 하는 엽기 문화가 형성된 것이다. 엽기 코드는 그 어느 때보다 자유분방했던 당시 젊은이들의 문화를 대변하는 현상이기도 했다. 소설의 인기에 힘입어 2001년 동명의 영화로 제작되었고, 이후 영화 〈엽기적인 그녀〉는 홍콩, 타이완, 베트남, 일본에서도 흥행 돌풍을 일으켰다.

'엽기토끼'를 표방한 마시마로의 매력은 캐릭터 자체에 있었다. 겉모습은 아기 얼굴을 한 이등신 몸매의 귀여운 토끼인데, 엽기적이고 도전적이며 까칠한 성격을 지녔다. 이런 모습에 그동안 캐릭터에 무심했던 남성들이 반응했다. 유아동과 여성으로 편중되었던 캐릭터 시장에 일대 지각변동이 일어난 것이다. 그러나 마시마로는 이후 수많은 모조품과 전쟁을 치르며 침체기에 접어들었다. 그러다가 2000년대 후반 게임과의 만남으로 재도약을 시도했다. 2014년에는 카카오가 2030세대의 향수를 불러일으킬 엽기적인 녀석들이라는 콘셉트로 국민 캐릭터 마시마로와 그의 친구들을 스마트폰 게임 '마시마로팍팍 for Kakao'로 되살리기도 했다.

'뽀통령'과 '폴총리' 시대를 열다

캐릭터는 그 특성상 단독적으로는 파급 효과가 약하다. 하지만 상품화와 다양한 매체를 활용하면 기대 효과는 폭발적으로 늘어날 수 있다. 애니메이션 〈뽀롱뽀롱 뽀로로〉를 제작한 아이코닉스도 이 점을 잘 알고 있었다. 매년 두 개 이상의 창작 애니메이션 프로젝트를 진행하면서 한국 애니메이션의 해외 수출을 선두에서 이끌고 있는 아이코닉스는 뽀로로 캐릭터의 성공에 힘입어 출판, 문구, 완구, 생활용품, 식음료, 위생용품, 욕실용품 등 유아를 대상으로 한 제품 시장에서 전반적으로 상품화를 진행하였다. 여기에 전시회와 공연, 테마파크까지 사업 분야를 확장하면서 뽀로로는 한국 캐릭터 중 가장 성공한 사례로 손꼽힌다.

아이들이 좋아하는 다양한 캐릭터를 탄생시킨 〈뽀롱뽀롱 뽀로로〉는 OSMU의 대표적인 사례다. 각종 캐릭터 상품이 개발되고, 영유아들을 대상으로 놀이를 하면서 교육 효과를 창출하는 에듀테인먼트를 기본 콘셉트로 한 뽀로로 테마파크도 2011년부터 운영 중이다. 친근한 뽀로로 캐릭터로 아이들을 서로 연결시키고 함께 즐기는 놀이 공간을 표방하는 뽀로로 테마파크는 국내에 17호점을 운영하고 있으며, 2014년 5월에 중국 베이징점, 10월에 충칭점을 개관하는 등 외국 주요 도시에도 적극 진출해 현재는 중국을 비롯한 동남아 주요 도시와 미국 LA 등에서도 뽀로로 테마파크를 이용할 수 있다. 뽀로로 테마파크는 캐릭터들의 성격과 놀이 공간의 기능을 접목시켜 아이들이 다양한 놀이와 교육 활동을 경험할 수 있도록 디자인되었다. 메인 캐릭터인 '뽀로로의 집', '포비의 집', '로디의 집'을 운영 중이며 개구쟁이 크롱의 캐릭터를 살린 '크롱의 꾸러기 공연장', 만능 요리사 루피의 캐릭터를 요리에 접목한 '루피의 요리조리키친', 로봇 캐릭터인 로디의 정체성을 살려서 '로디의 장난감나라' 등 14개의 테마 공간을 운영하며 어린이들에게 큰 사랑을 받고 있다.

캐릭터로서 뽀로로의 첫 번째 성공 요인으로는 귀엽고 친근한 이미지를 꼽을 수 있다. 아이코닉스는 기획 단계부터 뽀로로의 메인 타깃을 영유아로 정했다. 캐릭터 소비층이 3~4살의 어린아이라는 점을 감안해 모든 캐릭터는 귀여운 동물들의 모습으로 디자인되었다. 특정 인종을 나타낼 수 있는 사람은 캐릭터에서 배제한 것이다. 애니메이션 캐릭터로는 흔하지 않던 펭귄을 주인공으로 내세우고, 북극곰과 여우처럼 친근한 동물들을 서브 캐릭터로 활용했다. 여기에 이미 멸종된 공룡을 귀여운 꼬마로 탄생시켜 캐릭터에 대한 호기심을 배가시켰다. 그런 이유로 뽀로로는 언어와 문화가 다른 해외 시장에서도 소비자들에게 이질감을 주지 않고 소비자들의 마음속으로 빠르게 스며들 수 있었다.

여기에 눈과 얼음으로 뒤덮인 숲속 마을을 배경으로 펼쳐지는 동물 친구들의 시시콜콜한 이야기들은 영유아들의 발달단계에 맞춘 콘텐츠로 만들어졌다. 각기 다른 에피소드를 지니고 있지만 매회 스토리 라인은 비슷하다. 뽀로로와 친구들이 여러 문제 상황에 직면하지만 서로 도와가면서 슬기롭게 극복한다는 구성이다. 이처럼 공감 가는 콘텐츠를 통해 뽀로로와 친구들은 우정을 쌓고, '노는 게 제일 좋아'라는 노랫말처럼 그 나이 또래 아이들의 고민과 심리를 잘 반영한 캐릭터들로 성장하며 전 세계 어린이들과 만나고 있다.

아이코닉스의 성공적인 해외 진출 비결은 무엇이었을까. 첫째, 전 세계 어린이들이 쉽게 다가갈 수 있는 보편적 캐릭터를 완성시켰다. 둘째, 뛰어난 3D 그래픽 영상기술을 바탕으로 미취학 영유아들의 공감을 이끌어 내는 충실한 콘텐츠를 가지고 있었다. 셋째, 뽀로로 캐릭터를 이용하여 완구, 뮤지컬, 게임, 영화, 광고, 테마파크 등 다양하게 부가가치를 창출할 수 있는 OSMU 전략을 극대화하였다. 마지막으로 글로벌 표준화 전략에 따라 이질감 없는 캐릭터를 기획·판매하였으며 DVD, 케이블, IPTV, 모바일로 이어지는 다양한 미디어 플랫폼을 적극적으로 활용하였다.[3]

---

3   김소형·최향미, 「애니메이션 캐릭터의 국제화: 아이코닉스 뽀로로의 해외 시장 진출」, 『국제경영리뷰』 19권 3호, 한국국제경영관리학회, 2015 참조.

애니메이션의 인기에 힘입어 '뽀통령'과 '폴총리'로 불리는 뽀로로와 로보카 폴리(출처: EBS)

애니메이션의 인기에 힘입어 어린이들의 국무총리로 불리는 '폴총리' 로보카 폴리의 인기도 여전하다. 캐릭터 탄생 10주년을 맞이한 현재 〈로보카 폴리〉는 프랑스, 러시아, 중국, 대만, 일본 등 세계 143개국에서 35개 언어로 방영되며 글로벌 인기 캐릭터로 자리매김했다. 유튜브 조회 수도 전년 대비 48%, 구독자는 102% 이상 성장하며 글로벌 인기를 실감케 한다. 또한 전 세계 지역별 대행사와 유통사 등의 네트워크를 활용하여 35개국에서 매해 2,000여 종 이상의 라이선스 상품을 판매하고 있으며, 전체 매출의 약 48%가 해외에서 발생하는 효자 캐릭터가 되었다.

선행 사례로 뽀로로와 뿌까의 성공이 있었기에 로보카 폴리는 캐릭터 구상 단계부터 해외 진출을 전략적으로 노렸다. 그 비결은 다음과 같다. 첫째, 콘텐츠를 통한 브랜드 인지도 향상 및 아이덴티티 강화 전략이다. 자동차 캐릭터가 중심이 되면서 안전과 관련한 교육적인 메시지를 전달하는 로보카 폴리는 중화권에서 특히 높은 인기를 얻고 있다. 중국 후난 TV의 애니메이션 채널인 애니월드 TV에서 중국의 35개 도시를 대상으로 한 2019년 애니메이션 시청률 조사에서 3위에 올랐고, 로보카 폴리 2 in 1 블록은 '2019 중국 토이 어워즈'에서 '올해의 우수 상품'으로 선정되기도 했다. 러시아에서도 로보카 폴리가 Top 10 브랜드로 성장했다. 러시아 국영 어린이 채널 카루셀(Carousel)이 주관한 어린이 인기 애니메이션 시상에서 〈앰버와 함께하는 생활 안전 이야기〉가 2019년 '러시아 부모들이 가장 좋아하는 해외 애니메이션' 1위에 선정되었다. 특히 유일한 여성 캐릭터인 앰버는 2019년 '러시아 아이들이 가장 좋아하는 애니메이션 캐릭터' 2위에 선정되었다. 11월 말에는 러시아 전역 650여 개 극장에서 〈로보카 폴리〉를 상영하기도 했다.

둘째, 파트너십을 활용한 시장 확장 전략이다. 제작사 로이비쥬얼은 2019년 하반기에 중국에 키즈 드라이빙 스쿨을 열었다. 글로벌 초콜릿 브랜드인 자이니(Zaini)와 함께 로보카 폴리 피규어가 포함된 초콜릿 제품을 중국, 홍콩, 마카오, 대만 등 아시아 주요 국가에 출시하기도 했다. 중국 최대 여행사인 씨트립과는 12월 말부터 중국 주요 호텔에 테마룸을 선보였고 이후 동남아로 확대하는 업무 협약을 맺었다. 10월에는 캐나다 최대 미디어 그룹 산하의 넬바나와 미디어, 라이선싱 대행 계약을 체결하여 캐나다 시장에도 진출했다.

셋째, 꾸준한 오프라인 브랜드 노출 전략이다. 2019년 1월, 대만의 타오위안 공항철도 역사 내에서 기부 문화 확산과 교통안전 교육을 위한 자선행사를 진행한 것을 시작으로 연중 오프라인 이벤트를 다수 진행하였다. 대만의 대표 놀이공원인 타이베이 어린이 놀이공원은 해외 방문객을 끌기 위해 랜드마크인 관람차의 27개 칸을 로보카 폴리의 캐릭터들로 꾸몄고, 놀이공원 곳곳에 캐릭터와 사진 찍을 수 있는 포토존을 설치했다. 마카오의 폴리카페는 2019년 마카오 여행 시 어린이와 함께 가 볼 만한 장소 1위에 선정되기도 했다. 이런 사례에서 짐작할 수 있듯이 로보카 폴리는 대만에서 가장 사랑받는 국민 브랜드로 성장해 가고 있다.[4]

라바, 세계인이 사랑하는 애벌레

2014년이 저물어가던 무렵 국내 애니메이션 업계를 깜짝 놀라게 할 소식이 전해졌다. 애벌레 캐릭터 라바가 주인공으로 등장하는 애니메이션이 한국 애니메이션으로는 최초로 미국에 수출되었다는 소식이었다. 넷플릭스를 통해 북미지역 가정에서 애

───────

4   한국콘텐츠진흥원, 『2020년 캐릭터 산업백서』, 2020, 참조.

니메이션 〈라바〉를 시청할 수 있게 됐다는 것이다. 이미 〈라바〉
는 남미, 유럽, 아시아 대부분 지역에 수출돼 큰 인기를 끌고 있
는 터였는데, 애니메이션 종주국이라고 할 수 있는 미국 시장까
지 진출한 것이다.

애니메이션으로도 소개했지만 〈라바〉는 애니메이션 제작회
사 투바앤이 만든 캐릭터이자 애니메이션이다. 애니메이션 〈라
바〉는 나비 애벌레 옐로와 레드를 비롯해 다양한 곤충 친구들이
벌이는 좌충우돌 에피소드를 담고 있다. 2010년 무렵부터 투바
앤은 모바일을 겨냥한 90초 분량의 짧은 애니메이션을 제작하기
시작했다. 그리고 TV를 배제한 모든 모니터에서 라바를 만나게
하겠다는 마케팅 전략을 수립했다. 중소기업이 만든 애니메이션
을 TV에서 방영하기엔 넘어야 할 장벽들이 너무 많았기에 선택
한 차선의 전략이었다. 전략은 적중했고 차선은 최선이 되었다.
라바는 엘리베이터, 편의점, 버스, 지하철, 미디어 보드 등에서
차근차근 인지도를 쌓아 나갔다. 그렇게 쌓인 인지도가 공중파
로 이어져 드디어 TV를 통해 얼굴을 더 많이 알릴 수 있게 됐다.
그렇게 라바는 한국인이 사랑하는 캐릭터가 되었다.

〈라바〉의 주인공 예로와 레드(출처: 투바앤)

라바의 신화는 세계 시장으로 이어졌다. 투바앤은 라바의 기획 단계에서부터 세계 시장 진출을 목표로 삼았다. 언어 장벽이 없는 넌버벌 슬랩스틱 장르를 선택한 것이나 주인공 옐로와 레드가 사는 곳을 뉴욕 52번가로 설정한 것도 이런 전략의 일환이었다. 이후 세계 애니메이션계는 〈라바〉를 주목해야 했다. 〈라바〉는 TV의 아카데미상이라 불리는 에미상(Emmy Awards)에서 2014년 애니메이션 부문 후보로 지목되었고, 아시아 최대 TV 축제인 상하이 TV 페스티벌에서는 애니메이션 부문 최우수상을 받았다. 지금까지 120여 개국에 수출되어 방영되고 있을 정도로 세계 시장에서도 큰 인기를 끌고 있다.

〈라바〉의 해외 진출 성공 비결은 글로벌 시장 진출을 목표로 언어와 인종, 지역과 연령을 초월한 표준화 전략에서 찾을 수 있다. 주인공인 레드와 옐로를 비롯해 시즌별 등장인물의 캐릭터를 다양한 컬러로 제작하고, 네이밍도 컬러와 일치시켜 캐릭터와 이름을 쉽게 기억할 수 있도록 했다. 또한 특정 국가의 배경이나 시대, 종교를 나타내지 않는 애벌레와 동물들을 출연시킴으로써 누구에게나 친근하게 다가갈 수 있는 캐릭터가 되도록 했다. 언어를 배제한 슬랩스틱 코미디 장르를 선택했다는 점도 주효했다. 일반적인 애니메이션에서 스토리를 언어로 풀어나가는 것과 달리 〈라바〉는 언어를 사용하지 않았다. 그 대신 캐릭터의 다양한 표정과 몸짓과 효과음에 초점을 맞추고 전 세계인에게 공통으로 웃음을 주는 슬랩스틱 코미디를 활용했다. 이렇듯 치밀한 전략 덕분에 〈라바〉는 더빙과 자막 처리에 필요한 비용과 시간을 없애고, 곧바로 해외 시장에 진출할 수 있었다.

90초의 짧은 러닝타임과 마케팅 채널의 다각화도 중요한 성공 요인 중 하나다. 일반적으로 애니메이션은 방송 판매를 전제로 제작되는 데 반해 투바앤은 무리한 TV 방송보다는 유튜브 등 뉴미디어 플랫폼에 집중했다. 이 점은 최근 사람들이 TV보다 모바일 앱이나 온라인 등 다른 플랫폼 미디어를 많이 접한다는 트렌드와 맞아떨어졌다.[5] 이러한 노력에 보답하듯 〈라바〉의 캐릭

---

5   한국콘텐츠진흥원, 『2015 애니메이션 산업백서』, 2015, 참조.

터는 전 세계를 무대로 팬덤을 늘려 가고 있다.

2. 꾸준한 성장세를 이어가는 캐릭터 산업

캐릭터 산업의 체질 변화

2000년대 들어 〈뽀롱뽀롱 뽀로로〉, 〈로보카 폴리〉 같은 국산 유아용 TV 애니메이션이 인기를 얻으면서 한국 캐릭터 산업은 유아용 캐릭터 시장으로 그 영역을 확장했다. 그러나 지상파 TV 채널을 통해 방영되는 TV 애니메이션 창구의 제한성으로 인해 국내 캐릭터 산업은 성장의 한계에 직면해야 했다. 캐릭터 상품의 인기와 상품화는 높은 시청률을 확보한 극소수의 TV 애니메이션 캐릭터에 집중되었고, 제한된 TV 애니메이션 방영 시간으로 인해 새롭고 다양한 캐릭터의 시장 진입은 더 어려워졌기 때문이다. TV 애니메이션 시청자의 연령으로 인해 한국 캐릭터 산업은 자연스럽게 유아동을 대상으로 한 완구, 문구, 아동의류, 과자류, 음료 등을 중심으로 형성되었다. 이에 따라 캐릭터 상품은 유아동의 전유물이라는 인식도 강해졌다.

그러나 미디어 다변화 시대인 2000년대에 들어서며 TV 애니메이션이라는 캐릭터 플랫폼의 한계는 더욱 뚜렷해졌다. 스마트폰이 등장한 2000년대 후반부터 지상파 TV의 시청률은 급락했고, 스마트폰을 기반으로 한 모바일 메신저 서비스가 그 중심을 차지하게 되었다. 모바일 메신저라는 새로운 캐릭터 플랫폼의 등장은 짧은 기간에 한국 캐릭터 산업의 체질을 획기적으로 변화시켰다. 몇 가지를 꼽아보면 다음과 같다.

첫째, 모바일 메신저 플랫폼은 한국 캐릭터 시장의 외연을 유아동에서 전 국민으로 확장했다. 특히 자신만의 감정과 개성 표현을 선호하는 1980년대 초부터 2000년대에 출생한 밀레니얼 세대들이 적극적으로 모바일 메신저 캐릭터 상품을 수용했다. 오랜 기간 지속되었던 유아동 시장의 제한성을 극복한 것이다. 둘째, 캐릭터 소비자의 연령층이 확장됨에 따라 극소수의 유아동용 인기 캐릭터에만 매출이 집중되던 한국 캐릭터 시장의 문제도 해소되었다. 셋째, 캐릭터 상품의 구성이 TV 애니메이션 기반의 완구와 문구에서 벗어나 생활용품, 사무용품, 화장품 등 다양한 상품군으로 확장되었다. 넷째, 모바일 메신저 플랫폼을 기반으로 한국 캐릭터 산업의 외연을 해외로 확장하였다. 일례로 전 세계 230여 개국, 2억 명 이상의 사용자를 보유한 라인프렌즈는 2017년 오픈한 미국 뉴욕 타임스퀘어점을 비롯해 일본, 중국, 미국, 캐나다 등 11개국, 91개 매장을 통해 6,400여 종의 상품을 판매하고 있다. 또한 유니클로, 록시땅 등 글로벌 브랜드와 캐릭터 컬래버레이션 상품을 판매하고 있다. 국내 사용자 비중이 높은 카카오프렌즈도 2016년 중국 알리바바 티몰에 입점하면서 중국 시장에 진출하였고, 국제우편 서비스를 통해서 호주, 남미, 북미 등 전 세계 30여 개국에 카카오프렌즈 캐릭터 상품을 판매하고 있다.[6]

이와 함께 유명 아티스트 관련 콘텐츠를 개발하고, 이를 다양한 매체를 통해 유통하는 전략을 활용했다. 그리고 파트너십이나 라이선스 사업을 다양한 분야로 확장하여 적극적으로 상품을 개발하거나 소비자 접점을 늘렸으며, 상품 판매를 위해 온·오프라인 유통망을 확장하는 등 플랫폼의 다변화 이후 한국의 캐릭터 산업은 시장의 변화에 능동적으로 대응하며 꾸준히 성장하고 있다.

아시아를 넘어 세계로 뻗어가는 라인프렌즈

스마트폰에서 이모티콘 사용이 일반화되면서 모바일 메신저 플랫폼을 기반으로 한 캐릭터 산업은 비약적인 성장세를 이어 가고 있다. 문자로는 표현하기 힘든 다양한 감정을 전달하는 이모티콘은 이제 문자보다 강력하고 효과적인 커뮤니케이션 기

---

6   한국콘텐츠진흥원, 『2018년 캐릭터 산업백서』, 2018, 참조.

호로 자리잡았다. 감정을 담은 그림 기호이기에 언어의 장벽 또한 가볍게 뛰어넘었다. 이제 이모티콘은 단순한 감정 표현 수단을 넘어, 인기 캐릭터로 자리매김하고 있다. 모바일 메신저 플랫폼에 등장하는 이모티콘 캐릭터들이 인형, 게임 주인공, 생활용품 브랜드 등 다양한 산업군에서 활용되고 있는 것이다. 한국에서 만들어진 가장 대표적인 모바일 캐릭터는 라인프렌즈와 카카오프렌즈다. 라인프렌즈는 2011년 네이버가 출시한 모바일 메신저 '라인'의 스티커 캐릭터로 탄생했다. 오리지널 캐릭터인 '브라운 앤 프렌즈'는 브라운, 코니, 문, 제임스 등 11개의 캐릭터로 구성되어 있으며, 글로벌 인기 아티스트 방탄소년단(BTS)과 함께 'BT21' 캐릭터를 만들기도 했다. 이처럼 라인프렌즈의 해외 시장 성공에 크게 기여한 것은 아티스트와의 협업을 통한 캐릭터 개발이었다. 특히 BTS와 협업으로 탄생한 BT21 캐릭터 상품은 BTS의 세계적인 인기에 힘입어 지속적으로 높은 판매량을 기록하고 있다. 최근에는 캐릭터 비즈니스 전문성과 노하우로 재탄생시킨 슈퍼셀의 인기 모바일 게임 IP '브롤스타즈', 넥슨과의 전략적 파트너십을 통해 IP 비즈니스 다각화를 진행 중인 '카트라이더'까지, 다채로운 캐릭터 라인업으로 전 세계 MZ세대의 큰 사랑을 받고 있다.

해외에서 꾸준한 성장세를 이어 가고 있는 라인프렌즈의 캐릭터와 뉴욕 매장(출처: 라인프렌즈)

　메신저만 놓고 보면 국내에서는 카카오프렌즈의 인지도가 압도적으로 높다. 하지만 해외에서는 180도 달라진다. 라인프렌즈는 특히 대만과 일본, 태국 등 아시아에서 큰 사랑을 받고 있다. 라인프렌즈의 성공 비결은 세 가지로 정리할 수 있다. 첫째, 직원이 직접 돈 주고 구매하고 싶은 제품을 만드는 브랜드와의 협업이다. 라인프렌즈가 자사의 캐릭터와 콜라보레이션 파트너를 선택할 때 가장 우선시하는 것은 직원들의 의견이다. 이처럼 소비자의 입장에서 구매하고 싶은 제품과 콜라보레이션을 진행해 새로운 소비층을 얻을 수 있었다. 라미사와 함께한 만년필, 뮬라나 구스타프베리, 미스터 마리아와 함께한 제품이 그 예다.

　또한 브랜드 관련성에 연연하지 않고 협업하는 라인프렌즈의 방식은 아시아에서 소비자에게 더 큰 지지를 얻어냈다. 아시아 소비자들은 브랜드를 평가할 때 제품과 제품 사이의 연관성보다 브랜드의 평판을 더 고려하는 특징이 있다. 이에 라인프렌즈는 캐릭터들과 잘 어울리는 브랜드보다는 각 분야에서 인지도와 브랜드 가치가 높은 글로벌 회사와 협업하는 것을 선택했다. 그 결과 아시아 소비자들의 지지를 얻어냈다.

또 한 가지 성공 요인은 연예기획사처럼 캐릭터들을 철저하게 관리하는 방식에 있다. 보통 기업은 상품 라인 관리에 두 가지 방법 중 한 가지를 이용한다. 현 제품의 가격대에 다양한 변화를 줘 다채로운 상품을 개발하는 '라인 필링(line filling)' 방식과 현재 가격대보다 더 낮거나 높은 가격의 상품을 개발해 라인을 늘리는 '라인 스트레칭(line stretching)' 방식이다. 라인프렌즈는 두 가지 모두를 사용하지 않는다. 자사의 캐릭터들을 상품으로 취급하지 않고 연예인 매니지먼트 회사처럼 관리하기 때문이다. 각 캐릭터를 계약을 통해 새로운 일을 진행하고 지원해야 할 연예인처럼 대하는 것이다.[7] 이렇듯 캐릭터에 대한 차별화된 마인드와 기획은 라인프렌즈의 캐릭터들을 당당히 세계인의 품에 안겨 주었다.

현재까지 라인프렌즈는 캐릭터 IP를 활용하여 6,500종 이상의 자체 제작 상품을 개발했다. 라인프렌즈 오리지널 캐릭터는 IP 비즈니스를 본격 전개한 2016년 이후부터 캐릭터 IP 거래량이

---

7   김아영, 「아시아 사로잡은 이모티콘 친구…라인프렌즈」, 『더 파워뉴스』, 2017. 5. 23 기사 참조.

누적 3조 원 이상 달성하며 아시아를 중심으로 큰 사랑을 받아 왔다. 2018년에 개장한 일본 도쿄의 하라주쿠 스토어는 1년 누적 방문객 수 150만 명을 돌파하며 쇼핑의 중심지인 하라주쿠의 랜드마크로 자리잡았다. 2019년에는 로스엔젤레스에서 관광객이 많이 찾는 위치에 미국의 두 번째 정식 매장을 오픈하는 등 오프라인 매장을 뉴욕·베이징·상하이 등 세계의 주요 도시로 확장하고 있다.

캐릭터 시장의 신흥 강자, 카카오프렌즈

한국에서 모바일 메신저 이모티콘 서비스는 2011년 11월 카카오톡이 카카오프렌즈(Kakao Friends) 이모티콘 스토어를 오픈하면서 시작되었다. 인기는 폭발적이었다. 카카오톡 이모티콘 구매자 수는 2012년 280만 명에서 2013년 500만 명, 2015년 1000만 명, 서비스 개시 7년이 지난 2018년 10월 기준으로는 누적 구매자 2000만 명, 무료를 포함한 누적 이용자 2800만 명을 기록했다. 이는 전 국민의 절반이 넘는 엄청난 숫자다. 월 평균 이모티콘 발신량은 22억 건이고, 매월 2700만 명의 이용자가 이모티콘을 사용하며, 10억 원 이상의 매출을 달성한 이모티콘은 50개가 넘는다.

모바일 메신저 기반 캐릭터로 국내에서 큰 인기를 얻은 카카오프렌즈와
카카오스토어(출처: 카카오프렌즈)

모바일 메신저 기반 캐릭터로 라인프렌즈와 쌍벽을 이루는
카카오프렌즈는 국내 소비자들의 압도적인 사랑을 받고 있다.
카카오프렌즈의 캐릭터는 라이언, 무지, 어피치, 프로도, 네오,
튜브, 제이지, 콘 등 8개로 이루어졌다. 이들 캐릭터 중 가장 크게
인기를 끌고 있는 라이언은 이모티콘 매출 부문 절대 강자이자
제휴 제품 및 카카오 핵심 사업 부문 주요 캐릭터다. 현재까지 카
카오프렌즈는 리빙·토이·문구·패션·주얼리 등 6,500여 가지의
상품을 출시했다.

카카오프렌즈는 주변에서 쉽게 만날 수 있는 인물들의 특성
을 반영한 친근한 캐릭터들로 인기를 얻고 있다. 호기심 많고 장
난기 가득한 무지(MUZI)는 토끼 옷을 입은 단무지이고, 악어를
닮았지만 그 정체를 알 수 없는 콘(CON)은 무지를 키워 준 따뜻
한 성격의 능력자이고, 매력적인 뒤태와 넘치는 애교를 가진 어
피치(APEACH)는 복숭아나무에서 탈출한 장난꾸러기 악동이

다. 갈기 없는 수사자 라이언(RYAN)은 무뚝뚝한 표정을 가졌지
만 여리고 섬세한 반전 매력의 소유자이며, 부잣집 도시 개이지
만 잡종이라는 태생적 열등감이 있는 프로도(FRODO)는 네오에
게 애정 공세를 펼치는 사랑꾼이다. 자신을 가장 사랑하는 단발
머리 고양이 네오(NEO)는 쇼핑을 좋아하는 새침한 멋쟁이고, 겁
많고 마음 착한 오리 튜브(TUBE)는 작은 발이 콤플렉스라서 큰
오리발을 신고 다닌다. 힙합을 사랑하는 자유로운 영혼 제이지
(JAY-G)는 선글라스와 뽀글뽀글한 머리가 인상적이다.[8] 2020년에
는 라이언의 반려동물로 유기묘 춘식(CHUNSIK)이 새롭게 합류
했다. 춘식은 반려동물이라고는 하지만 기존의 멤버들과 동등한
인격체로 대우받으며 카카오프렌즈의 대표 캐릭터로 자리잡았다.

　이처럼 개성 넘치는 캐릭터들로 구성된 카카오프렌즈의 상품
은 특히, 국내 키덜트 관련 시장에서 두각을 나타내고 있다. 카
카오도 이 부분에 집중하여 캐릭터 머천다이징을 진행해 왔다.
2015년 국내 캐릭터 인지도 조사에서 처음 6위에 오르면서 존재
감을 과시했으며, 이듬해는 2위, 2017년부터는 줄곧 1위를 고수
하고 있다.

8　네이버 지식백과 https://terms.naver.com/entry.naver?docId=5772715&cid
　=59943&categoryId=59986 참조.

2018년부터는 카카오 계열의 콘텐츠 기업인 JOH&컴퍼니를 흡수해 카카오IX로 출범하면서 본격적으로 해외 시장에 진출했다. 일본, 미국, 중국, 영국에 이어 2019년에는 홍콩에 자회사를 세우고 오프라인 및 온라인 판매를 확대해 오고 있다. 해외 시장에서의 가파른 성장으로 카카오IX의 2019년 매출은 1600억 원에 달했다. 해외 시장 진출은 다소 늦어졌기에 카카오프렌즈는 해외 진출 전략에 각별한 노력을 기울이고 있다. 미국에서는 2018년부터 아마존을 통해 상품을 판매하고 있으며, 2019년 9월에 3대 백화점 중 하나인 블루밍데일즈 백화점의 4개 지점에 팝업스토어를 열었다. 12월에는 디자이너 편집숍 에이랜드 뉴욕 브루클린점에 입점했다. 2019년에는 영국에 법인을 세우고 카카오프렌즈 스토어 유럽을 열면서 본격적으로 유럽 시장에도 진출하였다. 영국 런던의 중심가인 왕립공원 하이드파크에 11월에 첫 팝업스토어를 열어 영국에서 인기가 많았던 상품들과 함께 크리스마스 에디션 상품들을 판매하기도 하였다.

인형탈 캐릭터가 보여 준 반전 매력, 펭수

한국의 캐릭터 산업은 다른 콘텐츠 장르에 비해 매년 지속적인 성장세를 이어 가고 있다. 최근에는 게임, 방송, 유튜버 등 기존 IP를 활용한 다양한 캐릭터 라이선스 사업들이 진행되면서

캐릭터 산업의 범위를 더욱 넓히고 있다. 그런 가운데 인형탈을
쓴 고전적인 캐릭터가 다시 인기를 얻고 있어 주목할 만하다. 펭
수가 그 주인공이다. 일반적으로 인형탈은 애니메이션 캐릭터가
뮤지컬로 확장될 때 많이 활용된다. 뽀로로, 로보카 폴리, 코코
몽, 미니특공대 등이 대표적이다. 그런데 애니메이션 기반이 아
니라 처음부터 인형탈로 출발한 캐릭터 펭수가 선풍적인 인기를
끌게 된 것이다. 그 이유는 무엇일까.

20~50대 성인들 사이에서 인기가 높은 캐릭터 펭수(출처: 자이언트 펭TV)

펭수는 EBS와 유튜브 방송 〈자이언트 펭TV〉에 주인공으로
등장하는 펭귄 캐릭터다. 품종은 자이언트 펭귄, 나이는 열 살이
고 성별은 없으며, 키는 210cm, 몸무게는 103kg이다. EBS의 설명

에 따르면 펭수는 우주 대스타가 되고 싶어 남극에서 헤엄쳐 온 열 살 펭귄이다. 현재 EBS의 연습생 신분이고, 꿈은 최고의 크리에이터가 되는 것이다. 성인 남성의 키를 훌쩍 뛰어넘는 큰 키, 놀란 듯 동그랗게 뜬 눈, 몸에 비해 짧은 팔다리는 현실 속 자이언트 펭귄을 연상케 한다.

펭수 열풍은 뜨거웠다. 펭수가 출연하는 EBS·유튜브 방송 〈자이언트 펭TV〉는 2019년 4월 2일 첫 방송을 시작해 같은 해 11월 27일 구독자 100만 명, 2020년 1월 29일에는 구독자 200만 명을 돌파했다. 2019년에는 『시사저널』 선정 문화 분야 올해의 인물에 선정되기도 했다. 이렇게 펭수는 2019~2020년에 한국에서 가장 주목받은 캐릭터가 되었다. 한국에는 펭귄을 모티프로 한 인기 캐릭터가 두 개 있다. 하나는 어린이들의 대통령 뽀로로이고, 다른 하나는 20~50대 성인들 사이에서 인기가 높은 펭수다.

그런데 펭수의 진짜 매력은 따로 있다. 누구 앞에서든 기죽지 않고 자기가 하고 싶은 말은 다하고 마는 당당한 성격과 독특한 말투는 기존의 어린이 캐릭터와 확실하게 차별되는 지점이다. 애니메이션 기반 캐릭터들이 작품이라는 가상세계에 살고 있는 캐릭터라면, 말하는 인형 펭수는 현실 속에서 우리와 함께 살아가는 캐릭터다. 라디오나 TV 프로그램에 출연해 직장인의 고민을 들어주는가 하면, 예능 프로그램에 출연해 즉석에서 재치 있

는 시를 창작하기도 한다. 펭수의 거침없이 당당한 태도와 촌철
살인의 언변은 사회생활에 찌든 직장인들에겐 '사이다' 맛과도
같은 카타르시스를 제공했다. 단순히 소장용 캐릭터가 아니라 소
비자와 직접 소통하고 세대를 대변하는 트렌드로 자리잡은 것이다.

　해외에서도 펭수 신드롬을 주목했다. "한국인들이 무례한 펭
귄 펭수와 사랑에 빠졌다." 2019년 12월 13일 영국 BBC의 표현
이다. BBC는 펭수가 한국에서 방탄소년단을 제치고 '올해의 인
물'에 선정될 정도로 엄청난 인기를 누리고 있다고 전했다. "머
지않아 지구촌 곳곳에서 거대 펭귄을 만나더라도 놀라지 말라"
는 당부도 잊지 않았다. BBC는 기성세대를 향한 젊은세대의 불
만이 펭수의 인기 요인이 됐다고 진단했다. 겸손과 예의를 중시
하는 보수적인 한국 사회에서 기존 관습을 깨부수는 펭수의 반
동적 태도가 기성세대에게 불만이 많은 밀레니얼 세대를 열광케
했다는 분석이다. 홍콩 사우스차이나모닝포스트(SCMP)는 'BTS
보다 더 인기가 많다니? 한국의 밀레니얼 세대는 왜 거대 펭귄
캐릭터 펭수에게 푹 빠져들었나'라는 제하의 기사로 펭수를 집
중 조명했다. 그리고 펭수를 "기존 사회 규범에 무관심한 행동
을 보이는 캐릭터"라고 소개하며, "최근 조사에 따르면 방탄소년
단의 인기도 넘어섰다. 사람이 아님에도 '올해의 인물'에 선정됐

다"고 설명했다.[9]

  오리지널 캐릭터로서 펭수의 인기는 캐릭터 자체가 셀러브리티로 진화할 수 있다는 점을 상징적으로 보여 준 사례라고 할 수 있다. 이는 가상성과 현실성을 동시에 수용하는 새로운 팬덤이 연령과 관계없이 존재할 수 있음을 보여 주었다는 점에서 중요한 변화의 징후라고 할 수 있다. 그러나 국내에서의 인기가 해외까지 확산될 수 있을지는 미지수다. 특유의 입담을 강력한 무기로 장착하고 있지만 언어의 장벽은 펭수가 넘어야 할 커다란 산이 아닐 수 없다. '펭하!'를 외치며 신비주의를 고수하던 펭수가 얼굴을 공개한 후 인기가 떨어지고 있는 것도 주목할 만하다. 2011학번, 188cm의 장신 연기자 지망생으로 알려진 진짜 펭수의 모습은 밀레니얼 세대들의 자화상이기도 하다. 실제 청년세대의 정체성과 너무나 닮아 있다. 그런 까닭에 친근함은 매력이 될 수 있겠지만 캐릭터의 신비감이나 아우라는 약해질 수밖에 없다. 이 문제는 앞으로 펭수가 풀어 나가야 할 딜레마가 될 것으로 보인다.

---

9   조유빈, 「2019년, 대한민국이 펭수의 매력에 빠졌다」, 『시사저널』, 2019. 12. 23 기사.

캐릭터의 달라진 위상과 부캐의 유행

캐릭터는 본래 문학작품에 등장하는 인물이나 인격을 뜻한다. 하지만 이제는 소비자에게 친근하게 다가갈 수 있도록 해 주는 감성 마케팅의 수단으로 인식되고 있다. 21세기, 굴뚝 없는 시장에서의 경쟁이 국가 간에 더욱 치열해지면서 캐릭터는 문화산업의 핵심 주자로 떠오르고 있다. 일례로 2003년 디즈니의 대표 캐릭터인 미키 마우스의 저작권이 소멸될 예정이었지만, 미국은 저작권법을 개정하면서까지 자국 캐릭터의 권리를 보호해 주었다. 본래 창작자 사후 50년까지 보장되던 저작권을 미국 연방정부에서 70년으로 연장한 것이다. 한 해 동안 미키 마우스와 친구들이 벌어들이는 캐릭터 수입이 60~100억 달러라고 한다. 일명 '미키 마우스법'이라는 오명을 감수하면서까지 미국이 저작권 연장에 사활을 건 이유가 여기 있다. 이처럼 캐릭터는 기업을 넘어 한 나라의 경제적 이익에도 막대한 영향을 미치는 21세기 핵심 가치가 되고 있다.

캐릭터 산업의 성패는 보통 다음의 세 가지 요소에 의해 좌우된다. 첫째, 연쇄적 전개(One Idea Multi Source)가 가능한가. 둘째, 다양한 적용(One Source Multi Use)이 가능한가. 셋째, 제품의 확장

(Extension)과 교체(Switching)가 쉬운가이다.[10] 이러한 요소들이 삼박자를 이룰 때 캐릭터 산업은 꾸준히 파이를 늘려가며 성장과 발전을 거듭할 수 있다. 캐릭터 산업이 다양한 미디어와 플랫폼의 지원을 필요로 하는 이유가 여기 있다.

캐릭터는 다양한 캐릭터와 소비자들이 만나는 플랫폼을 통해 시장에 노출된다. 플랫폼을 통해 인지도를 확보한 캐릭터는 캐릭터 상품이나 2차 저작물로 제작되면서 점차 소비자층을 늘려간다. 이처럼 하나의 캐릭터가 소비자에게 가치를 전달하고 인지도를 확보하기 위해서는 캐릭터의 성격과 매력, 스토리텔링을 잠재 소비자들에게 전달할 수 있는 플랫폼이 필요하다. 캐릭터 산업 초기에 그 역할을 담당한 것이 텔레비전이다. 국내외를 막론하고 성공한 캐릭터들은 대부분 TV 애니메이션에서 시작되었다. SNS가 보편화되기 이전, 가장 대중적인 파급 효과를 지니고 있던 TV는 캐릭터 확장의 일등 공신이었다. 캐릭터 라이선싱 전략을 위해서는 매체를 활용한 지속적인 노출이 필수적인데, TV가 그것을 가능하게 해 주기 때문이다.

그러나 지금은 달라졌다. TV를 넘어 AR, VR과 함께 AI 시대

---

10 류유희·이종한, 「〈아기공룡 둘리〉의 스토리텔링 분석을 통한 캐릭터 비즈니스 연구」, 『만화애니메이션연구』 38권 34호, 한국만화애니메이션학회, 2015, 참조.

로 가고 있는 현 시점에서 Z세대는 발전하는 기술 환경 위에서 태어나 기술과 함께 진화하고 있다. 영상 만능 시대를 사는 이들이 접속하고 있는 플랫폼은 전통 플랫폼이 아니라 온라인 플랫폼이다. 또한 이들의 일상 자체가 소셜 미디어의 영향 아래 놓이게 되었다. 모든 산업 분야에서 기회와 위기가 공존하고 상품 생산부터 유통, 소비까지 많은 변화가 일어난다. 그런 만큼 캐릭터 산업도 변화하는 환경에 맞춰 소비자를 직접 찾아나서야 하는 시대가 된 것이다.

2020년부터 한국에서는 연예인들 사이에서 '부 캐릭터' 혹은 '서브 캐릭터'라는 의미의 '부캐'가 유행하고 있다. 평소와 다른 모습이나 새로운 이미지로 활동할 때 자신의 본래 캐릭터와 구별하기 위해 쓰는 표현인데, 2020년 MBC 예능 프로그램 〈놀면 뭐하니?〉에 등장한 유산슬(유재석의 부캐인 신인 트로트 가수)이 그 시작이라고 할 수 있다. 이후 김신영(둘째이모 김다비), 혼성 댄스 그룹 싹쓰리에서 이효리(린다G)와 비(비룡) 등이 부캐로 등장하면서 화제가 되었다.

부캐의 활약은 캐릭터 산업의 수요층이 키덜트에서 성인으로 확장하고 있음을 보여 주는 사례다. 부캐의 시대가 말해 주는 중요한 부분은 한 사람의 정체성을 바라보는 우리의 관점이 변화했다는 점이다. 즉 한 사람이 한 가지의 일관된 모습이어야 한다고 강요되던 시대에서 이제는 한 사람 안에도 다양한 모습들이 공존하고, 그것을 이상한 것이 아니라 가능성으로 보는 시대가 열린 것이다. 부캐의 다른 표현인 멀티 페르소나는 달라진 관점을 잘 설명해 준다. 멀티 페르소나는 '가면을 바꿔 쓰듯이 매 순간 다른 사람으로 변신하며 서로 다른 정체성을 만들어가는 다층적 자아'라는 의미다.[11]

이제 캐릭터는 단순히 좋아하는 대상을 넘어 자신의 감정과 마음을 대신 표현할 수 있는 아바타로서의 정체성이 더욱 확고해지고 있다. 더욱이 코로나 이후 우리 사회가 언택트 시대로 접어들면서 SNS나 메타버스 같은 가상 공간에서 펼쳐질 모바일 메신저들의 활약은 앞으로 더 활발해질 것으로 예상된다. 다른 콘텐츠 산업이 그러한 것처럼 캐릭터 산업 또한 네트워크, 빅데이터, 인공지능 등의 기술 발달을 기반으로 한 초연결 시대로 향하는 고속열차에 올라탄 것이다.

---

11   정덕현, 「세계관의 변화 상징하는 '부캐의 열풍'」, 『시사저널』, 2020. 12. 27.

참고문헌

김소형·최향미, 「애니메이션 캐릭터의 국제화: 아이코닉스 뽀로로의 해외 시장 진출」, 『국제경영리뷰』 19권 3호, 한국국제경영관리학회, 2015.

김아영, 「아시아 사로잡은 이모티콘 친구…라인프렌즈」, 『더 파워뉴스』, 2017. 5. 23.

류유희·이종한, 「〈아기공룡 둘리〉의 스토리텔링 분석을 통한 캐릭터 비즈니스 연구」, 『만화애니메이션연구』 제38권 34호, 한국만화애니메이션학회, 2015.

조유빈, 「2019년, 대한민국이 펭수의 매력에 빠졌다」, 『시사저널』, 2019.12.23.

한혜원, 『아이의 마음을 훔치는 스토리텔링 전략』, RHK, 2012.

한국문화콘텐츠진흥원, 『2005 애니메이션산업 백서』, 2005.

한국콘텐츠진흥원, 『2015 애니메이션 산업백서』, 2015.

_____, 『2018년 캐릭터 산업백서』, 2018.

_____, 『2020년 캐릭터 산업백서』, 2020.

네이버 지식백과 https://terms.naver.com/entry.naver?docId=5772715&cid=59943&category Id=59986

제4장

플랫폼,
키즈콘텐츠 생산과 유통의 산실

1. 미디어 플랫폼과 키즈콘텐츠 서비스

모모세대와 디지털 네이티브의 탄생

2000년, 새 천년의 시작을 전후해 인류는 엄청난 변화와 마주하게 된다. 우리 삶의 형식이 아날로그에서 디지털로 대전환을 시작한 것이다. 변화는 삶의 모든 영역에서 동시다발적으로 일어났다. 필름 카메라, 비디오테이프, LP와 CD 같은 각종 기록 장치들이 시나브로 자취를 감추었고, 버스정류장마다 실시간 운행 정보가 제공되기 시작했다. 컴퓨터는 더욱 진화했고 1980~90년대 젊은이들의 로망이었던 워크맨이나 시디플레이어는 휴대가 간편한 MP3플레이어로 대체되었다. 디지털 기술의 발달로 인류는 이전에 경험하지 못했던 속도와 문명을 향유하게 된 것이다.

그리고 2007년 1월 9일, 혁신의 아이콘 스티브 잡스가 스마트폰을 세상에 내놓았다. 전화기와 컴퓨터, 그리고 MP3플레이어의 기능을 하나로 집약한 이 똑똑하고 놀라운 기기에 온 세계가 열광했다. 당시 애플의 CEO 스티븐 잡스는 '애플이 폰을 재발명했다'고 선언했다. 과장이 아니었다. 그가 선보인 아이폰은 이전에 애플이 출시한 휴대형 음악 재생 기기인 아이팟에 통화, 인터넷, 이메일 기능을 추가한 것이었다. 또 손가락 전기를 인식하는 방식의 정전식 터치스크린을 최초로 장착했으며 200만 화소 카메라, 3.5인치 화면을 갖추고 있었다. 이제 손 안에 쏙 들어오는 스마트폰 하나면 못할 일이 없어진 것이다. 그로 인해 인류는 디지털 시대의 문을 활짝 열어 제치며 이제껏 경험하지 못했던 스마트한 세상과 접속하게 되었다.

플랫폼은 스마트폰의 개발로 새롭게 열린 가장 역동적인 시장이었다. 지식과 정보는 이제 종이책과 도서관이 아니라 손바닥 안에서 움직이게 되었다. 2005년 11월부터 정식 서비스를 시작한 유튜브는 스마트폰 개발의 최대 수혜자라고 해도 과언이 아니다. 구글이 운영하는 이 동영상 공유 서비스로 인해 세계는 더 가까워졌다. 비디오 클립, 뮤직 비디오, 학습 비디오 등과 같은 동영상 형태로 된 모든 파일의 업로드가 가능해지면서 누구나 콘텐츠 제작자가 될 수 있는 가능성이 열렸다. 2006년에는 『타임』지 선정 '2006년 최고 발명품'으로 꼽히는 등 유튜브는 웹 2.0 시대의 선두주자로 급부상했다. 당신(You)과 브라운관(Tube, 텔레비전)이라는 단어의 합성어가 상징하는 것처럼 유튜브(YouTube)는 그렇게 인류의 새로운 텔레비전이 되었다.

스마트폰과 미디어 플랫폼의 비약적인 발전은 '모모세대'를 등장시켰다.
(출처: 게티이미지)

스마트폰과 미디어 플랫폼의 비약적인 발전은 급기야 새로운 세대를 호명하기에 이른다. 이른바 '모모세대'가 등장한 것이다. '모어 모바일(More Mobile) 세대'를 줄인 이 신조어는 1990년대 후반 출생한 청소년들로 TV보다 스마트폰, 태블릿 PC 등 모바일 기기에 익숙한 세대를 뜻한다. 일반적으로 키즈세대로 일컬어지는 지금의 초등학생이나 미취학 아동들은 어떨까. 그들은 태어나면서부터 자연스럽게 모바일 문화의 세례를 받고 있다. 글보다 스마트폰 터치 기술을 먼저 터득하는 세대다. 이들은 유튜브 같은 동영상 사이트를 자연스럽게 이용한다. 모모세대보다 더 발전된 디지털 원주민, 곧 디지털 네이티브(Digital Native) 세대인 것이다. 주목할 것은 이들이 아날로그 환경을 아예 경험하지 않은 세대라는 점이다. 이들에게는 모바일이 미디어가 아니라 생활 환경으로 인식된다. 걷기 시작할 무렵부터 〈아기상어〉 동영상을 보면서 율동을 익히고, 말을 떼기도 전에 "아기상어 뚜루루뚜루~"를 자연스럽게 외친다. 밥을 먹듯 유튜브를 보고 친구와 수다를 떨 듯 콘텐츠를 소비한다. 그들에게 유튜브는 삶 속에 깊이 투영된, 없어서는 안 될 공기와도 같은 존재가 되어버렸다. 자아 표현의 놀이터이자 정보 교류의 장이며, 제2의 생활 공간이 된 것이다.

유튜브에는 1분에 500시간 이상의 새로운 영상이 업로드된다고 한다. 하루에 업로드되는 동영상을 보려면 60년이 넘게 걸리는 엄청난 분양이다. 콘텐츠의 종류도 다양하다. 방송, 영화 등 기존 미디어가 제공하는 품질 좋은 영상도 있지만, 대다수의 영상들은 1인 크리에이터들이 제작한 영상이거나 UCC 영상들이다. 남의 눈치를 보지 않고 자기 주관이 확실한 모모세대들은 이제 친구들과 자신의 일상을 공유하기 위해, 단순한 재미를 위해, 자기를 표현하기 위해 유튜브라는 플랫폼을 활용한다. 그 과정에서 자연스럽게 크리에이터를 선망하는 아이들이 생겨나고, 어린 나이에 자기만의 콘텐츠로 성공한 크리에이터 반열에 오른 스타들도 탄생한다. 모모세대와 공유 플랫폼의 만남이 만들어

낸 새로운 삶의 풍경이 아닐 수 없다.

키즈콘텐츠는 모바일 시대를 맞아 글로벌 진출이 가장 활발한 분야다. 드라마, 영화 등 그동안 한류를 이끌었던 장르가 주로 아시아권에 머물렀고, 크리에이터 콘텐츠를 중심으로 한 콘텐츠도 유튜브를 타고 전 세계에 공개되었으나 아시아를 넘어서는 팬덤을 확보하기까지는 많은 시간이 걸렸다. 오늘날 한류의 중심에 K-Pop이 자리하고 있으나, 현재의 성과가 있기까지는 오랜 시간 대형 기획사들이 직접 자본을 들여 북미와 유럽시장에 거액을 투자해 온 경험들이 누적되어야만 했다.

이에 비하면 키즈콘텐츠는 언어 제약과 진입 장벽이 다른 콘텐츠에 비해 상대적으로 낮다. 비언어적 요소(non-verbal)가 많고, 단순하면서도 쉽게 따라 할 수 있는 내용과 귀여운 동물 캐릭터나 아이들이 등장하기 때문에 어느 문화권에서든 보편적으로 수용될 수 있는 조건을 갖추고 있다. 한마디로 '문화적 할인 효과(Cultural Discount Effect)'가 낮은 분야다. 그런 데다가 뉴미디어 시대로 본격적으로 접어든 2010년 이후부터는 콘텐츠 유통의 주요 매개가 유튜브와 넷플릭스를 비롯한 온라인 플랫폼으로 바뀌었다.

전 세계에서 수십 억 명이 사용하는 이러한 글로벌 플랫폼들은 콘텐츠의 유통 문제를 업로드 한 번으로 손쉽게 해결한다. 나이·국가·학벌·성별·경제력 등을 초월해 오직 콘텐츠만으로 경

쟁하도록 하는, 모두에게 평등하게 열린 시장이다. 글로벌 플랫
폼이 열어 놓은 유통 시장에서는 콘텐츠에 대한 바이럴(viral)을
통해 해외 팬들이 자연스럽게 유입될 수 있다. 물론 전제 조건은
있었다. 재미가 확실하게 보장되는 양질의 콘텐츠여야 한다는
점이다. 이것이 바로 자본력이 약한 한국의 키즈콘텐츠가 전 세
계의 주목을 받게 된 계기가 되었다.

5G 기술과 실감 콘텐츠가 성장을 견인하다

2019년 한국은 세계 최초로 5G 서비스를 상용화하는 데 성
공했다. 초고속, 초연결, 초저지연의 5G 기술은 데이터 사용량
이 많아 서비스되기 어려웠던 콘텐츠를 원활하게 제공하고 소비
할 수 있는 환경을 만들었다. 이에 5G 시대의 핵심 서비스는 실
감 콘텐츠를 중심으로 자율주행차, 홀로그램, 사물인터넷(Internet
of Things, IoT) 등 4차 산업혁명을 선도하는 기술과 콘텐츠가 부상
할 것으로 예측되고 있다. 기술적으로 AR·가상현실(Virtual Reality,
VR)·혼합현실(Mixed Reality, MR)과 같은 실감형 콘텐츠를 초고속
네트워크로 끊김 없이 즐길 수 있다. 이러한 기술력을 바탕으로
급성장하고 있는 분야가 실감 콘텐츠다. 실감 콘텐츠는 이제 엔
터테인먼트 산업뿐만 아니라 경제사회 전반의 혁신을 이끄는 도
구로도 활용되고 있다. 오감 인식 콘텐츠라고 불리는 만큼 키즈

콘텐츠 분야에서도 실감 콘텐츠를 활용한 플랫폼 서비스가 활성화되고 있다. 특히 유아의 성장 발달에 꼭 필요한 오감 자극을 극대화하여 실제와 유사한 체험을 가능하게 하는 콘텐츠들이 인기다.

　무한한 가능성이 열린 이 시장을 개척하기 위해 한국에서는 통신업계가 앞장서고 있다. 통신업계는 5G 서비스와 실감 콘텐츠 확산을 견인하고 있다. 5G의 실효성을 강화하고 가입자를 유치하기 위해 여러 사업자와 AR·VR을 접목한 새로운 서비스를 출시하고 있으며, 2023년 4월 기준으로 국내 5G 스마트폰 가입자 수는 3000만 명을 돌파한 것으로 알려졌다. 그 과정에서 캐릭터 콘텐츠는 5G 기술의 주요 홍보수단이자, 실감 콘텐츠와 서비스 보급을 위한 주요한 콘텐츠로 활용되었다.

　SKT는 2019년 11월부터 VR·AR 서비스인 '버추얼 소셜월드'를 제공하고 있다. VR 이용자들이 가상의 공간에서 아바타를 만들어 활동하며 커뮤니티에서 친구를 만들거나 미니 게임을 즐기는 등 다양한 활동을 펼치는 서비스다. 또 슈퍼셀과의 콜라보레이션을 통해 주요 매장에서 모바일 게임 〈브롤스타즈(Brawl Stars)〉 5G 체험존을 운영하고 있다. KT도 5G 서비스를 홍보하고 실감 콘텐츠 사업을 확대하기 위해 다양한 전략을 구사하고 있다. 2019년 3월에는 3D 아바타를 활용한 영상통화 서비스 나를(narle)

을 출시했으며, 4월에는 〈어벤져스(Avengers: Endgame)〉 캐릭터 IP
를 활용한 AR 이벤트 애플리케이션 '캐치히어로즈'를 통해, 이
용자들이 게임을 하는 감각으로 KT의 5G 커버리지 지도를 확인
할 수 있도록 했다. LGU+의 경우에도 구글과 제휴하여 실감형
콘텐츠를 제작하고 있다. 또한 U+VR 앱에서 아이돌·스타데이
트, 공연, 영화 등 1,000편의 VR 콘텐츠를 제공 중이다. 카카오와
실사 기반의 스타 이모티콘 제작을 준비하고 있고, 그 밖에도 인
기 애니메이션 〈뽀로로와 친구들〉, 〈콩순이〉, 〈시크릿 쥬쥬〉, 〈마
법천자문〉 등 3D AR로 제작된 어린이 콘텐츠를 U+AR을 통해
제공하였다. 또 EBS와도 손을 잡고 펭수, 번개맨, 번개걸 등 인기
캐릭터 IP를 이용한 5G 기반 AR 콘텐츠를 제작했다.

여기에 1996년부터 일찌감치 키즈콘텐츠 플랫폼을 운영한 네
이버와 최근 카카오키즈를 선보인 카카오, 그리고 2017년 5월 국
내에서 론칭된 이후 빠르게 키즈콘텐츠 시장을 장악하고 있는
유튜브의 활약이 더해져 키즈콘텐츠 시장이 점점 뜨거워지고 있
다. 또한 전파나 케이블이 아닌 범용 인터넷망으로 TV 영상 콘
텐츠를 제공하는 OTT(Over The Top) 서비스도 활성화되고 있다.
특히, 가장 대표적인 OTT 플랫폼인 넷플릭스가 키즈 섹션을 운
영하면서 키즈콘텐츠 시장의 경쟁은 더욱 치열해지는 양상이다.

최근에 넷플릭스는 이용자가 전체 줄거리를 선택하고 결말을

결정할 수 있는 인터랙티브(interactive) 콘텐츠를 선보이기도 했다. 이제 미디어 콘텐츠 이용자들은 가만히 앉아 자신이 원하는 내용을 선택하면서 콘텐츠의 전체 스토리를 원하는 대로 바꿀 수 있게 되었다. 넷플릭스가 발표한 〈장화 신은 고양이: 동화책 어드벤처(The Adventures of Puss in Boots)와 〈버디 썬더스트럭: 어쩌면 봉투(Buddy Theunderstruck: The Maybe Pile)〉는 인터랙티브 콘텐츠 시리즈로 불린다. 〈장화 신은 고양이〉를 살펴보면, 전체 스토리의 각 장면마다 이용자가 스토리를 선택하게끔 구성되어 있으며 이러한 이용자들의 선택 결과에 따라 시청 시간이 결정되는 방식이다.[1]

---

1   김광호 외 『4차 산업혁명과 미디어의 미래』, 한국학술정보, 2018, 41~42쪽 참조.

	플랫폼	서비스	내용
국내	네이버	쥬니어 네이버	- 1999년 6월에 서비스를 시작하여 국내에서는 가장 오래된 키즈콘텐츠 플랫폼임. - 동요, 동화, TV동영상, 놀이학습, 키즈엔터 등 다양한 콘텐츠를 제공하고 있으며 월간 450만명이 이용하고 있음. - AI 스피커를 기반으로 한 콘텐츠 추천 서비스 제공
	카카오	카카오 키즈	- 블루핀의 키즈 월드를 인수한 이후 2017년부터 정식 서비스를 시작 - 현재 미주, 유럽, 아시아 등의 유아동을 대상으로 교육, 놀이 등 2만여 편의 콘텐츠를 제공 - 카카오 키즈콘텐츠 전용 기기인 카카오 키즈탭 출시
	kt	올레 tv 키즈랜드	- '캐리 TV'를 유튜브보다 3주 빠르게 업데이트해 독점 제공 - '핑크퐁 TV 독점 출시 및 핑크퐁 애니메이션 제작에 투자 - 기가지니 소리동화, 대교 상상 kids, TV 쏙(AR 체험학습) 등 자체개발 콘텐츠 제공
	sk브로드밴드	Btv 키즈존	- 2015년 키즈 전용 서비스인 'Btv 키즈존'을 오픈하여 '뽀로로' 시리즈의 독점권을 확보 - 최근 '캐리튜브', '폴리튜브' 등 콘텐츠를 확보
	LG유플러스	U+tv 아이들나라	- 유튜브 기능을 탑재하여 유튜브의 인기 콘텐츠인 '캐리와 장난감 친구들', '토이푸딩TV' 등을 제공
해외	유튜브	유튜브 키즈	- 2015년 2월 처음으로 해외에 출시된 이후 미국, 영국, 캐나다, 호주 등 30개가 넘는 국가에서 매주 1,000만명 이상이 이용 - 2017년 5월 국내에 론칭, 유해 콘텐츠 차단, 시청시간 제한 등의 기능을 이용할 수 있음.
	넷플릭스	키즈 섹션	- 로그인 화면에서 키즈모드를 선택하면 어린이용 콘텐츠를 감상할 수 있으며, 유해콘텐츠에 접근하지 못하게 부모의 권한이 강화됨. - 2018년 3월 기준 전 세계 가입자 1억 2,500만명 중 절반 이상이 키즈콘텐츠를 이용

〈플랫폼별 키즈콘텐츠 제공 현황〉

(자료 출처: 박지혜, 「국내 키즈콘텐츠시장의 현황과 시사점」, 『산업경제』 2019. 6월호.)

쥬니어 네이버와 야나두키즈의 성장

플랫폼 시장이 활성화되면서 콘텐츠 소비 패턴도 달라지고 있다. 소비자들은 이제 더 이상 TV 앞에서 드라마를 기다리지 않는다. 초창기 한류를 이끌었던 드라마 〈대장금〉이 기록한 최고 시청률 55.5%는 이제 꿈의 숫자가 되었다. 정해진 요일, 정해진 시간에 콘텐츠를 송출하는 TV 플랫폼은 점점 그 위상이 약해지고 있다. 소비자가 일방적으로 콘텐츠를 공급받던 시대가 아니라, 자기가 원하는 시간에 각자의 취향에 맞게 콘텐츠를 골라 볼 수 있는 시스템으로 미디어 시장이 급변했기 때문이다. 오랫동안 공급자 중심으로 형성되었던 콘텐츠 시장이 이제 소비자 중심으로 재편되고 있는 것이다. 전통적인 플랫폼인 TV의 시대가 저물고 유튜브와 넷플릭스 같은 뉴미디어 플랫폼의 시대가 도래한 탓이다.

플랫폼 산업의 본질을 '가치 있는 경험의 유통'으로 정의했을 때, 가치 있는 경험이란 결국 콘텐츠를 의미한다. 이러한 측면에서 콘텐츠 산업의 중요성이 그 어떤 때보다도 의미를 갖게 되며, 이는 비단 미디어 산업만을 의미하는 것만이 아니다. 플랫폼화가 되고 있는 모든 산업과 모든 기업에서 콘텐츠는 이전 어느 때보다 한 핵심 가치가 되었다.[2]

최근에는 키즈콘텐츠가 IT 기술과 결합하면서 콘텐츠와 아이가 상호작용할 수 있는 방식에 대한 관심도 높아지고 있다. 콘텐츠 확보 경쟁과 함께 플랫폼 관련 기술 개발도 성공의 중요한 변수로 작용하고 있는 것이다. 단순히 영상을 보는 것이 아니라 화

---

2 박성조, 「MCN(다중채널네트워크) 산업에서 교육 콘텐츠의 발전 가능성」, 『미디어와 교육』 제7권 제2호, 한국교육방송공사, 2017, 32쪽.

면을 터치하면 공룡 뼈가 나타나 원래의 공룡 모습을 복원해 주
거나, 칫솔을 이리저리 움직여 세균을 없애는 등 화면을 터치하
면서 콘텐츠에 직접 참여하는 인터랙티브형 콘텐츠가 등장함에
따라 그에 걸맞은 플랫폼이 필요해진 것이다.

한국 최초의 어린이 전용 플랫폼인 쥬니어 네이버 홈페이지

쥬니어 네이버는 국내에서 키즈콘텐츠를 전문적으로 서비스
하기 시작한 최초의 플랫폼이다. 1999년 6월에 개설된 포털 사
이트 네이버의 어린이 전용 플랫폼으로 검색, 숙제 도우미, 학
습, 게임, 재미, 부모, 파니룸, 동요세상, 유아세상, 학부모방 등
을 제공한다. 2010년대 중반, 경쟁 사이트인 '야후! 꾸러기'와 '다
음 키즈짱'의 서비스가 종료되면서 현재는 국내 유일의 어린이
포털 사이트로 남게 되었다. 쥬니어 네이버는 초창기부터 인기

를 끌었던 영상동화와 영상동요를 중심으로 꾸준히 사랑받고 있고, 투니버스, 재능TV, 애니맥스와 BBC 등의 TV 동영상 콘텐츠를 제공하고 있다. 키즈엔터와 놀이학습 카테고리에서는 에듀테인먼트 성격이 강한 콘텐츠를 서비스하고, 플레이존에서는 게임 콘텐츠를 제공한다. 최근에는 PC에 기반을 두었던 플랫폼에 모바일 서비스를 접목하여 개편을 단행했으며, 모바일 앱에서 각종 동물들을 실감 콘텐츠로 만날 수 있는 '동물AR'을 제공하고 있다. 또한 국내 최대의 미디어 엔터테인먼트그룹인 CJ ENM의 다이아 티비와 함께 키즈 크리에이터 선발대회를 개최하는 등 콘텐츠 다양화에 공을 들이고 있다. 그러나 국내에서 키즈콘텐츠 플랫폼을 개척한 맏형이지만 구글이 구글플레이와 유튜브 플랫폼을 활용해 '유튜브 키즈'를 서비스하면서 최근에는 쥬니어 네이버가 위축되는 모양새다. 모모세대들의 특징과 변화하는 플랫폼 시장에 발 빠르게 대응하지 못한 것이 이유가 될 수 있다.

연령대별로 다양한 교육 프로그램을 제공하는 야나두키즈의 홈페이지

　　카카오는 인기 모바일 캐릭터 카카오프렌즈를 기반으로 성장
한 후발 주자로 2017년 키즈 플랫폼 시장에 뛰어들었다. 2017년
4월, 유아 콘텐츠 전문회사인 블루핀을 인수한 뒤 블루핀의 키
즈 에듀테인먼트 앱 '키즈월드'의 브랜드 이름을 '카카오키즈'
로 변경했으며, 앱 형태만이 아니라 카카오키즈 콘텐츠 전용 기
기인 '카카오 키즈탭'도 출시했다. 이후 카카오는 친근한 카카오
프렌즈 캐릭터와 인공지능 기술 등을 결합해 아이들과 대화하면
서 콘텐츠를 추천하고 학습을 돕는 서비스를 제공해 왔다.[3] 그러

3　　조은아, 「유아 콘텐츠와 IT의 결합, 가열되는 키즈 플랫폼 경쟁」, 『머니투데
이』, 2017.04.06. 기사 참조.

다가 2019년에는 야나두와 합병해 야나두키즈로 새단장을 했다. 현재 야나두키즈는 미주, 유럽, 아시아 등 전 세계에 서비스 중이며, 세계적인 교육 콘텐츠와 유명 애니메이션 등 2만 개 이상의 콘텐츠를 제공하고 있다. 영유아 필수 교육과정인 누리과정을 비롯해 정상어학원, 한솔교육, 대교북클럽 등 국내의 유명 교육 기업의 대표 프로그램을 차별화된 서비스로 제공하며 아이들을 위한 교육 서비스, 부모님을 위한 정보 서비스, 키즈탭 등 IoT 제품과 스마트 토이에 이르기까지 점차 영향력을 확장하고 있다.

〈아기상어〉와 함께 성장하는 더핑크퐁컴퍼니

유튜브는 이제 단순히 동영상을 공유하는 사이트가 아니다. 스스로 콘텐츠를 생산하고 소비하는 시스템을 구축하면서 자신들만의 거대한 생태계를 만들어가는 중이다. 인기 스타부터 미취학 아동, 노년층까지 모두가 유튜브의 잠재적인 생산자이자 수요자다. 전 세계 88개국에서 서비스되고 인터넷 사용자 중 95%가 유튜브를 경험한다. 매일 25억 명이 사용하는 공룡 플랫폼이 유튜브인 것이다. 이런 이유로 국내 플랫폼 시장에서는 선망의 대상이 될 수밖에 없는데, 유튜브가 자본력이 약한 한국의 콘텐츠 기업에게 해외 진출의 발판을 열어 주고 있어 주목된다. 지금은 전 세계가 사랑하는 슈퍼스타로 거듭난 K-Pop의 아이콘

BTS에게 날개를 달아 준 것도, 수많은 아미들을 군집시킬 수 있던 힘도 모두 유튜브에서 나왔다.

유튜브는 한류가 드라마 중심에서 K-Pop으로 전환되는 결정적 모멘텀을 함께 만들기도 했다. 2012년 여름, 세계의 젊은이들은 싸이라는 한국 가수가 특유의 익살스러운 말춤과 재밌는 노랫말로 춤추고 노래하는 모습을 유튜브를 통해 지켜보았다. 덕분에 2012년 7월 내놓은 싸이의 여섯 번째 정규앨범 타이틀 곡 〈강남스타일〉은 발매 2개월 만인 9월 25일 유튜브 조회 수 2억 7000만 건을 기록하는 대기록을 세웠다. 이후 2014년 5월 31일에는 유튜브 최초로 조회 수 20억 건을 돌파하는 신기록을 세우기도 했다. 그렇게 다져 놓은 토대 위에서 BTS는 전 세계의 모모세대들에게 다가가기 시작했고, 2021년 6월 5일자 차트 진입과 동시에 정상에 올랐던 〈버터〉가 7주 연속 1위, 스트리밍과 라디오 방송 횟수, 음원 판매량을 종합해 집계하는 '송 오브 더 서머(Song of the Summer)'에서 9주 연속 정상에 오르는 엄청난 기록을 이어갈 수 있었다.

키즈콘텐츠 시장에서도 유튜브는 가장 막강한 플랫폼으로 군림하고 있다. 한국의 키즈콘텐츠 기업 더핑크퐁컴퍼니(이전 스마트스터디)가 제작한 영상동요 〈아기상어〉의 인기는 유튜브의 역사를 다시 쓰고 있다. 2020년 11월 2일, 〈아기상어〉 영어 체조 영상이 조회 수 70억 회를 기록하며 유튜브 최고 기록을 찍었고, 2021년 8월에는 90억 회를 달성하며 세계 유튜브 조회 수 1위의 기록을 스스로 갈아치웠다. 이를 기반으로 2010년 직원 250여 명으로 시작한 작은 콘텐츠 기업인 더핑크퐁컴퍼니는 K-콘텐츠의 새 지평을 열면서 국내 첫 유니콘(기업가치 1조 원 이상 비상장사) 기업으로 등극했다. 참고로 최근 상장을 추진 중인 〈뽀롱뽀롱 뽀로로〉의 아이코닉스의 기업 가치는 최대 4000억 원이다. 2001년 설립된 아이코닉스는 〈뽀롱뽀롱 뽀로로〉, 〈꼬마버스 타요〉, 〈치로와 친구들〉 등 인기 애니메이션을 제작하고 전 세계 130여 개국에 애니메이션과 캐릭터 상품을 수출하고 있다. 앞서 2019년 공모가 기준 520억 원 수준으로 코스닥 시장에 상장한 〈캐리와 장난감 친구들〉의 캐리소프트의 현재 시가 총액은 1000억 원 수준이다. 잘 키운 콘텐츠 하나가 단기간에 기업의 가치를 최고 수준으로 끌어올린 것을 우리는 이들 사례를 통해 확인할 수 있다.

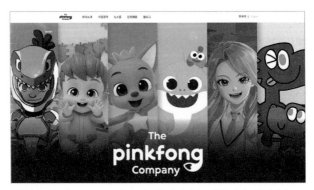

〈아기상어〉의 성공으로 키즈콘텐츠 분야 강자로 부상한 더핑크퐁컴퍼니
(출처: 더핑크퐁컴퍼니 화면 캡처)

더핑크퐁컴퍼니의 유니콘 기업 입성을 가능케 한 것은 〈아기상어〉의 지적재산권(IP) 가치였다. 시장은 현재 1조 원 수준으로 평가하지만 〈아기상어〉의 IP 가치는 앞으로 더 높아질 것으로 보인다. 〈아기상어〉의 성공을 발판 삼아 더핑크퐁컴퍼니는 IP를 활용해 애니메이션, 연극, 영화 등으로 영역을 넓히며 부가가치를 창출하고 있다. LG전자, 농심, 야놀자, 켈로그, 크록스, 크레욜라 등 국내외 500여 개사와 협업해 총 1,000건 이상의 라이선스 계약을 맺었으며, 이미 세계 시장에서는 유아동 콘텐츠 IP로는 최고 경쟁력을 보유한 것으로 평가받고 있다.

〈아기상어〉를 제공하는 핑크퐁의 공식 유튜브 영어 채널은 구독자 수 6600만 명을 돌파해 '5000만 어워드(50 Million Award)'까

지 수상했다. 2023년 1월 유튜브 최다 조회 영상 1위에 오른 핑크
퐁 〈아기상어 체조(Baby Shark Dance)〉는 122억 회를 넘어서는 대기
록을 쓰며 콘텐츠의 바다에서 순항 중이다. 최근에는 세계 최대
키즈 채널 니켈로디언과 함께 2D 애니메이션 시리즈 〈베이비샤
크 빅 쇼〉 영화 제작에도 돌입했다. 앞서 니켈로디언과 함께 선
보인 애니메이션 〈베이비샤크 빅 쇼〉가 미국 시청률 1위에 이어
영국·이탈리아·호주 등 세계 시장에 흥행한 데 따른 것이다.[4]

　현재까지 더핑크퐁컴퍼니는 자사의 대표 유아동 캐릭터 브랜
드 핑크퐁을 통해 4,000여 편의 동요와 동화 등 영상 콘텐츠를 한
국어를 비롯한 영어·일본어·중국어·스페인어·러시아어 등 다
양한 언어로 제작해 제공했다. 〈아기상어〉의 눈부신 활약에 힘
입어 이제는 글로벌 유·아동 브랜드로 성장했으며, 다양한 채널,
제품, 도서, 교구, 팝업스토어, 뮤지컬에 이르기까지 일상생활 속
다양한 영역에서 전 세계 어린이들의 전폭적인 사랑을 받고 있
다. 핑크퐁의 콘텐츠는 유튜브, 모바일 앱, IPTV 등 다양한 디지
털 채널을 통해 제공되고 있으며 오프라인 매장에서도 만나볼
수 있다. 〈아기상어〉의 성공이 기폭제가 되어 더핑크퐁컴퍼니는

4　이선애, 「코스피 입성하는 '아기상어'…국내 첫 조단위 유아동 콘텐츠 탄생」,
　　『아시아경제』, 2021.8.13. 기사 참조.

전체 매출의 80%를 해외에서 올리고 있다. 한국을 넘어 글로벌 유아동 시장을 공략한 전략이 성공한 것이다.

아이코닉스와 캐리소프트

국산 창작 애니메이션의 세계화를 목표로 설립된 키즈콘텐츠 기업 아이코닉스는 그동안 국내 및 해외 시장에서 지속적으로 창작 애니메이션을 개발하고 캐릭터 비즈니스를 전개해 왔다. 메가 히트 애니메이션인 〈뽀롱뽀롱 뽀로로〉를 비롯해 〈꼬마버스 타요〉, 〈치로와 친구들〉, 〈미술탐험대〉, 〈태극 천자문〉 등 매년 두 개 이상의 창작 애니메이션 프로젝트를 수행하고, 자체 제작 애니메이션 및 국내 대표 애니메이션의 적극적인 해외 배급을 통해 애니메이션의 한류를 주도하고 있다. 이와 함께 애니메이션 캐릭터를 기반으로 출판, 완구, 음악, 공연, 테마파크, 라이선스, 뉴미디어 등의 다양한 국내 캐릭터 사업을 전개하여 캐릭터 산업 영역을 확장시켜 왔다.

〈뽀롱뽀롱 뽀로로〉를 중심으로 캐릭터 사업을 성공적으로 이끌고 있는 아이코닉스
(출처: 아이코닉스 화면 캡처)

애니메이션과 캐릭터 라이선스 사업의 성공으로 영업 실적도 성장세다. 아이코닉스의 매출은 2018년 691억 원에서 2019년 750억 원으로 증가했고, 2020년에는 코로나19 여파로 744억 원으로 소폭 감소했으나 영업이익은 54억 원으로 꾸준히 증가하고 있다. 이로써 지속가능한 성장 엔진을 장착한 우수 콘텐츠 기업임을 증명하고 있는 것이다. 시장에서는 아이코닉스가 애니메이션 제작 역량과 이를 활용한 지적재산권 비즈니스를 확장해 기업가치가 증대할 것으로 보고 있다. 특히 유튜브, 넷플릭스 같은 글로벌 OTT 플랫폼 간 경쟁이 치열해짐에 따라 비교적 언어 장벽이 낮은 유아동용 콘텐츠가 갖는 경쟁력은 더욱 올라갈 전망

이다.[5]

아이코닉스는 구글플레이에 37개의 앱을 출시하기도 했다. 유튜브에서 서비스를 시작한 이후 국내 매출에만 국한됐던 매출 비중이 점점 해외로 뻗어 나갔다. 현재는 전체 매출의 60%가 해외에서 발생하고 있으며 〈꼬마버스 타요〉의 경우 매출의 90%가 해외에서 나오고 있다. 기존에는 TV 기반의 3D 애니메이션을 제작하다 보니 제작비 부담도 만만치 않았고 시청률 역시 한계가 있었지만, 현재는 모바일 위주로 유튜브 포맷에 맞는 짧은 형태의 스낵 컬처(Snack Culture)형 동영상으로 전 세계 어린이들의 인기를 끌고 있다.[6]

아이코닉스는 자사의 대표 캐릭터 뽀로로와 타요를 활용한 〈뽀요TV〉도 개국했다. 영유아를 위한 실시간 방송 채널인 〈뽀요TV〉는 현재 BTV, 올레TV, 유플러스, LG헬로비전 등의 채널을 통해 엔터테인먼트와 감성놀이 교육, 인성과 생활습관 교육 등을 기반으로 한 다양한 콘텐츠를 제공하고 있다.

캐리소프트는 2014년 설립한 어린이와 가족 IP 기반의 미디

---

5   강인선, 「'뽀로로 아빠' 아이코닉스, IPO 주관사에 미래에셋證」, 『매일경제』, 2021.8.09. 기사 참조.

6   성상훈, 「국산 키즈 콘텐츠, 유튜브 타고 '新한류' 열풍」, 『아이뉴스』, 2016.9.29. 기사 참조.

어 콘텐츠 전문 기업이다. 인터넷 동영상 서비스, OTT, IPTV, CATV 등의 다양한 플랫폼에서 자체 채널을 운영하고 있으며, '캐리'(CARRIE, 凯利)로 통칭되는 캐릭터와 브랜드 IP를 활용해 커머스, 머천다이징, 라이선싱, 교육, 영화, 게임, 공연, 키즈카페 등으로 사업 영역을 확장하면서 해외 시장에 진출하고 있다. 캐리소프트가 선보인 대표 프로그램으로는 〈캐리와 장난감 친구들〉이 있다. 장난감을 리뷰하는 키즈 유튜브 채널이다. 주로 완구 제품 개봉에서부터 상황극, 그리고 완구를 활용한 놀이를 주요 콘텐츠로 한다. 가끔 해외 완구도 다루며, 테마파크, 완구 매장 방문기 등의 영상을 보여 주기도 한다. 2014년 8월 채널 개설 이래, 빠르게 구독자 수를 늘려서 채널 개설 2년 만인 2016년 7월 100만 구독자를 달성했고, 2년 뒤인 2019년 4월 200만 구독자를 달성했다. 현재 3,000여 개의 콘텐츠가 올라와 있으며, 2023년 1월 기준 누적 조회 수 28억 회를 기록하고 있다.

어린이와 가족 IP 기반의 미디어 콘텐츠 전문 기업으로 성장한 캐리소프트
(출처: 캐리소프트 화면 캡처)

캐리소프트는 현재 기존의 동물 및 사물 캐릭터와 달리 사람 (어린이와 가족)을 형상화한 캐릭터 IP에 기반함으로써 'Kids To Family'로의 확장을 추구하고 있다. 우리 주변에서 흔히 접할 수 있는 어린이를 캐릭터로 형상화하여 소비자의 공감을 얻었으며, 연기자(크리에이터)와 캐릭터를 1:1로 매칭하여 사람에 대한 인기 와 캐릭터의 대중성을 함께 모색하여 콘텐츠 IP를 차별화했다. 캐리소프트의 자회사인 캐리TV는 '캐리와 친구들' IP를 활용하 고, 전속 및 비전속 연기자들이 다수 참여하는 방송영상 프로그 램을 제작해 국내 IPTV의 TV 채널은 물론 국내외 IPTV, CATV, OTT, 온라인 등에 배포하고 있다. 2021년에는 중국의 콘텐츠 기 업 빅챈스와 협약을 맺고 주요 도시 IPTV에 단독 콘텐츠를 제공

하면서 중국 시장에서도 호평을 받고 있다.

2021년 8월, 캐리소프트는 또 다른 도전을 시작했다. 한국교원대학교 교육연구원과 업무협약(MOU)을 체결하고 유아동을 대상으로 한 '헬로캐리' 브랜드의 에듀테크 디지털 콘텐츠 관련 커리큘럼과 교구재의 공동 기획과 연구개발 사업을 진행하기로 한 것이다. 특히 캐리소프트는 창의, 자연, 예체능 등 범교과 영역에서 유치원과 초등학교에서 활용 가능한 신개념 에듀테크 학습 콘텐츠의 개발에 중점을 두어 교육상품을 개발해 전국에 보급할 예정이다. 이미 캐리소프트는 게임 개발의 방법론을 응용한 영어놀이 앱 '헬로캐리 영어'(Hello Carrie English)를 출시했으며, 유튜브에도 일부 공개되어 2023년 1월 현재 4억 3000만 조회 수를 기록하는 등 인기 몰이를 하고 있다.[7]

불황 속에서도 이어진 꾸준한 성장세

한류는 세계화와 디지털 기술의 발전이 맞물려 형성된 현상이기도 하다. 유튜브와 넷플릭스 같은 글로벌 공유 플랫폼의 등장은 한류의 확산에 호재로 작용했다. 초창기 한류가 TV라는 전

---

7   김선우, 「캐리소프트, 한국교원대학교와 에듀테크 콘텐츠 공동 연구개발」,
     『머니투데이』, 2021. 8. 5. 기사 참조.

통적인 플랫폼을 기반으로 성장했다면, K-Pop으로 바통 터치가 된 이후부터는 TV의 자리를 공유 플랫폼들이 대체하고 있는 것 이다. 전 세계 어디에서나 인터넷을 통해 접속할 수 있는 웹모바 일 동영상 플랫폼인 유튜브의 지원이 없었다면, 〈강남스타일〉의 성공은 없었을 것이다. 싸이 이후로 전 세계에서 K-Pop의 지명도 가 크게 올라갔고, 그렇게 다져 놓은 한류의 기반 위에서 BTS가 드디어 K-Pop 한류의 전성기를 구가할 수 있는 것이다. 2010년대 중반, 메가 히트 영상동요인 〈아기상어〉가 키즈콘텐츠가 새로운 한류의 핵으로 부상하도록 한 것도 유튜브의 영향이 결정적이었 다. 〈아기상어〉 이전까지 키즈콘텐츠 분야의 대표적인 한류 스 타가 애니메이션 연계 캐릭터인 뽀로로와 뿡까였다는 점을 생각 하면, 단일 콘텐츠로서 〈아기상어〉가 거둔 성공이 얼마나 대단 한 것인지 알게 된다.

일찍이 마셜 맥루한은 "모든 미디어가 우리 자신의 확장이며, 이 미디어의 개인적 및 사회적 영향은 우리 하나하나의 확장, 바 꾸어 말한다면 새로운 테크놀로지 하나하나가 우리에게 도입 되는 새로운 척도로서 측정되어야 한다"[8]고 말했다. 우리는 지

---

8   마셜 맥루한, 『미디어의 이해: 인간의 확장』, 박정규 옮김, 커뮤니케이션북스, 2001, 23쪽.

금 뉴미디어가 바꾼 디지털 공간에서 세계인과 소통하며 문화콘
텐츠를 소비하고 있다. 이를 뒷받침하듯 국내 OTT 시장의 규모
는 2014년 1929억 원에서 연평균 26.3%로 성장하여 2020년에는
7800억 원을 넘어섰다. OTT 이용률 측면에서도 2017년 36.1%에
서 2019년 52%로 1.4배 증가하였는데, 우리나라 국민 2명 중 1명
은 OTT를 이용하게 된 것이다.[9] 한마디로 새로운 테크놀로지로
무장한 뉴미디어가 우리 삶의 새로운 척도, 곧 뉴노멀이 된 것이다.

  2020년 전 세계를 강타한 코로나19 팬데믹으로 세계 경기는
장기침체의 늪을 벗어나지 못하고 있다. 그러나 위기는 기회가
되기도 한다. 재택근무, 원격수업, 화상회의 등이 일상화되면서
비대면 소비가 확산되고 있다. 그런 이유로 OTT의 영향력은 더
욱 증폭되고 있으며, 온라인·모바일 플랫폼을 통해 한국의 영상
콘텐츠를 이용하는 해외 소비자 비율은 오히려 증가하는 추세
다. 드라마는 2016년 47.4%에서 2020년 76.9%로 급증했고, 2019
년과 비교해도 8% 늘어났다. 예능, 영화, 애니메이션 역시 2016
년 대비 30% 내외, 전년 대비 5~7% 증가해 OTT의 한류 영상콘
텐츠에 대한 영향력 확대를 여실히 보여 주었다. OTT 중에서도

---

9   김새미, 「뉴미디어와 한류콘텐츠 지원정책 연구: 동남아시아 지역을 중심으
      로」, 『국제학논총』 제33집, 계명대학교 국제학연구소, 2021, 203~237쪽 참조.

넷플릭스의 점유율 증가폭이 눈에 띄는데 유튜브는 2019년 대비 장르별로 각각 2~8% 가량 이용률이 감소한 반면, 넷플릭스는 동 기간 평균 15% 늘어난 것으로 조사됐다. 특히 한국 드라마와 영 화 시청 시 넷플릭스 이용률은 약 63~4%를 기록해 예능(56.8%), 애니메이션(53.2%)보다 그 비중이 컸다.[10] 그럼에도 불구하고 디 지털 공간에서 소비되는 키즈콘텐츠 전반으로 확장하면 여전히 유 튜브의 강세가 두드러진다. 그 선봉에 〈아기상어〉가 있다.

2. 키즈콘텐츠 크리에이터의 등장

뉴미디어와 1인 미디어 시장의 성장

1990년대 후반, 초고속 인터넷이 도입되면서 '싸이월드' 같은 개인 홈페이지가 선풍적인 인기를 끌었다. 이후 2000년대 초에 는 블로그와 유튜브가 등장했고, 2006년에는 아프리카TV가 정 식 서비스를 시작하면서 글과 그림을 넘어 동영상이 1인 미디어 의 보편적인 매체가 되었다. 이처럼 미디어 플랫폼이 온라인과 모바일, 소셜 네트워크 등 새로운 콘텐츠 소비 환경에 최적화된

---

10   한국국제교류문화진흥원, 『2021 글로벌 한류 트렌드』, 2021.

방향으로 진화하면서 주목받는 직업이 있다. '1인 미디어'로 불리는 크리에이터들이다.

미디어 시장의 변화는 콘텐츠 생산자와 소비자의 위상을 180도 바꿔버렸다. 인터넷의 대중화에 힘입어 이제는 자신만의 콘텐츠를 가진 개인들이 미디어 영역에서도 자신의 목소리를 내고 있다. 콘텐츠 생산자가 따로 있지 않다. 누구라도 마음만 먹으면 자신들의 일상과 생각을 담은 콘텐츠를 만들 수 있다. 글로벌 숏폼 모바일 비디오 플랫폼을 경유하면 15초~3분짜리 짧은 동영상을 제작하고 공유할 수도 있다. 동영상 소통에 익숙한 10~20대의 젊은이들을 중심으로 인기를 끌고 있는 틱톡(TikTok)도 좋은 사례다. 이른바 '짤 영상'이라 불리는 짧은 영상 콘텐츠들은 웃음이라는 키워드와 접목해 빠른 시간 내에 대중들의 삶 속으로 파고들었다. 연예인들의 일상부터 편집된 방송 콘텐츠, 동물, 노래나 춤, 연기 커버 영상, 음식 등 콘텐츠도 다채롭다. 전통적인 미디어보다 제작이 간편하고 효율적이며 소비자들과 실시간으로 쌍방향 소통이 이루어진다는 점은 플랫폼 미디어가 만들어 낸 콘텐츠 유통의 새로운 혁명이라 할 수 있다. 시장 규모만 살펴봐도 1인 미디어 시장의 성장은 괄목할 만하다. 2018년 3조 8700억 원에서 2023년에는 8조 원대 규모로 성장할 것이라 예측하고 있다.

이런 변화에 힘입어 플랫폼 진입 장벽도 점점 낮아지고 있다. 과거에는 동영상 생중계를 다수의 대중에게 하려면 고가의 카메라와 네트워크 전송 기술이 필요했지만, 이제는 스마트폰과 네트워킹 기술의 발달로 누구나 개인방송을 하는 시대가 열렸다. IT 기술의 발달은 1인 미디어의 발전을 낳았고, 1인 미디어의 등장은 커뮤니케이션 네트워크의 구조 변화까지 이끌며 당당하게 주류 문화로 정착하고 있는 것이다. 사실 전문 장비가 아니라 스마트폰과 간단한 편집 앱만 있으면 누구

틱톡에서는 이른바 '짤 영상'이라 불리는 숏폼 콘텐츠가 주로 유통된다.

나 콘텐츠 생산자가 될 수 있다. 생산의 주체는 남녀노소를 불문하고 콘텐츠에는 제한이 없다. 누구에게나 열려 있는 미디어 플랫폼의 개방성과 인터랙티브한 특유의 호환성이 만들어 낸 새로운 일상의 풍경이다.

1인 미디어 제작자, 곧 크리에이터는 과거 UCC(User Created Contents)의 연장선에서 이해할 수 있다. 유튜브와 아프리카TV로 대변되는 동영상 플랫폼에서 창작자들에게 광고 수익을 배분해주면서 콘텐츠 생산자와 소비자가 모여들기 시작했고, 이를 전

문적으로 관리하는 MCN(다중채널 네트워크, Multi Channel Network) 사업자들이 등장했다. 글로벌 네트워크의 확장과 함께 빠르게 비디오 광고시장도 확대되면서, MCN 산업 역시 급성장했고, 누구나 콘텐츠 창작자가 되어 수익을 발굴하는 시대가 되었다. 이제 MCN 산업은 플랫폼 시대의 새로운 콘텐츠 산업으로 동영상 광고, 매니지먼트, IP 산업의 범위를 넘어 레거시 미디어(legacy media) 시대의 미디어 액세스를 넘어 플랫폼 액세스의 시대를 여는 새로운 콘텐츠, 커뮤니케이션의 수단으로 발전하고 있다. 오리지널 콘텐츠 역시 플랫폼 시대 새로운 콘텐츠 산업으로 평가받고 있다.[11]

이런 사회적 변화를 반영하듯 2018~2020년 사이 교육부가 조사한 초등학생 장래희망 조사 결과에서 크리에이터가 되고 싶다는 응답은 2018년 5위, 2019년 3위, 2020년 4위로 줄곧 상위권을 유지하고 있다. 아이들이 이런 선택을 하게 된 이유도 흥미롭다. 의사, 교사처럼 전통적으로 강세를 보였던 직업들과 달리 운동선수, 크리에이터, 가수, 게이머를 선호하는 요즘 아이들은 이러한 직업을 선택한 이유로 50% 이상이 '내가 좋아하는 일이라서', 18% 이상이 '내가 잘 해낼 수 있을 것 같아서'를 꼽았다. 디지털

---

11 박성조, 앞의 글, 35쪽.

네이티브 세대들답게 요즘 초등학생들은 콘텐츠를 소비하고 소통의 재미를 경험하면서 직접 콘텐츠 생산자의 매력에 빠져들고 있는 것이다.

국내에서는 10만 이상의 구독자를 보유한 유튜브 채널이 2015년 368개, 2016년 674개, 2017년 1,275개로 해마다 2배씩 증가하고 있다. 이 가운데 단연 돋보이는 것은 역시 키즈 채널이다. 유튜브 전문 분석 사이트인 소셜 블레이드에 따르면, 2018년 12월 기준 유튜브에서 월 2억 원 이상 광고 수익을 올리는 국내 탑 크리에이터들 중 75%가 키즈콘텐츠 제작자들이다. 그중에서도 유아 대상의 콘텐츠를 제작하는, 상위 4개 채널은 크리에이터의 월수입이 최고 9억 원에 달한다.[12]

스낵컬처와 숏폼 콘텐츠의 시대가 열리다

스마트폰이 대중화되면서 콘텐츠 소비 패턴도 달라지고 있다. 스마트 기기를 활용해 웹이나 영상 콘텐츠를 짬짬이 즐기는 방식, 곧 과자를 먹듯이 5~15분의 짧은 시간에 시청할 수 있는 스낵컬처(Snack Culture) 콘텐츠가 등장한 것이다. 스낵컬처는 시간

---

12   이수민, 「'모모세대 잡아라!' 유튜브, 키즈의 놀이터가 되다」, 『스타포커스』, 2018. 12. 27. 기사 참조.

과 장소에 구애받지 않고 즐길 수 있는 스낵처럼 출퇴근 시간이
나 점심시간 등 짧은 시간에 간편하게 문화생활을 즐기는 라이
프 스타일이나 문화 트렌드를 말한다. 2010년대 이후 폭발적으
로 성장하고 있는 웹툰, 웹소설과 웹드라마가 대표적인 스낵컬
처라고 할 수 있다. 본래 이 용어는 2007년 미국의 IT 전문 잡지
『와이어드(Wired)』가 스낵을 먹듯이 쉽고 빠르게 소비되는 작은
포맷이 중요한 문화의 경향이 될 것이라고 예측한 데서 비롯했
는데, 이제는 영상 콘텐츠 소비 패턴의 변화를 이끌어 내면서 뉴
미디어 시대에 걸맞은 콘텐츠로 자리잡았다. 이름 하여 스낵콘
텐츠(Snack Contents)다.

현재 스낵콘텐츠는 교육, 뉴스, 오락 등 다양한 형태로 제작
되고 있다. 스낵 영상의 경우 짧은 시간에 단순한 형태로 내용을
전달하기 위해서 기존의 영상과는 달리 직관성과 경제성을 주
된 제작 원리로 하고 있다.[13] 짧게는 15초부터 30초, 채 1분이 안
되는 영상들도 많다. 모바일 미디어 환경에서 나타나 문화 소비
의 형태를 바꾸고 있는 스낵콘텐츠는 우리의 일상을 빠르게 파
고들면서 소규모 콘텐츠를 선택적으로 빠르게 소비하는 새로운

---

13   김현숙·문재철, 「스낵 영상 콘텐츠의 표현 방식」, 『애니메이션연구』, 14권 3호,
한국애니메이션학회, 2018, 참조.

문화를 만들어 냈다. 사용자들은 다양한 플랫폼을 넘나들며 자신의 취향에 맞는 콘텐츠를 향유한다. 지하철을 타고 이동 중에, 침대에 누워서 혹은 일과 중에도 짧고 가벼운 콘텐츠를 쉽고 빠르게 이용하는 것이다. 140자 트윗에 메시지를 담아 내는 트위터(Twitter)나 주고받은 사진과 영상을 10초 이내에 사라지게 하는 스냅챗(Snapchat)과 같은 짧은 호흡을 핵심으로 하는 소셜 미디어, 연재 형식을 기반으로 하는 웹툰이나 웹소설, 슬라이드 형식을 통해 압축적·시각적으로 정보를 전달하는 카드뉴스, 15초에서 최대 1분 이내의 영상을 제작해 공유할 수 있는 틱톡(TicTok)은 대표적인 스낵컬처 콘텐츠 플랫폼들이다.

　스낵컬처가 일상 속 문화로 자리잡으면서 콘텐츠 생산자와 소비자의 경계는 쉽게 무너지고 있다. 누구라도 마음만 먹으면 플랫폼을 통해 자신이 만든 영상을 공유할 수 있게 되었기 때문이다. 그런 의미에서 짧게 편집된 영상클립 형태가 확대되어 기승전결의 서사 구조가 갖춰진 숏폼(Short-form) 콘텐츠는 모바일 미디어 환경의 변화와 스낵컬처의 보편화가 만들어 낸 새로운 콘텐츠 패러다임이라 할 수 있다. 이제 숏폼 콘텐츠는 전통적인 롱폼(Long-form) 콘텐츠의 보완재가 아닌 대체재로 급부상했다.[14]

14　한국국제문화교류진흥원, 『한류Now』 2021년 5+6월호, 참조.

유튜브에서 대성공을 거둔 〈상어 가족〉을 비롯한 핑크퐁의 수많은 콘텐츠들도 숏폼 콘텐츠의 영역을 벗어나지 않는다.

　영유아를 향유층으로 제작된 에듀테인먼트 콘텐츠지만 영상 동요는 대체로 런닝타임이 2분을 넘지 않는다. 이는 일찍이 애니메이션 〈라바〉가 선택한 90초 영상과도 유사하다. 그런 이유로 누구나 부담 없이 언제 어디서나 콘텐츠를 즐길 수 있게 되었다. 이른바 '짤 영상'이라 불리는 숏폼 콘텐츠들은 귀여운 동물들과 아기, 스포츠, 드라마, 영화, 노래나 춤의 커버 영상 등의 편집 영상들이 대종을 이룬다. 콘텐츠는 다양하지만 이들의 무기는 같다. 유머, 곧 강력한 웃음이 그것이다. 바쁜 일상 속에서 잠깐의 짬을 내서 시청하는 스낵콘텐츠로서 제격인 셈이다. 국내뿐 아니라 해외에서도 많은 팬덤을 확보하고 있는 〈캐리와 친구들〉, 〈헤이지니〉, 〈보람튜브〉 같은 인기 키즈콘텐츠 채널들의 전략도 다르지 않다. 그들은 대부분 10분 이내의 콘텐츠를 재미와 웃음 코드에 담아 제공한다.

　지속적으로 작은 실험이 가능한 숏폼 콘텐츠의 유연함은 창작자들에게 더할 나위 없이 매력적으로 다가온다. 설령 실패한다고 해도 부담이 없다. 숏폼 콘텐츠를 제작하는 일 자체가 하나의 놀이이기 때문이다. 그런 이유로 숏폼 콘텐츠를 기반으로 한 콘텐츠 시장의 변화는 1인 크리에이터를 성장시키기 좋은 조건으로 작용한다. 그들은 창작과 향유의 유동적인 경계를 넘나들면서 콘텐츠 제작과 공유에 능동적으로 참여한다. 그들의 참여로 키즈콘텐츠 시장은 거대 브랜드들의 각축장이 아니라 다양성과 개성이 넘치는 공감과 공유의 장이 되고 있다. 이러한 변화가한류 콘텐츠 제작의 주체를 다양화하면서 시장에도 활력을 불어넣고 있다. 나이와 상관없이 도전할 수 있기에 콘텐츠 향유의 주체인 어린이들도 손쉽게 뉴미디어의 장으로 들어올 수 있다는점은 키즈콘텐츠만이 지닌 특징이다. 이처럼 플랫폼을 기반으로한 오늘날의 미디어 시장은 창작자와 소비자가 구분되지 않는프로슈머(prosumer) 체제로 전환되면서 새로운 문화를 만들어가고 있다.

키즈콘텐츠 크리에이터의 활약

스마트폰의 대중화 시대가 열린 2010년대 이후 우리는 언제어디서든 원하는 영상을 볼 수 있게 되었다. 세계 최고를 자랑하는 한국의 인터넷망과 스마트폰의 만남은 소비자들에게 이전에경험할 수 없었던 신세계를 열어 주었다. 디지털 네이티브 세대인 아이들의 흡수력은 어른들보다 빨랐다. 미디어 시장에도 거스를 수 없는 변화의 물결이 밀려들었다. 플랫폼을 기반으로 차근차근 시장을 확장하던 키즈콘텐츠 기업들과 달리 뒤늦게 변화

된 시장에 뛰어든 방송사들은 키즈콘텐츠의 새로운 포맷 개발에
실패했다. 그 자리를 〈캐리와 장난감 친구들〉, 〈핑크퐁〉, 〈허팝
TV〉 같은 프로덕션 스타트업 또는 1인 창작자가 꿰찼다. 방송사
들이 디지털 미디어 시장에서 활동하는 플레이어에게 키즈콘텐
츠 산업의 주도권을 넘겨 주고 만 것이다.

2010년대 중반, 침체되어 있던 키즈콘텐츠 시장을 다시 부활
시킨 것은 유튜브를 중심으로 한 디지털 미디어였다. 당시 유튜
브 발표 자료에 따르면 2016년 키즈콘텐츠 채널은 그야말로 눈
부시게 성장했다. 2015년 11월 기준으로 글로벌 구독자가 가장
많이 증가한 국내 유튜브 채널을 분석한 결과, 어린이를 주 타깃
으로 하는 콘텐츠의 시청 시간이 전년 대비 95% 증가했고, 한 해
동안 가장 많이 성장한 국내 채널 20위 중에 8개 채널을 키즈 관
련 채널이 차지했다. 불과 2~3년 전만 해도 K-Pop 채널이 휩쓸던
것과 비교하면 놀라운 속도였다.[15]

크리에이터들이 선보이는 콘텐츠들은 에듀테인먼트에 기반
한 기존 방송의 콘텐츠와는 확실히 달랐다. 그들은 아이들이 좋
아하는 장난감을 언박싱(unboxing)하고 장난감을 활용해 재미있게

---

15   유진희, 「콘텐츠 슈퍼 파워 키즈(kids)', 그들의 마음을 잡아라!」, 『방송 트렌드
    & 인사이트』 2017년 3월호 참조.

놀았다. 이른바 '액체 괴물'이라 불리는 슬라임을 가지고 놀기도 했다. 그런 모습이 자연스럽게 영상에 담기면서 영상 속에 등장하는 장난감들이 그대로 주요 소비자들인 아이들에게 노출되었다. 이를 통해 영상과 제품, 콘텐츠와 쇼핑이 하나로 융합되면서 엄청난 시너지를 발휘하기 시작했다. 누군가는 아이들이 좋아하는 게임을 재치 있는 입담을 곁들여 실감나게 중계했다. 영상을 보고 있지만 자신이 직접 게임을 하고 있는 듯한 강렬한 몰입감을 이끌어 내면서 콘텐츠의 인기는 날로 높아져 갔다. '먹방'과 소소한 자신의 일상을 공유하는 '브이로그(v-log)'를 비롯하여 아이들이 좋아할 만한 1인 방송의 아이템들은 그렇게 뉴미디어 시장에 안착했다.

키즈콘텐츠 장르의 인기 범위도 다양해졌다. 전통적으로 강세였던 애니메이션과 언박싱 콘텐츠 외에 장난감 놀이, 실험, 영어 노래 등 에듀테인먼트 콘텐츠의 인기도 오르는 중이다. 사실 1인 미디어 크리에이터들이 선보이는 콘텐츠 중에는 어른들의 눈으로는 이해하기 힘든 콘텐츠들도 많다. 뇌를 자극해 심리적인 안정을 유도하는 ASMR 영상은 바람이 부는 소리, 연필로 글씨를 쓰는 소리, 종이를 구겨 내는 바스락거리는 소리 등 동일한 패턴의 백색소음들도 많았다. 자신이 공부하는 모습을 보여 주기도 하고, 심지어 자는 모습처럼 사소한 일상도 콘텐츠의 소재

가 되었다. 물리적으로는 멀리 떨어져 있지만 뉴미디어 환경에
서는 손쉽게 자신의 삶을 공개할 수 있고, 반대로 타인의 삶을 공
유할 수도 있게 된 것이다. 자신만의 취향이 확실하고 대면이 아
닌 비대면 문화가 익숙한 세대들이기에 오히려 아이들에게는 자
연스러운 일상이었다.

국내에서 1인 미디어 문화를 견인한 대표적인 플랫폼인 아프리카TV
(출처: 아프리카TV 화면 캡처)

아프리카TV는 국내에서 1인 미디어 문화를 이끈 대표적인
플랫폼이다. 웹캠과 마이크, 컴퓨터만 있으면 누구나 방송을 할
수 있는 크리에이터 산실이라 할 수 있다. 자신이 만든 콘텐츠를
대중과 공유하고 싶은 크리에이터들은 게임, 먹방, 스포츠, 요리
등 다양한 주제로 자신만의 방송 채널을 만들고, 사이트에 접속

한 사람들이 검색을 통해 채널에 들어와 방송을 시청한다. 1인 미디어 시장이 급성장하면서 인터넷으로 개인 방송국을 진행하는 BJ(Broadcasting Jacky)가 인기 직업군으로 떠오르기도 했다. 시간과 공간의 제약이 많던 기존 방송과 달리 인터넷 개인 방송은 시간과 공간, 콘텐츠의 제약이 없다는 장점이 있다. 그래서 개성 넘치는 다양한 콘텐츠를 제공할 수 있다. 인터넷과 스마트폰으로 실시간 소통이 가능하고 댓글로 직접 크리에이터와 소통하고 직간접적으로 콘텐츠 제작에 참여할 수 있다는 점도 매력적이다. 그러나 사생활 침해, 자극적인 소재, 저작권 문제, 시청자들로부터 별풍선을 얻기 위한 BJ들의 과도한 경쟁 등은 개선되어야 할 점들이다.

플랫폼이 탄생시킨 스타 크리에이터들

플랫폼 시장의 성장은 스타 크리에이터를 탄생시켰다. 이들은 연예인 못지않은 인기를 누리며 어린이들의 진정한 스타로 자리매김하고 있다. 국내에서는 〈캐리와 장난감 친구들〉, 〈허팝 TV〉가 대표적이다. 이 채널들은 구독자 수가 각각 155만, 159만으로, 〈뽀롱뽀롱 뽀로로〉, 〈핑크퐁〉, 〈콩순이〉 같은 애니메이션 캐릭터를 내세운 채널군과 양대산맥을 이루며 키즈콘텐츠 시장의 부흥을 이끌고 있다. 그 결과, 유튜브에서 시작된 키즈콘텐츠의 인기는 2017년을 변곡점으로 하여 타 플랫폼으로 급속히 확장되었다. IPTV 3사는 각자 키즈콘텐츠 전용관을 통해 오리지널 콘텐츠 확보에 주력했고, 네이버는 전통적인 키즈콘텐츠 플랫폼인 '쥬니버' 서비스에 이어, 초등생 대상의 교육용 콘텐츠 서비스를 새롭게 선보였다. 카카오는 글로벌 서비스인 '카카오키즈'를 론칭하여 한·중·일을 대표하는 키즈콘텐츠 플랫폼으로서의 입지를 다져가고 있다. 여기에 유튜브가 2017년 5월, 키즈 전용 애플리케이션인 '유튜브 키즈'를 선보이며 가세했고, 넷플릭스는 세계 최초로 아이들이 직접 스토리를 선택하는 '가지치기 서사(Branching Narrative)' 기법의 인터랙티브 콘텐츠를 통해 차별화를 꾀하면서 키즈콘텐츠 시장에 뛰어들었다.[16] 바야흐로 키즈콘텐츠 시장의 새로운 전성기가 열리기 시작한 것이다.

캐리소프트에서 운영하는 유튜브 채널 〈캐리와 장난감 친구들〉의 진행자 캐리는 160만 유튜브 구독자를 보유하고 있는 키즈콘텐츠 '유튜브계의 뽀통령'이다. 장난감 언박싱 영상을 주요 콘텐츠로 하는 캐리는 "안녕! 캐리와 장난감 친구들의 캐리에요."라는 인사말을 건네며 특유의 발랄한 목소리로 아이들과 소통한다. 지금은 2대 캐리가 활동하고 있다. '1대 캐리'로 어린이

---

16   유진희, 앞의 글 참조.

들의 뜨거운 사랑을 받았던 헤이지니(본명 강혜진)는 현재 캐리소
프트 활동을 중단하고, 2017년 5월부터 본인의 유튜브 채널을 운
영하고 있다. 캐리소프트라는 안정적인 플랫폼을 떠나 독립을
선언한 것이다. 이는 '캐리'라는 캐릭터로 인기를 얻었지만 크리
에이터 자신이 어린이들 사이에서 이미 소구력이 강한 브랜드로
성장했다는 것을 의미한다. 달리 말해, 스타 크리에이터가 곧 플
랫폼의 정체성이자 브랜드임을 증명한 것이다. 헤이지니는 현
재 아이들의 눈높이에 맞춰 다양한 상황극을 연출하면서 자연
스럽게 장난감을 활용한 놀이를 진행하면서 차근차근 성장하고
있다.

유튜브 채널 〈캐리와 장난감 친구〉 진행을 맡았던 헤이지니
(출처: 캐리와장난감친구들 화면 캡처)

'1대 캐리' 언니인 헤이지니가 운영하는 〈헤이지니〉 채널에서 가장 인기가 많은 영상은 '겨울왕국 아이스뮤지엄'이다. 인기 애니메이션 〈겨울왕국〉의 캐릭터인 엘사와 안나를 활용한 캐릭터 상품들을 소개하기 위해 아이스뮤지엄에서 공주 놀이를 하는 13분 50초짜리 영상은 2300만 회를 기록 중이다. 완구계의 '얼리 아답터' 역할을 해 내고 있기에 관련 업체들의 관심도 뜨겁다. 인기를 증명하듯이 헤이지니는 2021년에 대한민국 마케팅 대상을 받았고, 대한민국 파워 인플루언서로 선정되기도 했다.

허팝(본명 허재원)은 '캐리 언니'와 쌍벽을 이루는 키즈콘텐츠 크리에이터다. 허팝은 2014년 유튜브에 영상을 올리기 시작했다. 초창기부터 '욕조에 우유와 시리얼 넣고 반신욕 하기', '비누 전자레인지에 돌리기' 같은 실험 영상을 주요 콘텐츠로 잡았다. 실험을 모토로 하는 허팝 콘텐츠의 특징은 두 가지로 설명할 수 있다. 첫째, 다양하고 기발한 실험을 통해 구독자들의 궁금증과 호기심을 대신 해결해 준다. 둘째, 일상 속에서 자주 접하는 사물과 재료들을 활용한 실험이지만, 일반인은 쉽게 할 수 없는 실험이기에 구독자들에겐 대리만족을 준다. 셋째, 놀이가 중심이 되는 영상이지만 알아두면 쓸모 있는 지식을 알아가는 재미가 쏠쏠하다.

기발한 실험 영상으로 10~60대의 사랑을 받고 있는 허팝(출처: 허팝 화면 캡처)

2023년 3월 현재, 허팝이 운영하는 과학 실험 및 일상 공유 유튜브 채널인 〈허팝〉은 구독자가 410만 명에 달한다. 크리에이터 초기, 낮에는 택배기사로 일하고 밤에 영상을 제작하면서 크리에이터를 부업으로 삼았는데, 인기가 올라가면서 지금은 전업 크리에이터가 되었다. 현재까지 2,100여 개의 영상을 제작했으며 그의 콘텐츠는 10대부터 60대까지 고른 연령층에서 사랑받고 있다. 2019년에는 경기도 광주시에 2,650m²(800평) 규모의 실험 스튜디오를 만들어 채널 콘텐츠 기획사 허팝연구소를 설립했고, 최근에는 실험의 스케일을 키워서 침수된 자동차에서 탈출하는 방법을 소개한 영상을 올리기도 했다.

놀이 중심의 콘텐츠로 승부를 걸다

'캐리 언니'와 '허팝 형'의 인기 비결은 무엇일까. 이들은 철저하게 아이들의 눈높이에 맞는 콘텐츠를 제공한다. 아이들을 가르치려 하기보다 아이와 함께 놀기를 자처한 만큼, 아이들에게 그들의 존재는 부모와 선생님이 아니라 친근한 '언니'와 '형'이 될 수 있는 것이다. 캐리 언니와 허팝 형은 장난치기를 좋아하는 개구쟁이 이미지가 강하다. 캐리 언니는 다양한 장난감으로 재미있게 노는 것을 즐기고, 아이스크림, 과자 같은 간식들을 즐겨 먹는다. 허팝 형은 물총으로 양치질을 하고 당근으로 리코더를 만드는 등 괴상한 실험을 통해 재미를 선사한다.

무엇보다 그들은 아이들에게 어떠한 교훈이나 가르침을 전달하지 않는다. "친구들 안녕! 캐리와 장난감 친구들의 캐리예요! 오늘은 ○○○를 가지고 놀아 볼까요?"라는 대사에서 보이듯, 이들의 콘텐츠는 처음부터 끝까지 '어떻게 하면 재미있게 놀까?'에 집중되어 있다. 이들이 말하는 '놀이'는 놀이를 통해 교육을 강조하는 에듀테인먼트가 아니다. 진짜로 놀이다. 예컨대, 이들은 노는 과정에서 때로는 엄마와 아빠가 알면 혼날 '장난들', 가령, 화장실 변기통으로 실험하기(허팝 형), 누텔라잼으로 액체 괴물을 만들거나 된장으로 케이크 만들기(캐리 언니) 같은 행동을 거리낌 없이 보여 준다. 장난치고 놀고 싶은 아이들의 모습을 그

대로 반영한 것이다.[17]

아이들은 놀이를 통해 성장한다. 일찍이 호이징하가 간파해 냈듯이 놀이하는 본능은 인간이라면 누구나 가지고 있다. 일상 성과 대비된다는 측면에서 놀이는 틀에 박힌 일상에서 아이들이 잠시 마주하는 유쾌한 카니발이라 할 수 있다. 현실의 윤리와 법칙을 따를 필요가 없다는 점에서 이 카니발은 판타지적 속성과 연결된다. 놀이에 초점을 맞춘 이들의 콘텐츠에 아이들이 열광할 수밖에 없는 이유가 여기 있다. 그들은 언제나 아이들 편이고, 아이들의 수호자다. 그런 든든한 존재가 진짜 나의 언니이고 형이 되었으면 하는 바람을 아이들은 유튜브와 접속하는 순간 경험하게 되는 것이다.

키즈콘텐츠계의 또 다른 스타 크리에이터 '도티'와 '잠뜰'의 성공도 이 같은 맥락에서 원인을 찾을 수 있다. 이들은 유저의 상상력으로 만들어가는 게임 '마인크래프트'를 기반으로, 자신만의 독창적인 콘텐츠를 만들어 화제를 모았다. 도티는 2013년부터 매일 꾸준히 아이들이 좋아하는 게임 영상을 올리며 인기를 얻었다. 도티는 마인크래프트를 주 종목으로 다루며 '초통령'이라는 별명에 걸맞은 순수하고 재미있는 상황극으로 큰 인기를

──────
17   유진희, 앞의 글 참조.

끌고 있다.

　도티의 재치 있는 입담과 게임 콘텐츠가 시너지를 발휘하면서 유튜브 구독자 수는 빠르게 증가했다. 특히, 어린이 구독자의 유입이 활발했다. 그 결과 도티는 2016년, 한국 유튜브 크리에이터로는 11번째로 100만 구독자를 기록했고, 2017년부터 지금까지 국내 게임 채널 구독자 순위 1위라는 명예로운 타이틀을 유지하고 있다. 2023년 현재 〈도티 TV〉 채널에는 3,400여 개의 동영상이 올라와 있으며, 구독자 242만 명, 누적 조회 수 28억 회를 기록하고 있다. 크리에이터로 성공한 이후 도티는 샌드박스 네트워크 공동 창업자로 나서며 사업 영역을 확장하고 있다. 2020년에는 브랜드 고객충성도 대상 인물문화 키즈 부문 유튜브 크레에이터상을 수상하기도 했다.

　게임 콘텐츠 분야에서 도티와 쌍벽을 이루고 있는 잠뜰은 2014년 유튜브에 마인크래프트와 타 게임들을 활용한 다양한 콘텐츠를 업로드하는 〈잠뜰 TV〉 채널을 개설하면서 키즈콘텐츠 시장에 진입하였다. 샌드박스 네트워크에서 '도티와 친구들'이라는 이름으로 유튜브 크리에이터로서의 경력을 시작했으며, 2020년 11월, 〈잠뜰 TV〉의 누적 조회 수는 20억 회를 돌파하였다. 2023년 1월 기준 구독자 수는 206만 명이다.

어린이 크리에이터의 등장

키즈콘텐츠 크리에이터들의 활약에 힘입어 구독자가 100만을 넘는 채널들이 많아졌다. 단일 영상으로 조회 수 1억 회를 넘는 영상들이 등장하는가 하면, 누적 조회 수가 수십 억 회에 달하는 채널들도 많아졌다. 플랫폼을 기반으로 한 키즈콘텐츠의 놀라운 성장은 새로운 문화도 만들어 내고 있다. 어린이 크리에이터들을 키워내고 있는 것이다. 남녀노소와 학력, 지식 정도와 상관없이 누구에게나 공평하게 열려 있는 플랫폼 시장의 특성에 걸맞은 변화가 아닐 수 없다. 모모세대로 통하는 이들은 디지털 네이티브들답게 미디어에 대한 본능적인 감각과 남다른 미디어 활용 능력을 바탕으로 직접 콘텐츠 시장에 뛰어들고 있다. 이처럼 최근 키즈콘텐츠 시장에 콘텐츠 소비자와 같은 또래의 크리에이터들이 증가하고 있는 것은 키즈콘텐츠의 앞날을 예감케 하는 중요한 참조점이 된다. 이제 키즈콘텐츠 시장에서도 콘텐츠 생산자와 소비자의 경계가 무너지고 있는 것이다. 대표적인 채널로 '보람튜브', '마이린TV', '어썸하은', '라임튜브' 등을 들 수 있다.

이보람 어린이와 그의 가족이 만드는 〈보람튜브〉(왼쪽)와
자신의 성장 스토리를 담은 〈마이린TV〉

'보람튜브'는 현재 〈보람튜브 브이로그〉와 〈보람튜브 토이리
뷰〉두 개의 채널을 운영하고 있다. 이보람 어린이와 그의 가족
이 만드는 채널로 한국 유튜브 채널 중 광고 수익 1위를 기록하
고 있다. 2013년 유튜브 시작 당시 5살 보람이, 7살 코난, 6살 또
치삼촌이 주요 캐릭터로 등장했는데, 주로 여행이나 일상을 재
미있는 상황극으로 만들어 소개하고 있다. 단일 영상으로 1억 뷰
가 넘는 콘텐츠들도 많다. '보람이의 아기 동생 돌보기 놀이'는 6
억 5천 회, '보람이의 아빠 몰래 뽀로로 떡볶이 먹기 놀이'는 5억
7천 회, '보람이의 슈퍼 히어로 변신해서 도와주기'는 3억 8천 회
를 기록하고 있다. 2023년 기준 구독자 수 3000만 명을 넘어서며
남다른 인기를 입증한 바 있다.

　〈보람튜브〉의 인기 비결은 어린이 드라마에 가까운 각색과

편집 등 철저한 기획력에서 찾을 수 있다. 콘텐츠의 구성이나 편집 형태도 전문 방송 채널의 콘텐츠 형식을 따르고 있다. 내용은 오락과 교육적 내용을 자연스럽게 담았다. 그래서인지 영어 자막 없이 한국어 버전만 제공하고 있음에도, 매 콘텐츠마다 해외 팬들의 댓글이 무수히 달리는 등 글로벌 팬덤도 빠르게 늘고 있어 진정한 '키즈 한류'를 주도하고 있다는 평도 듣는다.[18]

〈마이린TV〉는 최린 어린이가 초등학교 3학년 때 스스로 유튜브를 시작하여 성공한 키즈콘텐츠 채널이 되었다. 현재 110만 구독자에 콘텐츠 누적 조회 수 8억 회를 기록하고 있다. 아이가 직접 콘텐츠를 기획하고 촬영하면서 채널을 성장시킨 스토리가 더해져 또래들뿐만 아니라 어른들에게도 사랑을 받고 있다. 마이린은 키즈콘텐츠 크리에이터를 꿈꾸는 Z세대 롤모델이다. 크리에이터의 성장과 함께 〈마이린TV〉는 이제 어린이 채널에서 청소년 채널로 세계관을 확장해 가며 요즘의 또래 청소년들이 공감할 수 있는 다양한 콘텐츠를 선보이고 있다. 최근에는 구독자와 함께하는 실시간 자기주도 학습 콘텐츠 '스터디윗미'(Study with me)로 학부모와 선생님들에게까지 좋은 반응을 얻고 있다.

---

18   유진희, 「'키즈 콘텐츠' 산업을 이끄는 성장요인과 향후 발전을 위한 과제」, 『웹진 문화관광』, 한국문화관광연구원, 2019년 2월호 참조.

'스터디윗미'는 요즘 한국의 십대들에게 유행하는 '모든 버전 실시간'의 공부 버전이다. 이처럼 마이린은 모모세대답게 온라인 트렌드를 발 빠르게 습득해 자신만의 방식으로 콘텐츠를 기획·제작하고 있다. 2021년 5월에는 프로덕션 기획사인 이미지나인 컴즈와 계약해 뉴미디어 콘텐츠 분야의 떠오르는 셀럽임을 증명하기도 했다. 현재 〈마이린TV〉는 유튜브뿐만 아니라 네이버TV, 쥬니어네이버 플랫폼과 올레TV, SKB 같은 IPTV와 TVING 등 각종 OTT에서도 만날 수 있다.

그러나 키즈 크리에이터들의 성장이 키즈콘텐츠 시장에 순기능으로만 작용하는 것은 아니다. 키즈콘텐츠가 엄청난 수익이 된다는 생각에 무분별하게 시장이 확장되고, 그 과정에서 여러 가지 문제들이 생겨나고 있기 때문이다. 구독자를 늘리기 위해 시청자들의 클릭을 유발하는 자극적인 소재를 선택하기도 하고, 놀이 영상을 만들기 위해 아이들에게 특정 활동을 강요하기도 하면서 아동학대 논란까지 불거지고 있다. 놀이를 표방하고 있지만 실질적으로 아이에겐 강도 높은 노동을 강요하고 있는 셈이다. 키즈콘텐츠임에도 불구하고 폭력적인 장면이 노출되는 경우도 많아 시청하는 아이들이 맹목적으로 모방할 수 있다는 점도 문제로 지적되고 있다. 키즈콘텐츠 시장이 커지는 만큼 크리에이터들의 의식 전환도 필요한 시점이다.

코로나19 이후 우리 아이들의 놀이와 학습이 대부분 디지털로 이루어지고 있다. 플랫폼은 이제 우리 삶의 중요한 터전이 되었고, 아이들은 그곳에서 다양한 문화를 접하며 크리에이터의 꿈을 키우고 있다. 그런 만큼 아이들이 정보를 올바르게 활용할 수 있도록 미디어 리터러시 교육도 동반되어야 할 것이다. 잠재력이 큰 만큼 위험 요소도 적지 않다는 것이 키즈콘텐츠 시장이기 때문이다.

참고문헌

강인선, 「'뽀로로 아빠' 아이코닉스, IPO 주관사에 미래에셋證」, 『매일경제』, 2021.08.09.

김광호 외 『4차 산업혁명과 미디어의 미래』, 한국학술정보, 2018.

김새미, 「뉴미디어와 한류콘텐츠 지원정책 연구: 동남아시아 지역을 중심으로」, 『국제학
　　　논총』 제33집, 계명대학교 국제학연구소, 2021.

김선우, 「캐리소프트, 한국교원대학교와 에듀테크 콘텐츠 공동 연구개발」, 『머니투데이』,
　　　2021.8.5.

김현숙·문재철, 「스낵 영상 콘텐츠의 표현 방식」, 『애니메이션연구』, 14권 3호, 한국애니
　　　메이션학회, 2018.

마셜 맥루한, 『미디어의 이해: 인간의 확장』, 박정규 옮김, 커뮤니케이션북스, 2001.

박성조, 「MCN(다중채널네트워크) 산업에서 교육 콘텐츠의 발전 가능성」, 『미디어와 교육』
　　　제7권 제2호, 한국교육방송공사, 2017.

박지혜, 「국내 키즈콘텐츠시장의 현황과 시사점」, 『산업경제』 2019, 6월호.

성상훈, 「국산 키즈 콘텐츠, 유튜브 타고 '新한류' 열풍」, 『아이뉴스』, 2016.09.29.

유진희, 「콘텐츠 슈퍼 파워 키즈(kids)', 그들의 마음을 잡아라!」, 『방송 트렌드 & 인사이
　　　트』 2017년 3월호.

＿＿＿, 「'키즈 콘텐츠' 산업을 이끄는 성장요인과 향후 발전을 위한 과제」, 『웹진 문화관
　　　광』, 한국문화관광연구원, 2019년 2월호.

이선애, 「코스피 입성하는 '아기상어'…국내 첫 조단위 유아동 콘텐츠 탄생」, 『아시아경
　　　제』, 2021.08.13.

이수민, 「'모모세대 잡아라!' 유튜브, 키즈의 놀이터가 되다」, 『스타포커스』, 2018.12.27.

조은아, 「유아 콘텐츠와 IT의 결합, 가열되는 키즈 플랫폼 경쟁」, 『머니투데이』,
　　　2017.04.06.

한국국제교류문화진흥원, 『2021 글로벌 한류 트렌드』, 2021.

_____, 『한류Now』 2021년 5+6월호.

제5장

그림책과 동화를 넘어
영상동요로

1. 해외에서 인정받는 한국의 아동문학

새로운 한류 콘텐츠로 주목받는 한국문학

K-Pop이나 드라마 같은 한국 대중문화의 세계적인 확산으로 한류 붐이 형성되고 20년 넘게 그 명맥을 유지하고 있지만, 해외에서 한국의 출판물은 아직 콘텐츠 파워가 높지는 않은 편이다. 그럼에도 불구하고 신경숙의 소설 『엄마를 부탁해』(창비)는 전 세계 40개국에서 번역·출간되었고, 황선미의 동화 『마당을 나온 암탉』(사계절)은 29개국에 판권이 수출되었다. 여기에 2016년 소설가 한강이 『채식주의자』(창비)로 세계 3대 문학상 중 하나로 꼽히는 맨부커상(인터내셔널 부문)을 수상하면서 한국문학이 새로운 한류 콘텐츠로 주목받고 있다. K-Book 한류가 본격화되고 있는 것이다.

(Base : 13 / 단위 : 건, %)

분야	종류	아동	문학	언어	만화	학습참고	사회과학	기술과학	예술	역사	철학	순수과학	종교	합계
2018년	43	734	306	125	224	38	69	46	52	50	11	16	-	1,714
2019년	17	1,158	235	316	122	66	82	59	22	36	19	7	3	2,142
2020년	114	398	294	56	131	117	44	-	22	3	29	6	-	1,214
건수	174	2,290	835	497	477	221	195	105	96	89	59	29	3	5,070
비율	3.4	45.2	16.5	9.8	9.4	4.3	3.8	2.1	1.9	1.7	1.2	0.6	0.1	100.0

〈최근 3년간 분야별 도서저작권 수출 실적(2018~2020)〉
(자료 출처: 『2021 출판산업 실태조사』, 한국출판문화산업진흥원, 2022.)

2022년 한국출판문화산업진흥원이 펴낸 『2021 출판산업 실태 조사』를 참고하여 최근 3년간 도서저작권 수출 건수 5,070건의 출판 분야별 내역을 분석해 보면, 2018년에서 2020년까지 '아동' 분야가 두드러진 강세를 보임을 알 수 있다. 2018년부터 2020년까지 도서저작권 수출에서는 아동 2,290건, 문학 835건, 언어 497건, 만화 477건으로 수출 실적이 두드러지며, 타 분야에 비해 아동(45.2%) 분야의 비율이 월등히 높게 나타났다. 2020년의 총류, 학습 참고 분야 수출 실적은 각각 전년 대비 57.06%, 77.3%의 증가로 역시 타 분야 대비 큰 증가폭을 보이고 있다. 2018년부터 2020년까지 도서저작권 수출의 권역별 분포를 살펴보면, 아시아가 저작권 수출의 최대 지역으로 드러났다. 2018년에서 2020년까지 아시아 권역 도서저작권 수출은 4,553건으로 전체 5,070건 중 89.8%의 압도적인 비율로 집계되었다. 이로써 한국 도서의 저작권 수출에 있어서 아시아 지역이 매우 중요한 시장임을 알 수 있다. 이어서 유럽이 400건(7.9%), 중동 58건(1.1%), 북미 40건(0.8%) 등의 순으로 나타났다.

아시아 권역 중 도서저작권 수출 실적이 가장 높은 국가는 중국이지만 최근 베트남에서의 성장이 괄목할 만하다. 베트남에서는 최근 아동교육의 중요성이 부각되면서 어린이 도서에 대한 수요가 급증하고 있다. 2019년 5월에는 베트남 최대 오프라인

체인서점인 파하사가 교보문고와 손잡고 호치민시 파하사 매장
에 교보문고 전용 공간을 개점해 도서뿐만 아니라 음반, 문구 등
을 판매하면서 출판을 통한 한류 열풍을 주도하고 있다. 유럽 지
역에서는 프랑스, 이탈리아, 러시아, 독일 등의 순으로 나타났고,
그 가운데 프랑스는 지난 3년간 도서저작권 수출 실적이 가장 높
았다. 무엇보다 다양한 언어권에서 한국문학에 대한 관심이 높
아지고 있는 것은 고무적인 일이다.[1]

그러나 저작권 수출이 대부분 아시아권에 그치고 있다는 것
은 앞으로의 과제를 보여 준다. 한국 도서의 해외 진출 활성화를
위해 다양한 콘텐츠 개발과 시장 개척, 국가 차원의 보다 적극적
인 지원과 투자가 필요해 보인다.

2000년대, K-Book 세계 무대로 진출하다

일반적으로 한류 1기는 드라마 중심이었던 1997년부터 2000
년대 초까지를, 한류 2기는 드라마에 이어 음악, 영화, 게임이 가
세하면서 중국, 일본을 넘어 동남아시아로 진출하던 2000년대
초반부터 2000년대 중반까지로 본다. 그리고 한류 3기는 K-Pop,

---

1   한국출판문화산업진흥원, 『K-Book 해외시장 진출현황 및 확대전략 연구』,
     2020, 참조.

한식, 만화, 캐릭터, 한글 같은 장르로 확장되면서 아프리카와 미
국, 중남미와 유럽까지 진출한 2000년대 중반 이후로 보고 있다.
한류의 성장 단계에 비추어 보면 한국문학에 대한 해외의 관심
과 반응이 시작된 것은 한류 2기인 2003년이었다. 일본에서 드
라마 〈겨울연가〉가 히트하고 나서 원작소설이 베스트셀러가 된
것이 신호탄이었다. 이 무렵 중국에서는 귀여니의 인터넷 소설
『그놈은 멋있었다』가 베스트셀러가 되었다. 이후 김영하의 소설
『나는 나를 파괴할 권리가 있다』가 2005년 미국에서 출간되면서
영미권 무대 진출의 노둣돌을 놓게 된다. 그리고 2011년 4월, 미
국에서 출간된 신경숙의 『엄마를 부탁해』가 『뉴욕타임스』 베스
트셀러에 오르면서 한국문학의 가능성과 잠재력을 검증받았다.
전 세계 40개국에 수출된 『엄마를 부탁해』는 2018년 10월 미국
블루자 픽처스와 드라마 판권 수출 계약을 성사시킴으로써 한국
의 문학작품을 원작으로 한 수출 계약의 첫 사례로 기록되기도
했다.

　그렇지만 도서 분야에서 한국은 오랫동안 저작권 수입국에서
벗어나지 못했다. 아동문학 시장이 본격적으로 성장 가도를 달
리던 2000년대 초반까지 국내 시장을 주도했던 책들이 메이저
출판사에서 출간한 번역서였다는 점만 보아도 그러하다. 그러다
가 점차 국내 창작물의 비중이 늘어나고 2010년대가 되면 저작

권 수출 또한 활성화된다. 그럼에도 불구하고 여전히 출판물 수출입 규모에서는 수입이 수출보다 높은 것이 사실이다. 하지만 점차 그 갭이 줄어들고 있다는 점은 주목할 만하다. 이 같은 지표는 K-Book의 성장 가능성을 가늠케 하는 주요 잣대가 되기 때문이다.

한국문학이 본격적으로 번역되기 시작한 것은 1980년대부터다. 이처럼 번역이 늦어지면서 한국문학의 해외 진출은 요원할 수밖에 없었다. 한국문학번역원과 대산문화재단이 한국문학의 해외 진출을 위한 작업을 돕고 있지만 비단 재정적 난관만 있었던 것은 아니었다. 사실 그동안 한국문학의 해외 진출이 어려웠던 것은 번역이라는 장벽 때문이기도 하다. 한국어는 남북한과 재외국민을 합쳐도 사용자가 9천만 명에 불과하다. 현실이 이러하니 영어가 중심이 되는 글로벌 시장에서 한국어는 늘 주변 언어로 인식될 수밖에 없었다. 번역자 풀도 많지 않았다. 초기에는 주로 해당 언어 전공자인 대학교수들이 번역에 참여하다가 점차 전문 번역가들이 생겨났다.

일반적으로 번역은 출발어의 문화와 도착어 문화의 소통을 전제로 한다. 그런 까닭에 호미 바바도 주장한 것처럼 문학 번역은 문화 번역의 의미를 지닌다. 문화 번역은 문화가 만나는 접촉 지대이자 그 순간이며 문화의 혼종성을 창출하는 거대한 담론이다.[2] 단순히 텍스트를 원문에서 도착어로 옮기는 것이 아니라 그 속에 포함된 문화 요소와 개념, 문화적 배경 등도 설명하는 작업이기 때문이다. 2016년 『채식주의자(The Vegetarian)』로 작가 한강과 영국 출신의 번역가 데보라 스미스가 맨부커상 인터내셔널 부문 공동 수상자로 선정되었다. 언론에서는 수상 소식을 대서특필했지만 곧바로 번역에 대한 논란이 터져 나왔다. 원어민 단독번역으로 수행된 『채식주의자』의 번역이 한국문화의 특수성을 살리는 이국화(foreignization)가 아니라 자국화(domestication) 번역, 즉 도착 텍스트의 외래성을 최소화하고 투명하고 유려한 번역으로 다시 씌어졌다는 것이었다.[3] 그 과정에서 한국문화의 고유성은 그 의미가 축소되거나 간과되었고 다른 의미로 뒤바뀌기도 했다. 그 일을 계기로 한국문학의 해외 진출과 번역이라는 고질적인 약점이 드러나긴 했지만 번역의 중요성에 대한 인식을 일깨우는 데는 일조했다.

---

2   이상빈, 「문화번역(cultural translation)에 관한 이론적 고찰: 호미 바바를 중심으로」, 『통역과 번역』 제13권 2호, 한국통역번역학회, 2011, 97쪽.

3   김영신, 「이국화인가 자국화인가: 한강의 『채식주의자』 번역을 중심으로」, 『동서비교문학저널』 제37호, 한국동서비교문학학회, 2016, 37~55쪽 참조.

그림책, 아동문학 한류의 시작

아동문학 작품 중에서 그림책은 글과 그림 텍스트의 조합으로 이루어진 독특한 예술 장르다. 글과 그림은 상호보완적인 역할을 하면서 각자의 방식으로 스토리텔링의 구조를 만들어 낸다. 그런 이유로 그림책은 단순히 문학으로만 바라볼 수 없다. 정확히 말하자면 문학과 시각예술의 협업으로 만들어 낸 복합양식인 것이다. 간결한 글과 그림의 조화라는 점에서 그림책은 일반적인 아동문학 도서에 비해 해외 진출이 비교적 활발한 장르이기도 하다. 그림책의 언어가 지닌 간결성과 상징성은 시의 언어를 닮아 있고, 여기에 언어의 장벽 없이도 소통이 가능한 그림이 곁들여져 있기 때문이다. 이런 이유로 그림책은 동화보다 먼저 해외 진출의 물꼬를 틀 수 있었다.

아동문학 한류의 시작은 동양권 국가들을 중심으로 이루어졌다. 저작권 수출이 가장 많았던 나라는 중국이었고, 대만, 태국, 일본이 뒤를 이었다. 그런데 각 나라마다 특색이 있다. 먼저 중국, 대만, 태국은 학습에 도움이 되는 실용서 위주로 소개되었고, 일본은 다양한 내용과 독특한 기법이 돋보이는 그림책이 주류를 차지했다. 서양권은 프랑스, 스위스, 독일, 미국 순으로 저작권 수출이 이루어졌으며, 유럽권에서 가장 많이 소개된 책은 김진경의 판타지 동화 『고양이 학교』였다. 그 외에 스위스와 독일,

미국 등은 한국 문화와 정서를 알 수 있는 도서와 독특한 소재를
다룬 도서들이 주로 번역 수출되었다.[4]

1990년『백두산 이야기』(류재수 글·그림)가 한국 현대 그림책으
로는 처음으로 일본에 번역 소개된 이래 한동안 한국 그림책의
번역은 뜸했었다. 그러다가 1998년『만희네 집』(권윤덕 글·그림),
1999년『아씨방 일곱 동무』(이영경 글·그림), 2000년『강아지똥』(권
정생 글·정승각 그림),『솔이의 추석 이야기』(이억배 글·그림)가 번역
소개되면서 한국 그림책의 해외 진출이 활발해졌다.[5] 2000년대
이후에는 한국적 정서를 느낄 수 있는 그림책들과 더불어 유아
들을 대상으로 어려운 과학 지식을 쉽고 재미있게 풀어낸 지식
정보책들이 저작권 판매를 시작했다. 특히 이런 책들은 중국에
서 인기가 좋았는데 자식을 '소황제'로 키우고 싶어 하는 중국
신세대 부모들 특유의 교육열에서 비롯한 것으로 보인다. 대표
적인 책으로 입, 땀구멍 등 우리 몸의 구성의 기능을 다룬『우리
몸의 구멍』, 씨앗의 발아부터 꽃이 피기까지를 다룬『씨앗은 무
엇이 되고 싶을까』, 생명의 근원인 물의 탄생과 쓰임을 소개한
『물은 어디서 왔을까?』, 개구리 아빠가 올챙이 아기들에게 들려

---

4   장영미,「한국 아동문학의 해외 소개 현황과 과제 연구」,『스토리 & 이미지텔
     링』제11집, 건국대학교 스토리앤이미지텔링연구소, 2016, 참조.

5   엄혜숙,「또 하나의 한류, 한국그림책」,『플랫폼』, 인천문화재단, 2007, 참조.

주는 이야기 형식을 빌려 개구리의 생태를 소개한 『나 너 좋아
해』, 누구나 손쉽게 할 수 있는 놀이를 통해 빛과 그림자의 원리
를 알려 주는 『그림자는 내 친구』 등이 있다.

한국 고유의 전통문화와 옛 모습을 담은 그림책도 다수의 종
이 번역 수출되었다. 전차 정류장에서 엄마를 기다리는 아이의
이야기를 서정적인 그림에 담아 낸 『엄마 마중』(이태준 글·김동성
그림), 추석날 아침 고향으로 떠나는 솔이네 가족의 모습을 통해
한국의 추석 풍경을 그려 낸 『솔이의 추석 이야기』(이억배 글·그
림), 한국의 고전소설 「규중칠우쟁론기」를 재해석해 바느질을 좋
아하는 빨간 두건 아씨와 자, 가위, 바늘, 실, 골무, 인두, 다리미
가 서로 자기가 최고라고 다투는 모습을 정겹게 그려 낸 『아씨방
일곱 동무』(이영경 글·그림)가 그 예다.

『설빔』(배현주 글·그림)은 아름다운 우리 옷 설빔, 그 속에 깃
든 정성과 마음을 이야기하는 그림책이다. 화려한 색감의 그림
과 간결한 글이 어우러지면서 설빔을 입는 아이의 기쁨을 표현
했으며, 반닫이며 촛대, 보료, 조각보와 같은 전통 살림방을 장식
하는 소품들의 모습도 세심하게 담아 내고 있다. 좁은 연립 주택
에서 살다가 할머니 댁으로 이사간 만희 이야기를 담은 『만희네
집』(권윤덕 글·그림)은 마당 있는 2층 양옥집에서 삼대가 살아가는
풍경을 통해 안방, 부엌, 광, 장독대, 뒤꼍, 마루 같은 집의 구조를

소개하면서 한국의 가족 문화를 담아 낸 그림책이다.

해외에서도 꾸준히 사랑받고 있는 그림책들(출처: 알라딘)

현대 한국 아동문학을 대표하는 권정생 작가의 그림책도 해외에서 꾸준히 사랑받고 있다. 1996년 출간된 이후에 지금까지 오랜 세월 아이부터 어른에 이르기까지 전 세대에 걸쳐 큰 사랑을 받고 있는, 명실상부한 우리 그림책의 고전 『강아지똥』(권정생 글·정승각 그림)도 일본과 스위스 등으로 수출되어 사랑과 나눔, 생명의 소중한 가치를 전하고 있다. 또한 한국인에게 널리 알려진 옛이야기를 권정생 작가가 의태어와 운율감을 살려 다시 쓰고 김용철 화가가 한국적이면서도 익살스러운 그림으로 완성해 낸 『훨훨 간다』(권정생 글·김용철 그림)도 2005년 미국에서 소개된 후 꾸준히 해외에 이름을 알리고 있다. 이 밖에 한국의 대표적인 전래동화인 『팥죽 할머니와 호랑이』, 『구렁덩덩 새 선비』, 『두꺼비 신랑』, 『호랑이와 곶감』 등이 저작권 수출도서 목록에 이름을 올렸다.

여기에 작가의 기발한 상상력이 돋보이는 그림책들도 해외에
소개되어 한국 그림책의 위상을 높여 주고 있다. 비 오는 날에 치
타, 사자, 나비, 티라노사우르, 호랑이, 용 같은 동물들은 무얼 하
고 있을까? 라는 아이의 질문으로 시작되는 그림책『비가 오는
날에…』(이혜리 글·그림)는 기발한 상상력과 연필 선의 굵기와 농
도, 방향, 흐름만으로 다양한 표정을 지닌 비의 이미지를 형상화
한 매력적인 그림책이다. 독일, 멕시코, 일본, 스위스 등으로 수
출되었는데 연필 드로잉 기법이 특히 주목을 받았다. 역시 비 오
는 날을 소재로 한 류재수 작가의『노란 우산』은 글이 없는 그림
책이다. 비 오는 날 학교에 가는 노란 우산을 하이앵글로 따라가
면서 노란 우산이 만나게 되는 다양한 색깔의 우산들의 모습을
다양한 색감과 조형적인 리듬을 살려 표현했다. 여기에 신동일
이 작곡한 음악이 더해져 아주 특별한 그림책으로 완성되었다.
2002 뉴욕타임스 선정 최우수 그림책, 국제어린이도서협의회
(IBBY) 선정 세계의 우수 그림책에 선정된『노란 우산』은 한국 그
림책의 수준을 한 단계 올려 놓은 작품이란 평가를 받고 있다.

해외 진출의 물꼬를 튼『고양이 학교』

아동문학 한류의 대표작은 김진경의 판타지 동화『고양이 학

교』(문학동네)다.『고양이 학교』는 한국 판타지 동화로는 처음으로 연작에 도전한 작품으로 한국 창작동화의 지평을 넓혔다는 평가를 받고 있다. 한국 아동문학에 판타지가 자리를 잡아가기 시작한 초기의 작품이지만 한국, 일본, 중국, 캄보디아, 인도 등 아시아와 이집트 신화를 두루 수용하고 있는 독특한 신화적 상상력과 방대한 스케일의 서사로 일찌감치 국내에서도 큰 사랑을 받았다. 2001~2002년에『고양이 학교』1부 5권이 나왔고, 2007년에 2부와 3부 각 3권이 세상에 나왔다. 그리고 2014년에는 작품의 무대를 캄보디아의 고대 유적지 앙코르와트로 옮겨『고양이 학교 세계편』3권을 펴냈고, 2016년에는 프랑스 파리를 배경으로『고양이 학교 파리편』2권을 출간했다. 출간 이후 중국, 일본, 대만, 프랑스, 폴란드에 수출되었으며, 2006년에는 프랑스에서 운영하는 아동청소년 문학상인 앵코륍티블상(Le Prix des Incorruptibles)을 받았다.『해리 포터』와『반지의 제왕』같은 서양의 판타지 동화에 익숙한 프랑스의 어린이 독자들이 직접 심사하고 선정한 상이기에 그 의미는 남달랐다. 한국 아동문학에 대한 소개가 거의 전무했던 시기에 오롯이 작품을 읽은 어린이 독자들의 선택으로 수상을 거머쥐게 되었다는 점에서 그러하다.

한국형 판타지동화의 가능성을 보여 준 『고양이 학교』(출처: 알라딘)

앵코륍티블상 수상이 증명하듯 『고양이 학교』는 한국보다 프
랑스에서 더 큰 사랑을 받은 작품이기도 하다. 이 상은 프랑스 교
육부에서 주관하는 독서권장 프로그램의 하나로, 서적연합회 등
여러 도서 관련 전문가들이 한 해 동안 출간된 책들 가운데 후보
작 6권을 선정하여 프랑스 전국에 링크된 도서관이나 학교에 도
서를 배포한 뒤, 아이들이 책을 읽고 토론하면서 선정한다고 한
다. 연령별로 일곱 단계로 나누어진 부문에서 『고양이 학교』는
우리나라 초등학교 5학년에 해당하는 'CM2/6e'에 선정되었다.
우리나라 작품이 이 상을 수상한 것은 『고양이 학교』가 처음이었다.[6] 『고양이 학교』는 한국에서도 문화체육관광부 주최 청소년 책읽기 권장도서, 한국출판인회의 선정 2004 청소년 교양도서, 한국어린이도서상 저작 부문 특별상을 수상했다.

판타지 동화가 탄생한 것은 19세기 중반 영국이었다. 당시 엄격했던 빅토리아 시기에 현실과 유리된 환상성에 기반을 둔 새로운 작품이 탄생했다는 것은 시사점이 크다. 판타지(Fantasy)란 공상 혹은 상상, 상상의 산물이나 공상의 세계를 뜻한다. 판타지는 현실 세계의 법칙을 깨뜨리는 이야기라서 초현실적이고 마술적이며 비현실적이다. 이러한 요소들은 과학으로 증명할 수 없고, 논리로 설명할 수 없는 것이지만 아이들에겐 잠시 현실을 잊게 하는 일탈과 어른들의 질서를 뒤집는 전복의 즐거움을 선사한다.

한국에서 판타지 동화에 대한 논의와 창작이 시작된 것은 1960년이었다. 이전까지는 일제강점기와 6·25를 겪으면서 민족문학이나 리얼리즘 문학에 대한 요구가 거셌기 때문이다. 아동문학도 예외는 아니었다. 그러다가 2000년대부터 본격적인 뿌리를 내리게 된다. 『고양이 학교』는 바로 그 지점에 위치한다. 진정한 의미에서 이 작품은 한국 판타지 동화의 시작이자 완성

---

6   장영미, 「한국 아동문학의 해외 번역 현황과 특성 연구: 영어권, 불어권, 일어권 사례를 중심으로」, 『돈암어문학』 제25호, 돈암어문학회, 2012, 47쪽 참조.

이었다.

흥미로운 사실은 아동문학의 해외 진출 초기라 할 수 있는 2000년대 초반 영어권에서 번역된 작품 중 판타지 동화의 비중이 상대적으로 높다는 점이다. 예컨대, 2005년에 번역된 동화는 『수일이와 수일이』, 『나쁜 어린이표』, 『64의 비밀』세 권인데 그 가운데 황선미의 『나쁜 어린이표』를 제외한 두 권이 판타지 동화였다. 김우경의 『수일이와 수일이』는 함부로 버린 손톱을 쥐가 먹어버리는 바람에 자신과 똑같은 사람이 생겨나 한바탕 소동을 벌인 고전설화 『옹고집전』에서 모티프를 따온 동화로 가짜 수일이와 진짜 수일이의 대결 구도를 아이들의 심리에 맞춰 절묘하게 풀어낸 작품이다. 박용기의 『64의 비밀』은 친구와 함께 신기한 게임을 하다가 전설적인 물고기 실러캔스를 만난 후 이상한 동굴 바닥으로 추락한 주인공과 박테리아 친구의 모험을 흥미롭게 그리고 있다. 바이러스, 박테리아 등 해박한 생물학적 지식을 바탕에 둔 흥미로운 판타지 과학 동화다.

실제 15년 동안 고양이를 키운 김진경 작가의 풍부한 경험이 잘 살아난 『고양이 학교』는 집에서 키우던 고양이가 죽음을 앞두고 갑자기 사라진 것을 슬퍼하는 딸을 위로하기 위해 창작한 작품으로 알려져 있다. 작품 속에서는 민준이의 고양이 버들이가 열다섯 살이 된 고양이들만 들어갈 수 있는 고양이 학교에 들

어가면서 겪는 환상적인 모험 이야기로 되살아났다. 어린이들과
마법의 힘을 가진 수정고양이들이 현실 공간과 초현실 공간을
넘나들며 우리가 잃어버린 자연을 회복해 가는 흥미진진한 모
험 판타지다. 특히 작가는 인간과 자연의 조화라는 생태학적 메
시지를 어린이들이 좋아하는 판타지 장르에 놀랄 만큼 재미있게
녹여 냈다. 우리 주변에서 흔히 볼 수 있는 평범한 어린이들이 주
인공으로 등장해 마법의 고양이들과 신비로운 모험을 떠나 어둠
의 세력을 물리치는 과정도 흥미롭지만, 선악의 대립 구도를 보
여 주며 긴장감을 고조시키는 수정고양이와 그림자 고양이들의
캐릭터가 생생히 살아 있다. 또한 이야기 곳곳에 세계 각 민족의
신화와 전설들이 자연스럽게 녹아들어 어른들도 읽을 수 있는
작품이다. 세계 각국에 존재하는 다양한 신화를 바탕으로 씌어
진『고양이 학교』는 인간의 사고와 상상에 대한 위대한 원형을
보여 준다.

 그러나 당시 한국 창작동화의 해외 판권 수출은 거의 전무했
다. 당시 출판사는 샘플 도서를 만들어 외국 출판사와 에이전시
에 보내고 볼로냐 아동 도서전과 프랑크푸르트 도서전에 참가
하며『고양이 학교』의 홍보를 진행했다. 영어권 번역을 먼저 시
도했지만 상황이 여의치 않았다. 이미 조앤 K. 롤링의 판타지 소
설『해리 포터』가 전 세계에서 인기몰이를 하고 있던 시기에, 아

동문학의 변방이었던 한국의 판타지 동화에 관심을 가져 줄 출판사는 없었다. 그러다가 대만에 첫 해외 판권 수출이 시작되고 이어서 중국과 프랑스로 이어졌다. 프랑스에서 『고양이 학교』가 출간되자 독자들의 반응은 기대 이상이었다. 처음엔 위험 부담을 덜기 위해 1부 5권 중 2권만 출간했던 출판사는 나머지 3권은 물론이고, 속편인 『거울 전쟁』 3권까지 일사천리로 계약을 진행했다. 이후 일본과 영미권 수출로도 이어져 아동문학 한류 초기에 의미 있는 노둣돌 역할을 해냈다. 무엇보다 아동문학의 불모지나 다름없던 한국에서 서양에서 도입된 판타지라는 장르에 인류 보편의 주제를 담아 낸 묵직한 주제와 흥미로운 서사로 거둔 성과이기에 더욱 의미가 있다.

영국에서 베스트셀러가 된 『마당을 나온 암탉』

2010년대 들어 한국문학의 해외 진출은 더욱 활발해졌다. 그 가운데 가장 주목할 만한 성과를 보여 준 작가는 단연 황선미다. 황선미는 이제 한국을 넘어 세계적인 베스트셀러 작가가 되었다. 그녀의 대표작 『마당을 나온 암탉』은 현재까지 영국과 미국을 비롯해 모두 29개국에서 번역 출간되었다. 2000년 출간 이후 국내 동화로는 처음으로 밀리언셀러를 기록한 『마당을 나온 암탉』은 난종용 닭으로 태어나 비좁은 닭장 안에 갇혀 알만 낳다가

죽어갈 수밖에 없는 자신의 운명을 당당히 거부하고 꿈을 찾아 나선 잎싹의 이야기를 다루고 있다. 절망적인 상황 속에서도 결코 자신의 꿈을 포기하지 않는 당당한 여성 주체이자 모성의 상징인 잎싹과 시종일관 잎싹과 대결하면서 갈등 구도를 만들어내는 애꾸눈 족제비, 그리고 부모의 죽음 이후 자신과 다른 개체인 잎싹에 의해 키워지며 정체성의 혼란을 느끼지만 어엿한 성인으로 성장해 가는 청둥오리 초록머리의 모습은 어린이 독자뿐 아니라 어른들의 마음을 사로잡기에 충분했다. 여기에 김환영 작가의 서정적이고 아름다운 삽화가 더해져 일찌감치 애니메이션 제작에 대한 기대를 낳았던 작품이다.

영국 대형서점의 종합 베스트셀러 1위에 올랐던 황선미의 『마당을 나온 암탉』과
국내 창작동화 최초 100쇄를 출간한 『나쁜 어린이표』(출처: 알라딘)

이러한 인기에 힘입어 2011년에는 애니메이션으로 제작되었고, 220만 명의 관객을 동원해 60년 한국 애니메이션 역사상 최고의 흥행 기록을 세우기도 했다. 이후 뮤지컬로도 제작되어 가족 뮤지컬로도 큰 사랑을 받았다. OSMU의 바람직한 사례가 아닐 수 없다. 그러다가 2014년 영문판 출간 한 달만에 *The Hen Who Dreamed She Could Fly*는 영국 대형 서점의 종합 베스트셀러 순위 1위에 올랐다. 영국 서점에서 한국 작가의 작품이 베스트셀러 1위에 오른 것은 처음 있는 일이었다. 당시 이 책의 해외 판권 판매를 담당한 이구용 케이엘매니지먼트 대표는 "2월 27일 영문판 출간 뒤 아직 제대로 홍보를 하지 않았는데도 미국과 영국에서 반응이 좋다는 소식을 접했다"며, "특히 외국 작가들이 진출하기 어려운 보수적인 풍토의 영국 출판계에서 한 달 만에 판매 1위를 차지하는 것은 매우 이례적"이라고 말했다. 이 책은 2014년 또 다른 영국 대형 서점인 워터스톤즈가 3월의 책에 선정할 정도로 주목받았다.[7]

여기서 중요한 것은 국내에서는 아동문학으로 소개된 『마당을 나온 암탉』이 영국에서는 소설로 분류되어 독자를 만났다

---

7   임지선, 「황선미 '마당을 나온 암탉' 영국 베스트셀러 1위」, 『한겨레』 2014년 4월 4일 기사 참조.

는 사실이다. 정해진 운명에 맞서 당당히 자신이 원하는 삶을 개척했던 잎싹의 강인한 모습과 어떠한 순간에도 자식을 포기하지 않고 돌본 지고지순한 모성애, 그리고 큰 틀에서 보면 자연의 섭리를 거스르지 않는 작품의 주제로 볼 때 어린이 도서에 한정할 수 없다고 판단했기 때문이었다. 동화가 보여 준 철학적 깊이와 세계관을 높이 평가한 것이다. 『마당을 나온 암탉』의 성공 이후 황선미 작가의 또 다른 작품인 『푸른 개 장발』, 『소리 없는 아이들』, 『나쁜 어린이표』, 『과수원을 점령하라』, 『뒤뜰에 골칫거리가 산다』 등이 영국과 미국, 대만, 중국, 일본 등으로 수출되어 K-Book 한류를 중심에서 이끌고 있다.

사실주의 동화가 우위를 점하던 시절, 우화라는 낯선 형식에 죽음을 전면에 내세운 이 작품은 어린이 문학판에 신선한 충격으로 다가 왔다. 출간 당시에는 꿈과 소망, 모성이라는 키워드로 어린이 독자뿐만 아니라 어른들의 감성을 자극했다. 그 뒤 우리 사회의 변화에 따라 『마당을 나온 암탉』은 닭과 천둥오리라는 다른 종들의 결합에서 '대안가족', '다문화가족', '새로운 공동체'라는 키워드를 읽어 내기도 하고, 더 이상 알을 낳을 수 없는 난종용 암탉 잎싹의 당당한 홀로서기를 보여 주는 페미니즘 서사로도 손색이 없다. 또 잎싹과 나그네, 초록머리를 통해 정체성, 나다움의 문제를 고민하는 계기도 되었다. 그런가 하면 천적 관계에 있는 족제비와 잎싹이 어린 자식을 보호해야 하는 어른으로서 보여 준 연대와 공감에 놀라움을 표하기도 했다. 미국과 영국에서는 일반소설로 번역되어 나온 이 작품은 성인들의 시선에서 보면 더 큰 공감을 얻을 수 있다. 이에 사계절출판사는 2020년 출간 20주년을 맞이한 『마당을 나온 암탉』을 어른 독자들을 위해 윤혜지 화가의 표지와 삽화로 새 단장해 어른들을 위한 책으로 재탄생시키기도 했다.

한국 그림책의 도약, 국제 아동 도서전 수상작들

2000년대 이후 한국의 아동문학은 해외에서 본격적으로 예술성과 가치를 인정을 받기 시작했다. 세계 3대 어린이문학상으로 꼽히는 뉴베리상, 칼데콧상, 볼로냐 라가치상 수상작이 속속 등장하기 시작한 것이다. 2002년에는 린다 수 박(Linda Sue Park)이 12세기 고려시대를 배경으로 한 도공의 이야기를 그린 『사금파리 한 조각』으로 동양인 최초로 뉴베리 아너상을 수상했다.

북미권에서 출판된 서적들만을 대상으로 하는 뉴베리상과 칼데콧상과 달리 국제 아동도서 전시회에 출품된 전 세계의 아동 도서를 대상으로 하는 볼로냐 라가치상에서는 특히 한국 작가들의 활약이 눈부시다. 창작성, 교육적 가치, 예술적인 디자인을 기준으로 픽션·논픽션·뉴호라이즌·오페라 프리마 등 네 개 분

볼로냐 수상작 현황

부제	도서명	저자/아티스트	출판사/제작사
2010년 볼로냐 라가치상 픽션 우수상	석굴암	김미혜 글, 최미란 그림	-
2011년 볼로냐 국제 어린이 도서전 라가치상	거짓말 같은 이야기	강경수 지음	시공주니어
2012년 볼로냐 라가치상 픽션 부문	그리미의 하얀 캔버스	이현주 글 · 그림	상출판사
2014년 볼로냐 라가치상 뉴 호라이즌 부문 대상	먼지아이	정유미 글 · 그림	-
2015년 볼로냐 라가치상 뉴 호라이즌 부문	떼루떼루	박연철	시공주니어
2015년 볼로냐 라가치상 수상	세상에서 가장 큰 케이크	안영은 글, 김성희 그림	주니어김영사
2015년 볼로냐 라가치상 수상작 논픽션 스페셜멘숀	민들레는 민들레	김장성 글, 오현경 그림	이야기꽃
2015년 볼로냐 라가치상 수상작 (픽션 우수상)	담	지경애 글 · 그림	반달
2015년 볼로냐 라가치상 수상작가	노란 장화	허정윤 글, 정진호 그림	반달
2015년 볼로냐 라가치상 오페라 프리마 부문	위를 봐요	정진호 글 · 그림	-
2015년 볼로냐 라가치상 픽션부문 우수상	나의 작은 인형상자	정유미 글 · 그림	-
2016년 볼로냐 라가치상 논픽션 대상 수상작	내일을 위한 책 세트 - 전5권	최은경 외 지음, 미켈 카살 외 그림, 김정하 옮김, 배성호	풀빛
2017년 볼로냐 라가치상 수상작 '픽션 스페셜멘숀'	이빨 사냥꾼	조원희 글 · 그림	이야기꽃
2018년 볼로냐 라가치상 수상작 (뉴호라이즌 대상)	나무, 춤춘다	배유정 글 · 그림	반달
2018년 볼로냐 라가치상 수상작 (오페라프리마 우수상)	너는 누굴까	안효림 글 · 그림	반달
2018년 볼로냐 라가치상 예술. 건축/디자인 부문	벽	정진호 글 · 그림	비룡소
2019년 볼로냐 라가치상 수상작	사과나무밭 달님	권정생 지음, 윤미숙 그림	창비

K-Book 해외시장 진출현황 및 확대전략 연구

2019년 볼로냐 라가치상 수상작(오페라프리마 스페셜멘션)	그림자 하나	채승연 지음	반달
2020년 볼로냐 라가치 상 오페라 프리마(신인상) 부문 우수상	삼거리 양복점	안재선	웅진주니어

• 출처 : 국립어린이청소년도서관, 누리집, www.nlcy.go.kr(검색일 : 2020.4.3.)

야별로 대상 1권과 우수상 2~3권을 선정하는데, 2004년에 신동
준 작가의 『지하철은 달려온다』가 논픽션 부문 우수상, 조호상
작가의 『팥죽할멈과 호랑이』가 픽션 부문 우수상을 수상했다.
2005년에는 백희나 작가가 『구름빵』으로 볼로냐 국제아동 도서
전에서 '픽션 부문 올해의 작가'로 선정되었으며, 2011년에는 김
희경 작가가 『마음의 집』으로 논픽션 부문 대상을 차지하는 영
광을 안았다. 특히 한국 작가들이 볼로냐 라가치상 뉴호라이즌·
오페라프리마·아트 부문에서 수상하는 사례가 꾸준히 이어지고
있어 앞으로의 발전이 더욱 기대된다.

이 가운데 한국 도서로는 처음으로 라가치상 대상을 수상한
『마음의 집』(김희경 글·이보나 흐미엘레프스카 그림)은 보이지 않는
마음을 '집'이라는 현실의 공간에 비유해, 어린이들이 '내 마음'
을 차근차근 돌아보도록 구성한 그림책이다. 철학적인 이야기가
아직은 낯선 어린이들에게 '집'이라는 친숙한 공간을 보여 주고,
"마음은 어디에 있을까?", "마음은 어떤 것일까?", "마음의 주인
은 누구일까?"라는 세 가지 질문으로 말을 건다. 한국의 작가 김
희경이 글을 쓰고 폴란드의 그림작가 이보나 흐미엘레프스카가
그림을 그려 완성한 책으로도 유명하다. 이 책에 대해 심사위원
들은 "이 책은 한 편의 우아한 시"라며, "표현, 꿈, 기억, 인용 등
모든 면에서 상당히 특별하고 독창적인 이 책은 '세상에 대한 시

각'으로 가득 차 있다. 이 시각은 그림에 묘사된 내부처럼 강렬하고 심오하며 또한 그만큼 오래 생각하며 몰입할 시간을 갖게 한다. 이러한 책이야말로 어린이문학의 자랑이자 명예이다."[8]라며 극찬했다.

한국 도서로는 처음으로 라가치상 대상을 수상한 『마음의 집』과
오페라 프리마 부문 우수상을 수상한 『삼거리 양복점』(출처: 알라딘)

2020년 볼로냐 라가치상에서 신인 작가에게 시상하는 오페라 프리마 부문 우수상을 수상한 안재선의 『삼거리 양복점』(웅진주니어)은 실존 인물의 이야기에 작가의 상상력을 덧붙여 재창조해낸 그림책이다. 양복점이라는 작은 상점이 겪어 낸 100년의 경

---

8   창비 홈페이지. https://www.changbi.com/archives/45314?cat=3378

제, 문화, 역사의 변화를 담고 있으며, 끊임없이 변화하는 세상 속에서 한 가지 직업을 지키는 진정한 장인 정신과 시대의 변화에 따라 성장하고 때로는 위기를 맞이하며 이를 극복하는 감동적인 순간을 한 편의 드라마처럼 보여 주고 있다. 앞서 인용한 표에서도 확인할 수 있듯이 최근 국내 그림책 작가들이 전 세계적으로 각광받고 있다. 그림책 시장은 성별, 남녀노소를 구별하지 않는 콘텐츠라는 점에서 앞으로가 더 주목되는 장르가 아닐 수 없다.

한국 그림책의 도약을 떠받치는 건 '그림 자체로 이야기(서사)를 구사할 줄 아는' 작가군의 등장이다. 류재수·홍성찬·이호백·이억배·권윤덕·정승각·한병호·김동성 등 한국 그림책의 성장을 일궈 온 1세대 대표 작가(화가)들은 크게 보아 1960년대에 태어난 베이비붐 세대 혹은 386 작가군으로 뭉뚱그려진다. 1세대 작가들은 대학에서 미술을 공부한 뒤 1990년대 들어 국외 여행과 국제 도서전 참가를 경험하고 국내에 쏟아져 들어오는 외국 그림책을 접하며 창작 그림책 장르를 새로 만들고 발전시켜 왔다. 이들이 다져 놓은 시장을 발판으로 젊은 작가들의 활동이 최근 3~4년 사이에 만개하고 있다. 이들은 1970~80년대에 태어나 국제무대에 겁 없이 도전하는 '새 감성'의 작가군이다. 이들은 출판 기회를 잡기 위해 직접 국제 도서전에 뛰어들어 유럽·미국 등의 출판사를 통해 데뷔한다. 2003년 스위스에서 출간된 『토끼들의 복

수』로 볼로냐도서전 '올해의 일러스트레이터'에 선정되고, 2008
년 미국에서 출간된 『파도야 놀자』로 『뉴욕타임스』 우수 그림책
에 선정된 이수지 작가가 대표적 사례다.[9]

아스트리드 린드그렌상을 수상한 백희나

2020년 3월 31일, 전 국민이 코로나로 힘겨워하고 있을 때 스
웨덴에서 기쁜 소식이 날아들었다. 백희나 작가가 아동문학계의
노벨상이라 불리는 '아스트리드 린드그렌상'을 수상했다는 낭보
였다. 아스트리드 린드그렌상의 심사위원회는 보도자료에서 백
희나 작가가 "소재와 표정, 제스처에 대한 놀라운 감각으로 영화
같은 그림책을 통해 외로움과 결속력에 대한 이야기를 풀어"냈
으며, "백 작가의 기법은 팝업북뿐 아니라 종이 인형과 종이 장
난감 책이라는 오랜 전통과도 연결된다"고 선정 취지를 설명했
다. 그리고 "백 작가는 고도로 독창적인 기법과 예술적인 해법을
통해 이 장르를 개발하고 재탄생시켰다"고 극찬했다. 67개국에
서 240명이 후보로 올랐었는데, 한국 작가가 이 상을 받은 것은
백희나 작가가 처음이었다.[10]

---

9   허미경, 「한국 그림책 거침없이 세계로 전진」, 『한겨레』, 2010년 5월 19일 기사.

10   이광빈, 「구름빵 백희나, 아동문학 노벨상 '아스트리드 린드그렌상' 수상」, 『연
      합뉴스』 2020년 4월 1일 기사.

기발한 상상력과 독창적인 작품 세계를 인정받아
아스트리드 린드그렌상을 수상한 백희나의 그림책들(출처: 알라딘)

　대학에서 교육학과 애니메이션을 공부한 백희나는 애니메이
션 제작 경험을 바탕으로 개성 넘치는 캐릭터와 매력적인 스토
리텔링이 돋보이는 그림책을 선보이며 자기만의 독특한 작품 세
계를 구축한 한국의 대표적인 그림책 작가다. 2005년 『구름빵』
으로 볼로냐 국제 아동도서전에서 '픽션 부문 올해의 작가'로 선
정되면서 이름을 알리기 시작했다. 2012년과 2013년에는 『장수

탕 선녀님』으로 한국출판문화상과 창원아동문학상을 동시에
수상했으며, 2017년에는 『알사탕』이 국제아동청소년도서협의
회 어너리스트(IBBY Honour List)에 선정되었다. 2018년에는 일본
판 『알사탕』으로 '제11회 MOE 그림책 서점대상'을 수상하였는
데, MOE 그림책 서점대상은 일본 각지의 서점에서 그림책 판매
를 담당하는 직원 3천여 명이 직접 읽고 투표하여 뽑은 '가장 팔
고 싶은 그림책'에 주는 상이다. 이어 2019년에는 일본 전국학교
도서관협회와 마이니치 신문사가 주관하는 '제24회 일본 그림
책 대상' 번역 그림책 부문과 독자상 부문을 동시에 수상하였다.
그중 독자상은 어린이와 교사, 사서 교사, 그림책 관계자들의 투
표로 결정되는 만큼 더욱 의미가 깊다. 백희나 작가는 현재까지
『구름빵』을 비롯해 『달 샤베트』, 『장수탕 선녀님』, 『어제저녁』,
『알사탕』, 『꿈에서 맛본 똥파리』, 『이상한 손님』, 『나는 개다』 등
13권의 그림책을 출판했으며 일본, 중국, 대만, 프랑스에 소개되
어 해외 팬을 늘려가고 있다.

백희나 그림책의 매력은 무엇일까? 첫째 기발하고 신선한 상
상력이 주는 현실 전복의 힘을 꼽을 수 있다. 백희나의 이름을 처
음 세상에 알린 그림책 『구름빵』에서는 구름으로 만든 빵을 먹
고 진짜 구름처럼 하늘을 둥둥 날게 되는 고양이 남매 이야기를
담았고, 두 번째 그림책 『달 샤베트』에서는 무더위에 지친 달이

물처럼 녹아내리자 그 물을 받아 샤베트를 만드는 이야기를 그리고 있다. 현실과 상상의 경계를 가볍게 뛰어넘으며 유쾌한 재미와 감동을 선사하는 서사의 독창성은 이제 백희나의 트레이트마크가 되었다.

두 번째는 그림과 애니메이션의 기법을 혼합한 듯 독특한 기법과 표현의 해학성이다. 『구름빵』에서는 팝업북과 사진의 결합을 시도하고 『장수탕 선녀님』에서는 하나하나 손으로 빚어낸 닥종이 인형으로 수십 개의 캐릭터들을 생동감 있게 표현했다. 『분홍줄』에서는 평범한 분홍실 하나가 신발 끈, 개 목줄, 놀이터의 네트, 줄넘기의 줄, 전화기 줄, 샤워 호스 등으로 자유롭게 변주되는 과정을 흥미롭게 그리고 있다. 이를 통해 사물에 고정된 의미는 없으며, 어떤 맥락에 배치되느냐에 따라 의미가 달라지며 전체 맥락은 하나의 줄로 연결되어 있다는 철학적 메시지를 담고 있다. 『장수탕 선녀님』에서는 전래동화 「나무꾼과 선녀」 이야기를 새롭게 비틀어 할머니 선녀가 동네 목욕탕에 나타나면서 벌어지는 사건을 다루었는데, 선녀 머리에 녹색 아이새도우, 복점에 귀걸이를 달고 볼록볼록한 볼주머니를 만들며 요구르트를 빨아 먹는 익살스럽고도 기괴한 모습의 선녀 캐릭터를 탄생시켰다.

셋째는 따뜻한 가족애와 사랑이다. 『구름빵』에서는 비 오는 날 아침을 거른 채 허둥지둥 출근하는 아빠가 교통체증으로 도로에 갇히자 고양이 남매가 구름빵을 먹고 날아가 아빠를 무사히 출근시켜 주는 이야기를 그렸다. 상상력을 자극하는 흥미로운 소재와 홍비와 홍시로 대표되는 고양이 남매의 환상적인 모험은 어린이들에게 큰 사랑을 받았다. 이후 텔레비전 시리즈와 뮤지컬로도 제작돼 인기를 끌었고, 캐릭터 상품으로도 제작되었다. 『삐약이 엄마』에서는 종이 다른 고양이와 병아리를 부모와 자식으로 해석해 신선함을 더했다. 배고픈 고양이가 삼킨 달걀이 고양이 뱃속에서 부화해 병아리로 태어나고 출산의 고통을 겪은 뒤 생겨난 어린 생명을 고양이가 살뜰하게 챙기면서 엄마로 거듭나는 훈훈한 가족애를 담고 있다. 그런가 하면 『알사탕』과 『나는 개다』는 스토리가 연결된 그림책으로 늙은 개 구슬이와 외로운 소년 동동이가 어떻게 가족이 되었는지 보여 주는 작품이다.

지금까지 살펴본 책들 이외에도 과학, 역사, 수학, 영어를 조금 더 쉽게 이해할 수 있도록 돕는 지식정보책들도 꾸준히 번역 수출되고 있다. 여기에 한국 고유의 문화를 담은 도서들도 꾸준히 사랑받고 있다. 예로부터 전해 내려오는 민족 고유의 상상 동물인 해치의 이야기를 그린 『해치와 괴물 사형제』, 동강을 배경으로 한 폭의 수채화처럼 펼쳐진 그림들 속에 인간과 자연의 아름다운 공존을 담아 낸 『동강의 아이들』, 들판에 나뒹구는 하찮은 돌멩이 하나도 있는 그대로의 아름다움, 사람의 손길이 닿기 전의 아름다움을 간직하고 있다는 이야기 속에 한국의 자연과 야생화를 소개한 『오소리네 집 꽃밭』 등이 있다.

2. 킬러 콘텐츠가 된 영상동요, 〈아기상어〉

유튜브가 낳은 최고의 스타

최근 한국 사회의 가장 큰 문제 중 하나는 출산율 저하다. 2022년 통계청 자료에 따르면 한국은 가임여성 1명당 0.78명으로 세계에서 출산율이 가장 낮은 나라다. OECD 국가들 중 최하위는 물론이고, 전 세계 187개국 중 꼴찌다. 그런데 출산율 저하로 아이들이 줄고 있지만, 아이러니하게도 키즈콘텐츠 산업은 새로운 한류의 킬러 콘텐츠로 떠오르고 있다. 2019년 산업연구원에서 펴낸 보고서 「국내 키즈콘텐츠 시장의 현황과 시사점」에 따르면 국내 유아용품 시장의 규모는 이미 4조 원대를 넘어섰다. 여기에 인공지능(AI)과 가상·증강현실(VR·AR) 같은 신기술이 키즈콘텐츠와 접목되면서 놀라운 성과를 내고 있다.

이를 증명하듯 국내 키즈콘텐츠 제작 업체의 매출이 폭발적으로 늘어나고 있다. 키즈콘텐츠 한류의 원조인 애니메이션

〈뽀롱뽀롱 뽀로로〉와 〈꼬마버스 타요〉를 제작한 아이코닉스는 2015~2018년 사이 매출액이 연평균 17.3% 늘었다. 수출도 활기를 띠고 있다. 영유아의 대통령으로으로 불리는 〈뽀롱뽀롱 뽀로로〉의 경우 2003년 처음 출시된 이후 지금까지 130개국에 수출됐고, 중국과 태국·싱가포르에는 테마파크까지 세워졌다. 이제는 전 세계인의 애창곡이 된 〈아기상어〉로 유명한 더핑크퐁컴퍼니는 해마다 경이적인 매출 기록을 세우고 있다. 2020년에 공개한 자료에 따르면 이미 매출은 1000억 원을 넘어섰고, 영업이익은 347억 원에 달한다. 더욱 놀라운 것은 전체 매출의 80%를 해외 매출로 올린다는 점이다. 이런 성과에 힘입어 더핑크퐁컴퍼니는 설립 10년 만에 300배가 넘는 매출 성장을 이룩하며 해마다 기록을 갈아치우고 있다. 한국 키즈콘텐츠의 내일이 더욱 기대되는 이유다.

　2020년 11월 2일 한국 시간 오후 1시 20분쯤 유튜브에서는 새로운 역사가 씌어지고 있었다. 핑크퐁이 제작하고 전 세계적으로 인기를 끈 한국의 영상동요 콘텐츠 〈아기상어〉가 70억 3790만 뷰를 돌파해 유튜브 최다 조회 영상 1위에 오른 것이다. 싸이의 〈강남스타일〉과 한국을 대표하는 아이돌그룹 방탄소년단과 블랙핑크의 노래들이 그동안 선전해 왔지만, 한국 노래로는 물론이고 유튜브 역사상 전무후무한 기록이기도 하다. 앞으로도

〈아기상어〉의 기록은 쉽게 깨지지 않을 것으로 보인다.

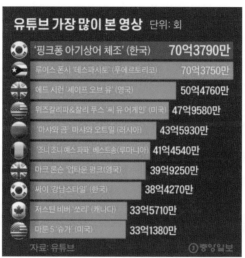

〈2020년 11월 2일 기준 유튜브에서 가장 많이 본 영상〉

(자료 출처: 중앙일보[11])

　　〈아기상어(Baby Shark)〉는 2010년에 창업한 스마트스터디(현, 더 핑크퐁컴퍼니)가 2015년 유아동 콘텐츠 브랜드 '핑크퐁'을 통해 내놓은 영상동요다. "아기상어 뚜루루뚜루~"라는 중독성 있는 후렴구와 누구나 따라 하기 쉬운 율동으로 선풍적 인기를 끌었다. 원곡은 영미권의 구전 동요 〈Baby Shark〉로 알려져 있는데, 유튜

11　　민경원, 「'아기상어' 70억뷰 돌파⋯유튜브 가장 많이 본 영상 1위 등극」, 『중앙일보』 2020년 11월 2일 기사.

브에 한국어로 업로드된 이후 영어, 중국어, 일본어, 스페인어 등
다양한 언어로 제작되었다. 한국 채널인 '핑크퐁'은 〈상어가족/
아기상어〉로 영상을 게시하였고, 미국 채널인 'Pinkfong! Kids'
Song & Stories'에는 〈Baby Shark〉로 올렸다.[12]

핑크퐁과 아기상어 BI(출처: 더핑크퐁컴퍼니)

콘텐츠 기획 때부터 해외 진출을 겨냥했던 〈뽀로로〉와 달리
핑크퐁은 해외 진출을 목적으로 기획된 캐릭터는 아니었다. 앱
스토어와 구글플레이 같은 앱 마켓에 등록하면서 자연스럽게 해
외에 이름을 알리게 되었는데 특히 북미에서 인기가 높았다. 영
어 제목인 'Baby Shank'로 최근 5년간의 구글 트렌드를 검색해 보

---

12   대중문화연구회, 『유튜브와 K-콘텐츠 레볼루션』, 작은우주, 2019, 47쪽.

면 미국 내의 관심도 변화가 전 세계 관심도 변화와 거의 유사한
곡선을 그리는 것을 알 수 있다. 해당 영상을 시청한 236개국 중
가장 많이 본 국가는 미국, 인도네시아, 브라질, 필리핀, 베트남
순이다.

현재 핑크퐁은 한국어, 영어, 스페인어, 중국어, 일본어, 러시
아어, 태국어 등 7개 언어별로 채널을 운영하고 있다. 핑크퐁이
북미, 동남아 등에서 인기를 끌게 된 요인으로는 유튜브와 인플
루언서(influencer)의 영향이 결정적이었다. 2018년 미국 NBC의 인
기 토크쇼인 〈엘렌 드 제너러드 쇼〉에서는 유튜브 커버 영상을
보여 주며 2018년 9월 방송 당시 17억 뷰를 달성한 〈아기상어〉를
소개했다. 이후 2018년 8월 23일에는 영국 '오피셜 차트 40'의 37
위에 올랐고, 2019년 1월에는 6위까지 치고 올라갔다. 2019년 1
월 9일에는 급기야 '빌보드 핫 100'에서 32위를 차지하는 이변을
낳았다.[13] 구글 트렌드 분석 결과를 참고하면 실제로 이 무렵을
기점으로 〈아기상어〉의 인기가 폭발적으로 치솟는 것을 확인할
수 있다.

2019년 창단해 미국 월드시리즈 우승을 차지한 워싱턴 내셔
널스의 비공식 응원가로 사용된 것도 대중적 인지도를 높이는

---

13 대중문화연구회, 앞의 책, 50쪽.

데 한몫했다. 시즌 중반, 워싱턴에 합류해 극심한 슬럼프를 겪던 베네수엘라 출신 외야수 헤라르도 파라가 자신의 두 살박이 딸이 좋아하는 〈아기상어〉를 타석 등장곡으로 선택하면서 공식 응원가 못지않은 사랑을 받았기 때문이다.[14]

　2016년 6월에 공개된 영어 영상은 이듬해 '베이비 샤크 챌린지(Baby Shank Challenge)'를 통해 동남아시아를 중심으로 인기를 얻기 시작했다. 2017년 9월, 인도네시아의 유명 TV 쇼인 〈투나잇 쇼〉에 출연한 할리우드 스타 아마다 커니가 동요와 커버 댄스를 선보이면서 말레이시아, 태국, 필리핀 등으로 퍼져 나갔다. 이후 이 영상은 '베이비 샤크 챌린지(Baby Shank Challenge)'라는 해시태그를 달고 SNS를 통해 빠르게 퍼져 나가 동남아시아에서 '아기상어 붐'이 형성되는 단초가 되었다.

〈아기상어〉는 엘렌쇼, 제인스 코든의 레이트 레이트 쇼,
영국 오디션 프로그램 X Factor 등에 출연했다.(출처: 핑크퐁 공식 블로그)

14　민경원, 앞의 기사.

이후로도 〈아기상어〉는 많은 기록들을 갈아치우고 있다. 2020
년 미국음반산업협회는 〈아기상어〉를 '다이아몬드' 및 11개 '멀
티 플래티넘'을 기록한 디지털 싱글로 인증했다. 〈아기상어〉는
1100만 건 이상의 판매고를 올려 한국 음원 최초로 최고 등급인
다이아몬드를 받았고, 유아 노래로서 전 세계 최초라는 타이틀
도 갖게 되었다. 미국음반산업협회는 디지털 싱글의 유료 다운
로드, 오디오 및 비디오 스트리밍을 합산해 골드(50만 유닛 이상),
플래티넘(100만 이상), 멀티 플래티넘(200만 이상), 다이아몬드(1000
만 이상) 순으로 인증을 수여한다. 영국음반산업협회(BPI) 브릿서
티파이드(BRIT Certified)에서도 더블 플래티넘 인증을 받았다.

또한 미국의 권위 있는 음악 매체 『롤링스톤』은 '지난 10년간
가장 중요한 음악적 순간 50'(The 50 Most Important Music Moments of
the Decade)에 〈아기상어〉의 유행을 수록했다. 이 같은 기록은 인
기 가수의 뮤직비디오가 아닌 동요 영상으로 이루어 낸 결과라
키즈 송의 위력을 새삼 확인할 수 있다. 캐릭터로도 성공이 이어
져 장난감계의 오스카라 불리는 'TOTY 2020'(Toy of the Year 2020)
2관왕을 차지하는 등 〈아기상어〉는 명실상부한 최고의 K-콘텐
츠로서 전방위적인 인기를 이어 가고 있다.

〈아기상어〉의 성공 비결과 놀라운 성과들

무엇이 전 세계인들을 〈아기상어〉와 함께 춤추게 하는가? 먼저 쉬운 노랫말과 반복적인 리듬, 중독성 강한 멜로디를 꼽을 수 있다. 가사가 단순한 동요이기 때문에 언어 장벽이 크지 않다는 점도 다양한 언어로 번역해 언어권별 채널을 운영할 수 있는 계기가 되었다. 여기에 언제 어디서 영상을 보든 핑크퐁이라는 브랜드를 소비자의 머릿속에 각인시키기 위해 노력했다. 이렇게 해서 탄생한 것이 8초 길이의 인트로다. 핑크퐁의 동요 콘텐츠마다 예외 없이 등장하는 '핑크퐁!'이라는 짧은 징글(jingle)이 그것이다.

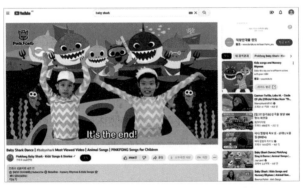

〈아기상어 댄스〉 영상은 압도적인 조회 수로 유튜브의 역사를 쓰고 있다.(출처: 유튜브)

　사실 영상 콘텐츠에서 8초라는 시간은 짧지 않다. 주요 시청자들인 유아들의 집중 시간이 성인보다 짧다는 점을 생각하면 더욱 그렇다. 하지만 '핑크퐁!' 소리와 함께 분홍색 여우 캐릭터가 등장하는 로고 영상은 자다가도 벌떡 일어나게 만들 정도로 아이들이 먼저 인지하고 좋아한다. 핑크퐁 특유의 징글 효과를 브랜드 가치와 연결시키기 위해 더핑크퐁컴퍼니는 플랫폼에 상관없이 핑크퐁이 서비스하는 모든 콘텐츠 앞에 인트로를 일관되게 노출했다. 주요 시청자가 어린이들이기 때문에 반복 소비가 지속적으로 이루어진다는 점을 생각하면, 콘텐츠 소비자들이 핑크퐁을 기억하도록 하는 마법 같은 주문인 셈이다. 최근 '핑크퐁!' 징글을 소리 상표로 등록하기도 했다.

　더핑크퐁컴퍼니는 설립 초기부터 브랜드의 글로벌 진출을 염두에 두고 모바일 최적화에 집중했다. 모바일은 화면이 작아 더 역동적이고 과장된 캐릭터가 필요했고, 핑크퐁 캐릭터는 이에 맞춤형으로 개발됐다. 더핑크퐁컴퍼니에게 유튜브는 단시간에 매출을 올리고 브랜드를 노출할 수 있는 최적의 채널이었다. 유튜브 사용자가 늘면서 생각지도 못한 국가에서 새로운 기회가 나타났다. 바로 동남아 지역이다. 핑크퐁은 인도네시아판 '도전 1000곡'인 TV 프로그램 〈dahSyat〉에 초청되어 인터뷰와 함께 〈아기상어〉 댄스를 소개해 화제가 됐다. 현지 유명 TV 쇼인 〈투나잇 쇼〉에 할리우드 스타 아마다 커니가 출연해 베이비샤크 챌린지에 참여한 영상은 일주일 만에 조회 수 400만 건을 돌파했다. 인기는 말레이시아, 태국, 필리핀으로 이어졌고 중동 지역으로 삽시간에 퍼졌다.[15]

상어 가족이 모여 춤을 추는 아주 단선적인 서사를 담고 있지만 〈아기상어〉에는 아기부터 부모, 조부모까지 온 세대를 아우르는 캐릭터의 힘이 있다. 특히, 〈아기상어 댄스〉 영상은 〈상어 가족〉을 영어로 부르며 춤추는 캐릭터들의 모습이 담겼다. 더핑크퐁컴퍼니가 붙인 아기상어 이름은 올리, 엄마 상어는 엘리, 아빠 상어는 닉, 할머니 상어는 벨라, 할아버지 상어는 알렉이다. 아이들이 따라하기 쉽고 흥이 넘치는 멜로디로 구성돼 있어 아이와 함께 영상을 보고 노래와 춤을 따라하면서 다양한 세대가 함께 즐길 수 있는 콘텐츠다. 〈아기상어〉 동요는 원곡 외에도 국악, 크리스마스, 할로윈, 트로트, 8비트 등 여러 가지 버전이 있다.

자신을 드러내고, 공유하고, 유행을 따라 하는 SNS 시대에 〈아기상어〉는 수많은 패러디와 커버 영상을 양산해 내며 향유자들의 힘으로 성장을 이끈 중요한 사례이기도 하다. 이는 유튜

---

15 조득진, 「글로벌을 춤추게 한 '핑크퐁' 성공 전략」, 『포브스』, 2019년 4월 23일 기사.

브 콘텐츠가 지닌 양방향적 성격을 잘 보여 준다. 유튜브 세계에
서 성공한 콘텐츠는 끊임없이 재가공된다. 제작자가 1차 제작물
을 공급하면 소비자가 직접 따라해 커버 영상을 만들거나, 패러
디해 새롭게 구성한 2차, 3차 제작물이 이어지는 식이다. 소비자
가 공급자가 되는 양방향의 공급 구조가 만들어지는 것이다. 소
비자가 단순히 콘텐츠에 대한 의견을 댓글로 소통하는 것을 넘
어 소통 자체를 소비자가 제작한 콘텐츠로 하는 방식이다. 이는
유튜브를 넘어 또 다른 오픈 플랫폼인 페이스북, 인스타그램 같
은 SNS 계정을 통해 공유·확산되면서 지속적으로 성장해 간다.[16]
이 같은 문화는 〈아기상어〉의 성공에도 결정적 영향을 미쳤다.

전 세계 키즈콘텐츠 시장에서 대체 불가한 파워 콘테츠로 성
장한 〈아기상어〉는 파워 브랜드의 가치를 증명하듯 다양한 파급
효과를 낳았다. 애니메이션, 동화, 게임, 영화, 뮤지컬 등 다양한
분야로 장르전환이 되면서 OSMU가 활발하게 이루어지고 있다.
영상 동요의 인기에 힘입어 2019년에는 북미 33개 도시에서 〈베
이비 샤크 라이브〉 뮤지컬 투어를 진행해 9만 3천여 명의 관객을
모았다.

---

16   대중문화연구회, 앞의 책, 52~53쪽 참조.

영상 동요의 성공 이후 〈아기상어〉는 애니메이션, 게임, 영화, 뮤지컬 등으로 장르를 확장하고 있다.
(출처: 핑크퐁 공식 블로그)

2019년 6월 20일부터는 TV 애니메이션 시리즈 〈핑크퐁 오리지널 스토리〉를 방영하고 있다. 핑크퐁에게 세계관을 만들어 주고 새 캐릭터들을 넣어 이야기를 구성했다. 편당 11분 가량, 총 52부작으로 제작되었다. 3D 애니메이션으로 만들어 제작 원가만 70억 원 이상 투입될 정도로 공을 들였다. 2020년 12월에는 핑크퐁의 대표 캐릭터 아기상어를 활용한 게임 〈아기상어 런어웨이(Baby Shark Run Away)〉도 출시되었다. 〈아기상어 런어웨이〉는 아기상어가 잠수함을 타고 깊은 바닷속을 모험하는 아케이드 게임으로, 쉬운 조작과 귀여운 그래픽, 누구나 가볍게 즐길 수 있는 게임성에 다양한 바다 생물과 보물, 잠수함 등을 수집하는 재미를 더했다. 원 버튼 터치 방식의 손쉬운 조작법을 활용해 온 가족이 함께 즐길 수 있다.

최근에는 〈핑크퐁 시네마 콘서트: 우주대탐험(Pinkfong Baby Shark Space Adventure)〉이 2020년 넷플릭스 미국 '오늘의 Top 10' 영화 부문에서 일일 랭킹 5위를 차지했다. 〈핑크퐁 시네마 콘서트: 우주대탐험〉은 부모와 아이가 함께 노래를 따라 부르며 즐길 수 있는 싱어롱(Sing-along) 영화로, 핑크퐁, 아기상어 등 대세 캐릭터와 인기 동요 27곡이 삽입돼 공개 당시부터 화제를 모았다. 우주여행을 하던 핑크퐁과 아기상어 올리가 갑자기 날아온 운석에 부딪혀, 조각난 우주선의 별 조각을 찾으려 다양한 행성을 여행하는 내용이다.

세계인이 사랑하는 슈퍼 콘텐츠

더핑크퐁컴퍼니가 2022년 유튜브 본사로부터 뜻깊은 선물을 받았다. 구독자 수 5000만 명 이상인 채널에 수여하는 '루비 버튼'을 수상한 것이다. 전 세계를 통 틀어도 유튜브 채널 구독자 수가 5000만 명을 넘는 채널은 30개가 안 된다고 하니 대단한 기록이 아닐 수 없다. 2023년 1월 29일 기준 핑크퐁의 영문 유튜브 채널의 구독자 수는 6490만 명을 넘어섰으며, 〈Baby Shark Dance〉 영상은 122억 회를 기록 중이다. 스페인어 채널 등 다른 언어권까지 포함하면 전체 핑크퐁 채널의 구독자 수는 1억 명에 이른다.

핑크퐁은 2010년 탄생해 2015년부터 유튜브로 소개되었다.

불과 6년여 만에 핑크퐁이 거둔 이 놀랄 만한 성공 뒤에는 〈아기상어〉의 활약이 있다. 선명한 색감이 돋보이는 귀여운 캐릭터와 한번 들으면 결코 잊을 수 없는 쉽고 리듬감 있는 후렴구, 여기에 따라 하기 쉬운 율동까지 더해진 〈아기상어〉가 이제 키즈콘텐츠계의 슈퍼스타로 발돋움한 것이다. 더핑크퐁컴퍼니는 현재까지 핑크퐁 채널을 통해 5,000편이 넘는 동요와 동화 영상을 선보였으며, 영어·중국어·스페인어·러시아어·태국어 등 20개 언어로 전 세계 어린이들과 만나고 있다.[17]

〈아기상어〉의 성공을 발판으로 삼아 더핑크퐁컴퍼니는 핑크퐁 캐릭터를 활용하여 완구, 의류, 식품, 도서 등 다양한 분야로 라이선스 사업을 확대하며 활발하게 해외 시장에 진출했다. 2019년 한 해에만 북미 라이선시 46곳을 포함하여 전 세계 200곳 이상의 라이선시를 확보했다. 그 결과 해외에서 800억 원 이상의 매출을 달성하였으며 이 중 50%는 북미 지역에서 발생했다.

더핑크퐁컴퍼니는 해외 진출을 위한 전략도 치밀하게 준비했다. 첫째, 콘텐츠의 현지화를 통해 글로벌 시장에서의 캐릭터 호감도를 높였다. 예컨대, 소방차가 나오는 영상에서는 국가마다

---

17   유승목 외 2명, 「BTS가 한국에 가져다 주는 돈 얼마? 해외서 보는 눈이 달라졌다」, 『머니투데이』, 2021. 8. 21. 기사 참조.

다른 소방차 사이렌 소리를 반영했고, 경찰차가 나오는 영상에서는 경찰차에 넣는 문양을 현지인의 정서에 맞추었다. 둘째, 다양한 플랫폼을 통해 콘텐츠를 제공함으로써 해외 시장의 소비자들과 접점을 확대했다. 더핑크퐁컴퍼니는 앱, 유튜브, 음원 채널, AI 스피커 등 다양한 플랫폼에 제공 가능한 콘텐츠를 준비하여 공급함으로써 브랜드 인지도를 높였다. 그 결과 세계적인 인기스타가 된 아기상어는 2019년 3월 미국 빌보드에서 '떠오르는 아티스트' 부문 1위를 기록하고, 빌보드 연간 차트(Year-End)에 오르기도 했다.

셋째, 전 세계의 다양한 분야에서 라이선스 사업을 적극적으로 확대함으로써 아기상어의 높은 인지도를 수익으로 실현했다. 2019년 10월부터 북미 33개 도시를 돌며 진행한 순회공연에서는 9만 명의 관객이 모였고 전석이 매진될 정도로 인기가 높았다. 글로벌 완구업체들을 비롯하여 네슬레, 켈로그, 소니뮤직 등 다양한 산업의 글로벌 브랜드들과도 계약을 체결했다. 그 결과 북미 시장에서는 캐릭터 사용 계약을 통해 250종의 상품을 출시했으며, 와우위(WowWee)와 개발한 '핑크퐁 아기상어 사운드 인형'은 아마존의 장난감 분야 1위, 켈로그가 출시한 '핑크퐁 아기상어 시리얼'은 월마트의 시리얼 판매 1위에 올랐다. 그 결과 2019년에는 아기상어가 북미 라이선스 업계에서 가장 핫한 브랜드로

부상했고, 2020년 2월 캐릭터 및 장난감업계에서 권위를 인정받아 '올해의 장난감상(Toy of The Year Award)'에서 국내 브랜드로는 최초로 '올해의 라이선스상'을 수상했다.

영상뿐만 아니라 음원에서도 핑크퐁은 큰 인기를 얻고 있다. 네이버가 공개한 자료에 따르면 네이버 인공지능(AI) 스피커 '웨이브'에서 인기가 가장 많은 음원으로 '핑크퐁 상어가족'이 1위에 선정되었다. 또한, 국내 IPTV뿐만 아니라 말레이시아에서도 핑크퐁 VOD 서비스를 시작했으며 베트남 공중파 키즈 채널에도 진출하며 동남아를 중심으로 사업을 확장하고 있다. 더핑크퐁컴퍼니는 전 세계적으로 120여 개의 앱을 서비스하고 있다고 한다. 동요뿐만 아니라 낱말 맞추기, 색깔 맞추기 등 핑크퐁 캐릭터를 활용한 다양한 종류의 영유아 콘텐츠 앱을 개발함으로써 시장을 확대하고 있다.[18]

이제 핑크퐁은 명실상부한 글로벌 유아동 브랜드로 성장했다. 다양한 채널, 제품, 도서, 교구, 팝업스토어, 뮤지컬에 이르기까지 일상생활 속 다양한 영역에서 전 세계적으로 사랑받으며, 아이가 즐거워하는 세상을 위해 모든 첫 경험을 설계해 나가고 있다. 최근에는 중국·홍콩·대만 시장에 진출해 테마파크를 조성

---

18   한국콘텐츠진흥원, 『2020 캐릭터 산업 백서』, 2020, 참조.

한다는 소식이 들려온다. 우선 아시아 최대 해양 테마파크로 꼽히는 '홍콩 오션파크'와 손잡고 핑크퐁 아기상어 페리 프로그램 '리틀 익스플로러'를 선보인다. 대만 타이베이에서는 990㎡ 규모의 '핑크퐁 팝업 테마파크'가 문을 연다. 핑크퐁 팝업 테마파크는 싱가포르에 이어 두 번째로 조성되는 것으로 '신비로운 바닷속, 아이들을 위한 파티'를 콘셉트로 꾸며질 예정이다. 그런가 하면 중국 시장에서는 장쑤성 창저우와 광저우 등 총 4곳에 현지 체험형 매장을 열었다.[19]

핑크퐁은 젊은 브랜드다. 세계를 무대로 활약하면서 경험과 가치를 쌓아가는 만큼 오늘보다 내일이 더 기대된다. 핑크퐁의 다음 행보가 궁금해지는 이유다.

---

19 이태수, 「더핑크퐁컴퍼니, 중국·홍콩·대만 시장 진출…테마파크 조성」, 『연합뉴스』, 2023. 1. 19.

참고문헌

김영신, 「이국화인가 자국화인가: 한강의 『채식주의자』 번역을 중심으로」, 『동서비교문
학저널』 제37호, 한국동서비교문학학회, 2016.

대중문화연구회, 『유튜브와 K-콘텐츠 레볼루션』, 작은우주, 2019.

민경원, 「'아기상어' 70억뷰 돌파…유튜브 가장 많이 본 영상 1위 등극」, 『중앙일보』
2020.11.02.

엄혜숙, 「또 하나의 한류, 한국그림책」, 『플랫폼』, 인천문화재단, 2007.

유승목 외 2명, 「BTS가 한국에 가져다 주는 돈 얼마? 해외서 보는 눈이 달라졌다」, 『머니
투데이』, 2021.8.21.

이광빈, 「구름빵 백희나, 아동문학 노벨상 '아스트리드 린드그렌상' 수상」, 『연합뉴스』
2020.04.01.

이상빈, 「문화번역(cultural translation)에 관한 이론적 고찰: 호미 바바를 중심으로」, 『통역과
번역』 제13권 2호, 한국통역번역학회, 2011.

이태수, 「더핑크퐁컴퍼니, 중국·홍콩·대만 시장 진출…테마파크 조성」, 『연합뉴스』,
2023.1.19.

임지선, 「황선미 '마당을 나온 암탉' 영국 베스트셀러 1위」, 『한겨레』 2014.04.04.

장영미, 「한국 아동문학의 해외 소개 현황과 과제 연구」, 『스토리 & 이미지텔링』 제11집,
건국대학교 스토리앤이미지텔링연구소, 2016.

_____, 「한국 아동문학의 해외 번역 현황과 특성 연구: 영어권, 불어권, 일어권 사례를
중심으로」, 『돈암어문학』 제25호, 돈암어문학회, 2012.

조득진, 「글로벌을 춤추게 한 '핑크퐁' 성공 전략」, 『포브스』, 2019.04.23.

한국출판문화산업진흥원, 『2018 출판산업 실태조사』, 2019.

_____, 『2019년도 상반기 KPIPA 출판산업 동향』, 2019.

한국출판문화산업진흥원, 『2019 출판산업 실태조사』, 2020.

_____, 『K-Book 해외시장 진출현황 및 확대전략 연구』, 2020.

한국콘텐츠진흥원, 『2020 캐릭터 산업백서』, 2020.

허미경, 「한국 그림책 거침없이 세계로 전진」, 『한겨레』, 2010.05.19.

국립어린이청소년도서관, 누리집, www.nlcy.go.kr

창비 홈페이지, https://www.changbi.com/archives/45314?cat=3378

제6장

에듀테인먼트로
글로벌 시장을 공략하다

1. 학습만화로 K-러닝을 선도하다

교양·학습만화 시장의 성장

어린이를 대상으로 한 콘텐츠의 기본 속성은 교육(education)과
재미(entertainment)의 결합, 곧 에듀테인먼트(edutainment)에 있다. 아
이들에게 필요한 교양과 지식을 흥미로운 만화로 풀어낸 학습
만화가 꾸준히 사랑받는 이유가 여기에 있다. 실제로 교양·학습
만화는 웹툰과 함께 2000년대 들어 국내 만화시장을 주도해 왔
다. 특히 초등학생을 겨냥한 어린이 학습만화가 맹활약했다. 누
적 판매 1000만 부를 넘긴 '대박 상품'이 잇따라 등장하며 전체
오프라인 출판 만화 시장의 절반 이상을 담당할 정도로 급성장
했다. 이런 인기에 힘입어 교양·학습만화는 만화의 울타리를 뛰
어넘어 뮤지컬, 애니메이션, 캐릭터 상품과 온라인 게임으로까
지 OSMU가 진행되고 있다. 2011년 『콘텐츠 산업통계』에 따르
면 만화 출판사가 아닌, 일반 출판사들이 펴낸 어린이·학습 만화
의 2010년 매출액은 2341억 원이었다. 만화 전문 출판사 매출액
(잡지·단행본 등 927억 원)의 2.5배에 이르는 규모다. 오프라인 출판
만화 제작 비중을 살펴보면 어린이·학습만화가 70.2%로 가장 높
다. 그 뒤를 만화 단행본(28.3%), 만화 잡지(1.1%)가 잇고 있다. 만
화산업의 중심이 과거 단행본에서 이제는 어린이 교양·학습 만

화로 완전히 옮겨 온 것이다.[1]

최근 10년 사이의 성장도 눈부시다. 2020년 7월에 출간된 『2019 콘텐츠산업 통계조사 보고서』에 따르면, 최근 5년간 만화산업의 매출액은 2014년 8548억 원, 2015년 9194억 원, 2016년 9762억 원, 2017년 1조 82억 원으로 놀라운 성장세를 보여 줬으며, 2018년에는 매출액이 2조 1786억 원으로 나타났다. 이는 전년 대비 8.9%, 2016년부터 2018년까지 연평균 9.9% 증가한 것이다. 주목할 만한 것은 일반 출판사의 만화 부문 매출액이 만화산업에서 가장 큰 규모를 형성하고 있다는 점이다. 어린이 교양·학습만화를 주로 출간하는 일반 출판사의 매출액이 3792억 원으로 만화 출판사의 매출액(만화잡지, 일일만화, 코믹스 등) 1632억 원을 두 배 이상의 큰 차이로 앞서고 있다. 또한 교양·학습만화가 수출 효자 상품으로 자리 잡으면서 2018년 기준 만화산업의 수출액은 4050만 달러로 전년 대비 14.9% 증가했으며, 2016년에서 2018년까지 연평균 11.7% 증가한 것으로 나타났다. 반면, 수입액은 그보다 훨씬 적은 659만 달러로 조사됐다. 만화산업은 수출이 수입보다 압도적으로 많은 효자산업으로 수출입 차액은 3391만

---

1   홍지민, 「[K-코믹스 신한류 이끈다] (5) 교양·학습 만화를 말한다」, 『서울신문』, 2012. 5. 20. 기사 참조.

달러로 나타났다.

한때 한국은 일본 만화의 주요 소비국으로 분류되기도 했으나 웹툰의 붐 이후로 세계 만화의 주요 생산국으로 부상하면서 수출액이 수입액을 크게 앞서게 된 것으로 해석된다. 인터넷과 스마트폰을 기반으로 현지어로 번역된 한국산 웹툰이 유통되고 있으며, 웹툰 출판본과 아동·학습만화, 한국형 그래픽노블 등이 전 세계로 수출되고 있다. 웹툰의 놀랄 만한 성장세를 감안할 때, 여전히 만화산업에서 만화 출판업이 전체 매출의 절반에 가까운 5425억 원을 차지한다는 것은 시사하는 바가 크다. 시대가 달라졌어도 여전히 종이 만화책에 대한 수요가 꾸준하다는 반증인 동시에, 어린이 교양·학습만화의 역량을 보여 주는 잣대가 되기 때문이다.

2000년대 이후 어린이·학습만화가 급성장한 이유는 무엇일까. 먼저 그동안 하위문화로 치부되어 왔던 만화에 대한 사회·문화적 인식의 변화를 꼽을 수 있다. 교육에 도움이 된다면 만화도 양서(良書)가 될 수 있다는 판단이 유달리 교육열이 높은 한국의 학부모들을 자극했기 때문이다. 이런 생각들이 보편화되면서 아이들이 쉽게 다가가고 흥미를 느낄 수 있는 만화가 재미와 지식 두 마리의 토끼를 잡으면서 교양·학습만화 시장의 성장을 이끌게 된 것이다.

둘째, 아이들의 눈높이에 맞춘 흥미로운 기획과 스토리텔링의 힘이다. 아무리 좋은 지식도 전달하는 방식이 고답적이라면 독자들이 외면할 수밖에 없다. 이에 출판사들은 전문적인 스토리텔러를 영입하고 글과 이미지의 조화를 꾀했다. 나아가 해당 분야의 전문가인 대학교수의 감수를 통해 오락성 정보에 대한 공신력을 높였으며, 아이들이 좋아할 만한 캐릭터들을 주인공으로 내세워 아이들의 눈높이에서 새롭게 가공된 지식과 정보를 제공했다.

셋째, 틈새 시장을 적극적으로 발굴하고 다양한 소재와 분야를 활용해 시리즈로 제작하면서 자연스럽게 교양·학습만화 산업의 몸집을 키웠다. 이 같은 기획은 교양·학습만화 시장에 뛰어든 출판사들이 주로 전집류나 교과서를 만들던 출판사였다는 점에서도 확인할 수 있다. 이에 따라 교양·학습만화는 역사·사회·의학·과학·생명공학·우주과학 등으로 장르를 세분화해 전집에 버금가는 물량으로 독자층을 확보할 수 있었다. 그리고 당대의 새로운 트렌드를 반영하면서 로봇이나 증강현실, 바이러스, 암호화폐 같은 분야에 대한 책들을 발 빠르게 내놓으면서 학부모와 어린이 독자의 요구에 부응해 왔다.

넷째, 공격적인 마케팅과 홍보력이다. 교양·학습만화 시장이 커지면서 일부 출판사들은 홈쇼핑에 진출하는 공격적인 마케팅을 선보였다. 출판사 관계자가 홈쇼핑 채널에서 쇼호스트와 함께 등장해 백 권을 훌쩍 넘긴 시리즈를 판매하거나 전문가 인터뷰나 추천사를 활용하기도 했다. 교과 연계 도서라는 전략을 활용해 교양·학습만화가 선택이 아니라 필수라는 인식을 학부모들에게 심어 주었다. 이런 전략이 적중하면서 현재까지 8000만 부 이상이 팔린 예림당의 〈Why?〉 시리즈는 과거 1970~80년대 중산층 가정의 거실 한쪽을 차지했던 백과사전들처럼 아이들이 있는 집이라면 누구라도 구비하고 싶어 하는 필수 아이템이 되어갔다. 이후 수많은 출판사들이 앞다퉈 시장에 뛰어들며 과열 현상을 빚기도 했지만, 국내 시장이 이미 포화상태라는 것을 직감한 출판사들이 재빨리 해외로 눈을 돌리면서 교양·학습만화는 본격적으로 수출 효자 상품으로 등극하게 되었다.

교양학습 만화의 시작, 〈먼나라 이웃나라〉

현재 출판만화 시장에서 압도적인 비중을 차지하고 있지만 국내에서 교양·학습 만화의 역사는 그리 오래되지 않았다. 전문가들은 1970년대 영업 사원들에 의해 방문 판매되던 금성사, 계몽사 등의 만화 전집류를 그 출발점으로 본다. 세계사, 한국사,

위인전, 과학 등을 만화로 쉽게 풀어낸 것들이었다.[2] 만화가 이원
복은 한국에서 교양·학습만화라는 장르를 탄생시킨 주역이다.
1981년부터 어린이 신문인 『소년한국일보』에 〈먼나라 이웃나
라〉를 연재하기 시작하며 인기를 끌었다. 처음에는 유럽의 여러
나라를 소개하는 내용이었으나, 1980년대 후반 소련이 붕괴되고
새로운 세계 정치 질서가 형성되자 일부 내용이 수정된 개정판
을 내기도 했다. 1987년 고려원에서 6권짜리 단행본으로 출간되
었는데, 때마침 불어온 해외여행 자유화의 붐을 타고 선풍적인
인기를 누렸다.

한국에서 교양·학습만화라는 장르를 선도해 온 이원복의 〈먼나라 이웃나라〉 시리즈
(출처: 알라딘)

---

2   홍지민, 앞의 기사 참조.

맨 처음 유럽 6개국(네덜란드·프랑스·독일·영국·스위스·이탈리아)으로 시작한 작업은 일본(2권)·한국·미국(3권)·중국(2권)을 거쳐 스페인 편까지 15권으로 완성되었다. 할아버지와 손자가 함께 보는 만화책으로도 유명한 〈먼나라 이웃나라〉 시리즈는 그동안 수차례 업그레이드됐다. 〈새 먼나라 이웃나라〉(1998), 〈21세기 먼나라 이웃나라〉(2003), 〈새로 만든 먼나라 이웃나라〉(2012)가 나왔고, 2018년 〈업그레이드 먼나라 이웃나라〉로 1차 마침표를 찍었다. 시즌 2도 나왔다. 발칸반도·동남아·중동 편에 이어 캐나다·호주·뉴질랜드를 한 권에 넣었다. '오스만제국과 터키' 편까지 20권을 채운 것이다.[3] 1987년 초판이 나온 이후 지금까지도 계속 사랑받고 있는데 현재까지 국내에서만 약 2000만 부가 팔렸다.

〈먼나라 이웃나라〉는 세계 여러 나라의 난해하고 딱딱한 역사·사회·풍습·경제·교육·종교 등을 기발한 컷 구성과 허를 찌르는 코믹한 대사, 촌철살인의 미학이 담긴 글에 담아 낸 것으로 정평이 나 있다. 여기에 만화의 본분에 충실한 이원복 교수 특유의 만화 스타일이 더해져 재미있고 생생한 교양만화로 탄생했다. 만화평론가 박인하 서울웹툰아카데미 이사장은 '이원복표'

---

3   정영재, 「'먼나라 이웃나라' 만화가 이원복 선생」, 『중앙시사매거진』, 2020.
03. 17, 기사.

만화 그림 스타일에 대해, "국내 토종 명랑만화의 맥을 잇지 않고 벨기에 만화가 페요(Peyo)나 프랑스 만화가 알베르 우데르조 (Albert Uderzo) 같은 구미권 작가에 기반을 두고 있다"며, "〈먼나라 이웃나라〉의 인기 비결은 한국 만화계에서 보기 드물게 명료한 선의 작화(作畫)가 매우 안정적이고 친근하며, 누구에게나 쉽게 이해되고 수용될 정도로 진입 장벽이 낮기 때문"이라고 평가했다.[4]

신화 열풍을 이끈 〈만화로 보는 그리스 로마 신화〉

이원복 교수가 장르를 개척한 이후 교양·학습만화 시장이 팽창하기 시작한 것은 2000년대 초반이었다. 그 출발점은 가나출판사에서 펴낸 〈만화로 보는 그리스 로마 신화〉 시리즈였는데, 이 책의 성공 뒤에는 당시 한국 출판계에 불었던 '그리스 로마 신화 붐'이 자리한다. 2000년 6월, 소설가이자 번역가, 신화 연구가로 명망이 높았던 이윤기 작가가 그리스 로마 신화를 새롭게 해석한 『이윤기의 그리스 로마 신화: 신화를 이해하는 12가지 열쇠』를 출간했다. 이후 이 책은 현재까지 200만 명이 넘는 독자를 만나면서 한국인의 교양 지도를 바꿔 놓은 책이자 우리 시대를 대표하는 교양서로 자리매김했다. 이런 열기에 불을 지피듯 그

---

4   정영재, 앞의 기사.

리스·로마 유물 전시회가 잇따르면서 신화 열풍은 전국적으로
확산되었다. 〈만화로 보는 그리스 로마 신화〉가 세상에 나온 것
이 바로 이 무렵이었다.

2000년대 초반 신드롬급 인기를 누렸던 〈만화로 보는 그리스 로마 신화〉(출처: 알라딘)

2000년 11월, 〈만화로 보는 그리스 로마 신화〉가 처음 세상에
나왔을 당시에는 크게 주목받지 못했다. 하지만 기왕에 성인 독
자들을 대상으로 불기 시작한 신화 열풍과 아이들의 눈높이에
맞춘 만화의 등장으로 입소문이 퍼지면서 매출은 매달 2~3배씩
급성장했다. 급기야 2001년 7월에는 월 10만 부에 머물던 주문
량이 하루 4만 부, 한 달 100만 부에 이르며 신드롬으로 이어졌
다. 2004년에는 출간 4년 만에 1000만 부를 갈아치우는 경이적인
기록을 세웠다. 인기를 반영하듯 2002년에는 TV 애니메이션으
로 제작되어 〈올림포스 가디언〉이라는 이름으로 방영되었다. 이

시리즈의 성공으로 연 매출액 1억 원에 불과하던 소형 출판사는 500억 원에 달하는 매출을 기록하며 일약 아동서 시장의 강자로 떠올랐다. 학습만화 시장도 급팽창해 〈서바이벌 과학상식1~9〉(아이세움), 〈마법천자문1~5〉(아울북) 등이 잇따라 '대박'을 터뜨렸다.[5]

〈만화로 보는 그리스 로마 신화〉의 성공 비결은 무엇이었을까. 먼저 인문학과 만화의 결합을 들 수 있다. 교양·학습만화의 기본을 충실히 지키되 아이들에게 어려울 수 있는 그리스 로마 신화를 흥미로운 에피소드를 중심으로 각색한 번안 학습만화라는 점이 주효했다. 둘째, 만화 문법의 적극적인 차용이다. 앞서 살펴본 이원복 교수의 〈먼나라 이웃나라〉가 내레이션 형식으로 지식과 정보를 전달하는 데 중점을 두었다면, 〈만화로 보는 그리스 로마 신화〉는 정보가 아닌 오락 만화의 문법을 적극적으로 반영해 읽는 재미뿐만 아니라 보는 재미까지 극대화했다.

셋째, 구성의 새로움이다. 신화라는 본래의 서사를 액자 속에 담고 액자 밖에 서술자와 감상자를 등장시킨 액자식 구성도 주목할 만한 요소다. 〈만화로 보는 그리스 로마 신화〉는 교수자와 학습자를 아버지와 자녀로 설정하고 아버지가 권별 주제에 맞

---

5   이영미, 「'만화로 보는…' 1000만부 돌파…입소문 타고 4년만에」, 『국민일보』, 2004년 7월 1일 기사.

추어 자녀에게 신화에 대한 이야기를 전달한다. 이후 자녀의 감상을 듣고 함께 주제에 대해 토론하면서 작품을 정리하는 방식으로 내레이션 형식의 지루함을 덜어 냈다. 넷째, 만화체에도 변화를 주었다. 〈먼나라 이웃나라〉가 유럽풍의 클래식한 그림체를 고수했다면, 〈만화로 보는 그리스 로마 신화〉는 올림포스 신들의 모습을 낭만적으로 재해석한 순정 만화체 그림들로 어린이는 물론 중고등학교 여학생 독자들의 눈길까지 단숨에 사로잡았다. 학습만화의 주요 독자층이 초등 저학년 남자아이들이라는 점을 감안하면 매우 이례적인 사례다. 현재까지 이 시리즈는 20권으로 완결되었으며 3000만 부가 넘는 판매고를 기록해 교양·만화 시장의 새로운 고전으로 자리잡았다.

한자 교육의 패러다임을 바꾼 〈마법천자문〉

〈마법천자문〉은 아울북에서 2003년 출간한 학습만화다. 1탄은 중국의 『서유기』를, 2탄은 그리스·로마 신화, 북유럽 신화, 이집트 신화를 모티프로 선과 악의 대결을 주로 다루었다. 출간 10년 만에 2000만 부의 누적 판매고를 올린 〈마법천자문〉은 한자학습 열풍을 일으키며 어린이들에게 큰 사랑을 받아 왔다. 〈마법천자문〉은 철저한 시장 조사와 〈만화로 보는 그리스 로마 신화〉를 벤치마킹해 태어난 콘텐츠다.

한자 학습의 열풍을 일으키며 어린이들에게 큰 사랑을 받은 〈마법천자문〉 시리즈
(출처: 알라딘)

서사 구조는 간단하다. 귀엽지만 막무가내인 손오공이 마법을 익혀 예쁜 소녀 삼장과 함께 사건을 해결하는 구조다. 한자 학습을 내세웠지만 1권에 나오는 한자는 21자뿐이다. 그렇지만 이야기 속에서 한자들은 주인공들을 위기에서 구하는 마법의 재료로 흥미롭게 활용된다. 예컨대, 바람을 일으키는 마법을 쓰기 위해 '바람 풍(風)'자가 나오고, 물을 불러오는 마법을 쓰기 위해 '물 수(水)'자가 나오는 식이다. 각 권마다 핵심이 되는 한자가 있어 1권은 '불어라 바람 풍(風)', 2권은 '솟아라 뿔 각(角)' 하는 식으로 이야기 속에 한자를 자연스럽게 녹여낸 것이 특징이다.[6]

21권으로 시즌 1이 완결되고, 53권 완간이 예정된 시즌 2가 연

---

6   박인하, 「어떤 어린이 만화를 읽힐 것인가」, 『중등 우리교육』, 우리교육, 2004, 115~116쪽.

재 중이다. 어린이들은 재미있는 이야기를 읽으면서 한자 마법을 반복하다 보면 어느새 신규 한자 20자가 머릿속에 각인된다. 권수를 더해갈수록 저절로 암기되는 한자의 양은 늘어나고, 한자 낱자 두 개를 붙여 만드는 단어 마법과 한 개의 낱자를 다양한 낱자들과 합쳐 확장하는 단어 확장마법까지 읽고 나면 어휘 능력도 향상되도록 구성했다. 최근에 출간한 개정판은 눈으로 한자를 읽고 입으로 뜻과 음을 외는 것에 그치지 않고 직접 손으로 쓰는 기능까지 추가했다. 또 한자의 뜻을 오래 기억하도록 AR 영상을 수록하였는데, AR 영상을 어린이들이 직접 연출하고 사진과 동영상으로 촬영하여 나만의 콘텐츠로 만들 수 있다. 주입식 한자 교육이 아닌, AR 한자 마법으로 즐기는 체험형 교육 콘텐츠로 업그레이드되며 꾸준히 독자들의 사랑을 받고 있다.

원작 만화의 성공에 힘입어 과학·영어·수학·사회·경제 등 다양한 파생 도서를 펴냈으며, 도서뿐만 아니라 애니메이션, 게임 등 200여 종의 상품을 출시했다. 〈마법천자문〉 TV 애니메이션은 30분짜리 에피소드가 풀 3D 입체 방식으로 총 26화가 제작되었다. 2011년 9월 MBC가 방영을 시작한 이후, 투니버스, JEI 재능TV, 대교어린이TV, 카툰네트워크 코리아, JTBC, 정철어린이TV, 애니플러스 등 9개 채널에서 방영돼 '최다 채널 방영작'의 영예를 안았다. 또한 게임으로 개발된 닌텐도 〈마법천자문DS〉

는 베스트셀러에 등극했으며, 2013년에는 스마트폰 게임으로도 출시되었다. 한류의 흐름을 타고 해외 진출도 이루어 냈다. 인도네시아에서는 2014년 2월 말부터 TV 애니메이션이 방영되었고, 한자 종주국인 중국에서도 출판 및 애니메이션 방영이 이루어졌다. 배우기 어려운 한자를 게임으로 풀어냈다는 점에서 〈마법천자문〉은 한자 문화권과 한자를 배우려는 지역에서 꾸준히 러브콜을 받고 있다.

시장에서 롱런하는 '살아남기' 시리즈

'살아남기' 시리즈로 알려진 미래엔의 〈서바이벌 만화 과학상식〉은 아슬아슬한 모험을 통해 과학상식을 배우는 본격 에듀테인먼트 교양·학습만화다. 화재, 바이러스, 알레르기 쇼크 등 우리 주변에서 일어날 수 있는 크고 작은 사고에서부터 비행기 사고, 토네이도, 물이 불어난 협곡 등 위험천만한 재난에 이르기까지 셀 수 없이 많은 위기 상황 속에서 특유의 용기와 상식을 무기로 살아남은 서바이벌 짱 지오의 생존기를 통해 우리 주변에서 일어날 수 있는 안전사고와 재난에 대비한 과학상식을 얻을 수 있도록 구성했다. 2001년 4월 시리즈의 첫 책인 『무인도에서 살아남기』를 펴낸 뒤 지금까지 20년 동안 꾸준히 출간되는 스테디셀러 학습만화다. 무인도를 시작으로 사막, 화산, 바다 같은 극한 상황에서의 생존법을 시작으로 하여 우주, 자연, 인체, 바이러스 등으로 계속 주제를 확장하고 있다.

우리 주변에서 일어날 수 있는 안전사고와 재난에 대비한 과학상식을 전달하는
〈서바이벌 만화 과학상식〉 시리즈(출처: 알라딘)

각 권마다 흥미로운 기획과 재미있는 설정을 담은 코믹 만화가 들어가는데 '서바이벌' 시리즈라는 수식어에 걸맞게 주인공들이 극한 상황 속에서 과학상식을 바탕으로 위기를 해결해 간다는 일종의 모험 서사의 구조를 따르고 있다. 예컨대, 1권인 『무인도에서 살아남기』는 한 가족 세 명이 여행길에 사고를 당해 무인도에 표류하면서 이야기가 시작되는데 물 구하기, 정수하기, 불 피우기, 구조 신호 보내기, 소금 구하기 등 실제로 무인도에 도착했을 때 살아남기 위한 방법을 체계적으로 알려 준다. 각 장마다 여러 가지 상황에 대한 이야기를 만화로 코믹하게 엮은 뒤,

그 주제와 관련된 과학 상식을 한 가지씩 정리해 놓았다. 물을 구하는 방법, 방향을 측정하는 법, 소금을 얻는 법, 날씨를 측정하는 법 등 교과서에서는 배울 수 없는 상식들을 쉽게 익힐 수 있는 것이 장점이다. 2011년 후쿠시마 원자력 사고로 인해 『지진에서 살아남기』와 『방사능에서 살아남기』가 한때 일본에서 인기 있는 베스트셀러로 선정되기도 했다.

무엇보다 학습만화와 서바이벌이라는 생존의 법칙을 연결시킨 지점이 성공의 가장 큰 요인이라 할 수 있으며, 학습자의 연령대와 비슷한 초등 4~5학년 아이들을 주인공으로 등장시켜 서사를 이끌어 가는 점도 독자층 확보에 도움이 되었다. 여기에 토네이도, 지진, 미세먼지, 방사능, 이상기후처럼 인류의 환경 문제와 직결되는 이슈들을 알기 쉽게 소개함으로써 재미와 정보력을 두루 갖춘 학습만화로 입지를 다져 가고 있다.

'살아남기' 시리즈는 현재까지 미국, 일본을 비롯해 30여 개국이 넘는 나라에 수출되었다. 제작사인 미래엔은 2001년부터 '살아남기', '보물찾기', '내일은 실험왕' 등 학습만화 시리즈 저작권을 미국 프랑스 일본 중국 등 12개국에 수출했는데 2023년 3월 기준 해외 누적 판매 부수가 6000만 부에 이른다. 특히 '살아남기' 시리즈는 일본과 중국에서 각각 700만 부 이상, '보물찾기'도 중국에서만 700만 부 이상 팔렸다. 2018년부터 2022년까지 저작권 수익이 175억 원이었다.

학습만화의 새로운 신화를 쓴 〈why?〉 시리즈

교양·학습만화가 한국의 키즈콘텐츠를 대표하는 분야로 성장한 데에는 〈Why?〉 시리즈의 남다른 활약이 있었다. 예림당의 〈Why?〉 시리즈는 2001년 '우주' 편을 시작으로 2009년 1월에 본편 50권을 완간했다. 그 인기를 기반으로 현재까지 이 시리즈는 과학·수학·한국사·세계사·인문사회교약·피플·인문고전·과학영어판·교과서 중심 만화·플러스·영어·코딩 워크북 등으로 다종 세분화하면서 300권이 넘는 책을 세상에 내놓았다. 예림당 매출의 약 90%는 〈Why?〉 시리즈를 포함한 도서 사업이 차지하고 있는데, 특히 과학 시리즈는 한국 출판 역사상 단일 품목 최대 판매량 기록을 지속적으로 갱신했다. 세계에서 성경 다음으로 많이 팔린 책으로 꼽히는 〈해리포터〉 시리즈의 국내 판매량보다 많은 수준이다.

학습만화의 새로운 신화를 쓰며 해외에서도 인지도를 넓혀가고 있는 〈Why?〉 시리즈(출처: 알라딘)

모든 과학적 탐구의 출발은 호기심에서 비롯하듯 〈Why?〉 시리즈는 기초과학부터 자연과학, 응용과학에 이르기까지 방대하고 어려운 과학 지식을 재미있는 만화로 풀어내 어린이들의 왕성한 호기심과 궁금증을 시원하게 해결해 주었다. 학습만화시장이 과열되면서 출판사들이 학습만화의 오락성을 추구하는 추세 속에서 〈Why?〉 시리즈가 오히려 정보 전달력을 강화한 것도 성공의 요인으로 꼽을 수 있다. 핵심 정보와 팁 박스에서는 정교한 세밀화와 생생한 자료 사진을 활용해 정보에 대한 신뢰도를 높였으며 전문가의 꼼꼼한 감수가 곁들여져 명품 학습만화로 성장할 수 있었다.

그동안 한국에서 출간된 교양·학습만화와 달리 정보량이 풍부하고 개념 정리가 쉽게 잘 되어 있는 것도 〈Why?〉 시리즈의

장점이다. 덕분에 이 책은 아이들뿐만 아니라 어른들한테도 인
기가 많다. 국내에서는 출간 이후 줄곧 '초등과학학습만화'라는
타이틀을 사용하고 있지만, 수준 높은 지식과 정보 덕분에 인도
네시아에서는 중학생을 타깃으로 판매되고 있을 정도다. 한마디
로 누구나 쉽고 친근하게 접근할 수 있는 분야별 입문서로 제격
이다.

스토리텔링에도 많은 공력을 기울였다. 〈Why?〉 시리즈의 스
토리 전개는 주로 해당 분야의 전문가가 주인공 캐릭터인 엄지
와 꼼지를 데리고 다니며 사건을 해결하거나 함께 악당들과 대
결하는 과정을 따라간다. 판타지 요소도 적극적으로 활용하여
등장인물들은 현재에서 과거로 시간 이동을 하고, 요정이나 외
계인이 사건 해결의 전문가가 조력자로 등장하기도 한다. 주인
공이 탐험해야 할 주제를 정해 놓고 전문가와 조력자의 도움으
로 문제를 해결하는 방식으로 서사가 전개된다. 이러한 문제해
결식 서사 구조는 교양·학습만화들에서 흔히 볼 수 있는 사례다.
현실에서 문제를 설정하고 이를 모험을 통해 해결하고 다시 현
실로 귀환하는 구조는 일반적인 영웅 서사나 판타지의 기본 구
조라는 점에서 아이들에게도 익숙한 방식이기 때문이다. 1986년
미국에서 출간돼 전 세계 아이들의 사랑을 받고 있는 과학 전문
그림책 〈신기한 스쿨버스〉 시리즈 역시 문제해결식 서사 구조를

따르고 있다.

출발부터 전집 형태로 기획한 것도 주요한 성공 요인으로 작용했다. 보통의 학습만화들이 과거 방문판매 형식으로 판매되던 전집류와 선을 긋고 한두 권 출간하여 시장 반응을 살핀 뒤, 시리즈물로 전환하는 방식을 택했다면, 〈Why?〉 시리즈는 처음부터 과감하게 전집 형태로 출간을 감행했다. 판매처도 다각화하여 홈쇼핑과 인터넷 판매를 통해 돌파구를 마련했으며 이럴 경우 할인율을 크게 적용하여 학부모들의 구매 심리를 자극했다. 또한 전집류가 지닌 보관 문제를 해결하기 위해 홈쇼핑에서 판매할 때는 책장까지 구비해 세트로 판매하는 전략을 사용했다. 위험 부담은 컸지만 예상은 적중했고 실제로 놀랄 만한 성공을 거두었다. 홈쇼핑에 진출한 2007년 이후 매출이 2배 늘어났기 때문이다. 공격적인 마케팅 덕분에 〈Why?〉 시리즈는 출간 후 6년 만에 1000만 부를 돌파하는 기록을 세웠고, 이후 2000만 부와 3000만 부를 불과 반년 간격으로 기록하는 신화를 만들었다.

출간 20년 만에 국내 누적 판매 부수 8000만 부 이상을 기록한 〈Why?〉 시리즈는 이제 예림당을 대표하는 출판물이 되었다. 지금까지 대만, 중국, 태국, 일본, 프랑스, 미국, 러시아, 불가리아, 아랍권 등 전 세계 50여 개국에 저작권을 수출했다. 시리즈는 계속 이어지고 있다. 한국 출판 역사상 전무후무한 기록은 지금도 씌어지고 있는 중이다.

2. 글로벌 시장을 움직이는 교육 콘텐츠의 힘

한국인의 교육열과 사교육 시장의 비약적 성장

'교육을 본질로 한 놀이'로 한국 키즈콘텐츠의 특성을 설명할
수 있다면 그 기원은 풍류도(風流道)에서 찾을 수 있다. 풍류도에
대한 기록은 『삼국사기』에서 확인할 수 있는데 최치원은 「난랑
비서(鸞郎碑序)」에서 풍류도를 유교·불교·도교 삼교의 사상을 융
합한 현묘지도(玄妙之道)라 소개하고 있다. 신라의 정신을 대표
하는 풍류도는 이후 신라 시대 귀족의 자제들로 조직된 청소년
수련단체인 화랑의 대표적인 수행 방법으로 자리잡게 된다. 그
런데 풍류도는 기본적으로 놀이의 성격을 띠고 있었다. 그것은
여행, 교유 등을 뜻하기도 하고, 학문이나 수행을 의미하기도 했
다.[7] 화랑들은 책상머리에서 인생을 배우려 하지 않았다. 대자연
을 열린 교육의 장으로 활용해 자연의 이치를 깨닫고 다양한 사
상을 융합하여 더 넓은 세계관을 갖춘 인간으로 성장해 나가고

---

7   김상현, 『신라의 사상과 문화』, 일지사, 1999, 185~186쪽.

자 했다. 수행 방법은 놀이에 있었지만 풍류도의 본질은 다양한 문화예술 체험에 있었다. 서양 역사가 인간을 이해했던 기본 틀이 지덕체(智德體)의 조화로운 결합에 있었듯이, 화랑들은 놀이와 결합된 체험학습을 근간으로 심(心)·기(氣)·신(身)을 기르며 전인교육을 실천하고자 했던 것이다.

고려 시대의 기록들을 보면 신라가 멸망하고 나서도 화랑도와 풍류도의 전통은 지속되었다. 그렇지만 교육적 기능은 사라지고 놀이적 기능만 남게 된다. 고려 시대 이후에는 풍류도가 아니라 '풍류'라고 부르게 된 이유가 여기 있다.[8] 조선 시대가 되면 풍류를 즐기는 주체 또한 청소년이 아니라 시(詩)·서(書)·화(畵)와 악기, 그리고 술을 즐기는 성인들로 변화한다. 이후 풍류는 '멋스럽고 풍치 있게 노는 일'이라는 의미로 인식되면서 오늘에 이르고 있다.

화랑이 활동했던 시대로부터 천년이 넘는 시간이 흘렀다. 그렇지만 지금도 한국의 아동과 청소년들의 문화 속에서는 풍류도의 흔적을 찾아볼 수 있다. 수학여행과 현장체험학습이 그것이다. 교과서 중심의 교실 수업의 한계를 극복하고 학습자에게 다

---

8   최광식, 「新羅의 花郎徒와 風流道」, 『사총』 제87호, 고려대학교 역사연구소, 2016, 29쪽.

양한 문화예술을 체험할 수 있는 기회를 제공하고자 도입된 수
학여행과 현장체험학습은 한국에서 유치원부터 대학교까지 제
도권 교육의 전 과정에서 보편화된 놀이교육 방법이다. 수학여
행은 학생들이 실제 경험을 통하여 지식을 넓히기 위한 학습 활
동의 하나로, 교사의 인솔 아래 실시하는 여행이다. 초중고등학
교 시기에 각각 한 번씩 경험하는 활동이다. 현장체험학습은 '○
○캠프'나 수련회 같은 이름으로 유치원이나 초중고등학교에서
진행되지만, 각각의 가정에서 부모의 인솔 아래 개별적으로 진
행되기도 한다. 이는 자신의 아이에게 적절한 시기에 다양한 문
화예술 체험의 기회를 주기 위한 한국인의 남다른 교육열을 반
영한 현상이기도 하다. 학교장의 재량에 따라 학기 중에 최대 14
일까지 쓸 수 있는 개별 체험학습은 정규수업을 대체하는 교육
활동이며 출석 인정도 된다.

전 세계가 인정한 한국인의 교육열은 입신양명을 추구한 유
교적 가치관의 산물로 제도교육에 편입하고자 하는 욕망에서 비
롯한 것이기도 하다. 조선 후기, 반상(班常)으로 나뉘었던 신분제
도가 와해되고 억압받던 백성들이 근대적 시민으로 거듭나는 과
정에서 교육은 거의 유일한 신분 상승의 통로였다. 가난한 집안
의 자식들은 스스로가 '개천의 용'이 되기를 간절히 소망하며 치
열한 경쟁 속으로 뛰어든 것이다. 한국 사회에서 명문대라는 제

도교육에 편입하는 것은 자신의 능력을 객관적으로 인정받고 학벌이라는 든든한 배후를 얻는 것을 의미하기 때문이다. 이처럼 오랫동안 한국인들은 '하면 된다'는 신념으로 교육을 통한 입신양명이 합리와 공정이라 믿으며 능력주의를 신봉해 왔다. 그런 이유로 명문대에 진학하기 위한 준비 과정으로써 사교육과 조기교육이 중요해질 수밖에 없었다. 프뢰벨과 몬테소리가 한국에서는 전인교육을 강조한 교육 철학자가 아니라, 창의력을 길러 주는 유아용 교구 회사의 브랜드로 받아들여지는 것도 그 때문이다. 이런 풍토 탓에 한국에는 유난히 교육기업들이 많고 이들은 이미 1980년대에 교육 분야에서 자발적 민간 영역으로 자리잡았다.

부족한 자원과 점점 경쟁주의로 치달는 사회 분위기 속에서 한국의 사교육 시장은 점점 팽창했고 마침내 세계 최고 수준으로 성장했다. 이는 베이비붐 세대가 낳은 유사 이래 가장 많은 청소년 인구와 결부된 소비자의 급증과 비약적인 경제 성장 그리고 '학벌=좋은 직장=성공한 인생'으로 등치시키는 베이비붐 세대의 가치관이 빚어낸 현상이기도 하다.

그러나 비상식적으로 과열된 사교육 열풍은 공교육의 붕괴를 우려하는 사태를 불러왔고, 1990년대 이후 한국 사회에서는 대안교육 담론이 새로운 돌파구로 떠올랐다. 어린 시절부터 모든 교육이 대학입시를 향해 달려가는 획일화된 교육제도에 대한 반발로 시작된 대안학교는 제도교육의 한계를 인식하고 그것을 넘어서는 새로운 교육을 모색하고자 하였다. 이들 학교가 내세운 교육 목표는 몸과 마음과 지성을 골고루 발달시켜 자아를 완성하고, 나아가 이웃과 사회를 위해 봉사할 수 있는 전인적인 인간, 공동체적인 인간, 자연과 조화된 인간을 기르는 것이었다.

2000년에는 한국 최초의 온라인 입시 전문 학원 메가스터디가 등장한다. 한국에서 '교육 1번지'로 통하는 서울시 강남구 대치동 학원가의 교육 프로그램을 온라인 강의를 통해 전국의 학생들에게 보급하겠다는 야심찬 기획에서 시작된 사업이었다. 이는 경제적 어려움으로 인해 사교육을 받기 힘들었던 가정의 아이들에겐 상대적으로 저렴한 비용으로 스타 강사의 수업을 들을 수 있는 기회로 작용했다. 과열된 사교육 시장에도 긍정적인 영향을 미쳤는데 온라인 입시학원의 등장으로 한국에서는 인터넷 강의가 보편화되면서 온라인 교육기업의 비약적인 성장을 추동했다.

한국형 학습지 사업으로 해외 진출

교육열(Education Fever) 하면 한국을 빼놓을 수 없다. 미국의 오바마 대통령은 재임 시절 몇 번이나 한국의 교육에 대해 언급한 것으로 유명하다. 2010년 2월에는 "한국 부모들은 자녀들이 수학, 과학, 외국어 등 가능한 한 모든 것을 다 잘하기를 원한다"며, "다른 나라보다 교육을 잘 시키는 나라가 미래에 미국을 이길 수 있다는 것을 알기 때문에 그들은 자녀들이 뛰어나길 원한다"[9]고 말했다. 오바마 대통령의 이야기는 하나의 사례일 뿐, 실상 한국 부모들의 남다른 교육열은 이미 세계적으로 정평이 나 있는 것이 사실이다.

베이비붐 세대의 자녀들이 학령기에 접어들기 시작한 1980년대 중반부터 대교, 교원, 웅진씽크빅, 재능교육 같은 기업들이 학습지와 전집 판매를 중심으로 사업을 확장하기 시작했다. 고액의 개인 과외를 시키거나 학원에 보내기 힘든 부모들은 교육비가 저렴하면서 일주일에 한 번씩 직접 가정을 방문해 아이의 학습을 챙기는 가정교사들의 방문을 환영했다. 철저한 회원제 시스템으로 운영하면서 국어, 수학, 영어 등으로 과목을 나누어 개

---

9 박준형, 「"한국 교육열 봐라" 오바마 또 거론」, 『매일경제』, 2010.2.23. 기사 참조.

별 학습을 지도하는 방식은 이후 오랫동안 한국인에게 가장 친숙한 가정학습 방식으로 자리잡았다. 이후 날로 증가하는 교육열과 점차 나아지는 경제 여건에 힘입어 학습지 기업들은 성장 가도를 달리게 된다.

그러나 2000년대 들어 본격적으로 저출산·고령화 시대가 시작되면서 교육기업들의 타격은 불가피해질 수밖에 없었다. 2000년에 1.48명이던 한국의 출산율은 2005년 1.09명으로 떨어지고, 이후 1명대 초반을 유지하다가 2018년에는 0.98명으로 곤두박질쳤기 때문이다. 이에 학령인구의 급격한 감소에 위기감을 느낀 교육기업들은 점차 해외로 눈을 돌리게 되었다.

'눈높이'라는 브랜드로 널리 알려진 대교는 1991년 일찌감치 미국 시장에 진출했다. '이노피'라는 브랜드로 미주 한인 교포사회에서 수학, 영어 등 학습지 바탕의 프랜차이즈 학원 사업을 시작한 것이다. 이후 미국 공립 교육기관의 방과 후 프로그램 공급업체로 선정되면서 사업을 확장했고, 2007년부터 해마다 전년 대비 매출 3배, 순이익 6배의 성장을 기록하면서 현지화에 성공했다. 한국의 교육기업에 우호적인 미국 교포들을 대상으로 시장을 선점하고 현지 사업 확장을 위해 공격적인 마케팅을 펼친 것이 주효했다. 그러다가 한국의 저출산 기조가 점차 굳건해지자 아시아의 교육 시장으로 눈을 돌렸다. 최근에는 '눈높이'의 글로벌 브랜드인 '아이레벨(eye level)' 교육센터를 말레이시아, 싱가포르, 인도네시아 등 아세안 국가로 수출해 수학과 영어 위주로 학습지 사업을 펼치고 있다.

'빨간펜'과 '구몬'이라는 브랜드로 알려진 교원그룹은 2019년 3월 베트남 호찌민에 놀이학교 '위즈아일랜드'를 개원한데 이어 하노이에 국제 유치원을 개원했다. 한국에 스마트폰이 본격적으로 보급되기 시작한 2010년대에는 스마트 교육 콘텐츠로 눈을 돌리면서 사업 확장을 꾀했다. 2012년에는 교육용 태블릿 PC '교원 마이패드'를 업계 최초로 출시했다. 그러나 시장을 너무 빨리 읽어낸 탓일까. 교원의 발 빠른 움직임에 시장이 반응하지 못했다. 스마트폰 보급이 아직은 일반화되지 않아 와이파이 사용마저 익숙하지 않은 학부모들이 많았기 때문이다. 이때 겪은 시행착오를 자양분 삼아 교원은 수십 년 동안 유지해 온 종이 교재를 없애는 대신 스마트 기기로 학습하는 새로운 교육 방식을 택했다. 2015년 선보인 '스마트 빨간펜'이 대표적이다. 이후 에듀테크로 무장한 교원은 해외 공략을 본격화하고, 영어학습 수요가 많은 베트남을 공략해 성공을 일궈냈다. 이후 베트남을 교두보 삼아 중국, 말레이시아 등에도 진출했다.[10]

---

10   김봉구, 「스마트 콘텐츠로 해외 진출… 'K러닝' 일구는 교원」, 『한국경제』,

'스스로 학습'으로 유명한 재능교육은 1992년 LA지사를 시작으로 본격적인 해외 사업을 시작했다. 재능교육은 현재 미국, 중국을 포함해 캐나다, 호주, 뉴질랜드, 홍콩 등지에 현지 법인을 설립하고 한인 위주의 사업 영역을 확대, 현지인을 대상으로 활발하게 교육사업을 펼치고 있다. 세계 주요 국가에 'JEI' 브랜드를 수출하고 있으며, 현재 6개 해외 지사를 통해 1만여 글로벌 회원들이 '스스로학습' 시스템으로 학습하고 있다.

1인 스타트기업으로 출발해 지난 20년간 탄탄한 중견 교육기업으로 성장한 비상교육은 중국, 베트남, 미얀마에 이어 카타르에 유아 영어 프로그램 윙스(Wings)를 수출했다. 유아 영어 프로그램 윙스는 비상교육이 자체 개발한 에듀테크 플랫폼 '올비아'(AllviA)에 유아 영어 콘텐츠를 결합한 스마트러닝 프로그램이다. 유아의 발달과정과 창의성, 사회성을 고려한 상호작용에 무게를 둬 학습자의 태블릿PC와 교재, 교사의 전자칠판을 이용한 양방향 수업방식으로 듣기·말하기·읽기·쓰기 능력을 고루 배양할 수 있게 개발됐다.

2017. 12. 26. 기사 참조.

교육 시스템과 플랫폼 수출로 'K-러닝'을 선도하다

국내에서 학령인구 감소가 가파르게 진행되는 만큼 이제 교육기업들의 해외 진출은 선택이 아닌 필수가 되었다. 과거에는 해외 교포를 중심으로 진출했던 것과 달리 최근에는 철저한 시장 조사와 현지화를 통해 교육 시스템과 플랫폼을 수출하는 단계에 이르렀다. 이전처럼 단순히 교육 콘텐츠를 수출하는 것이 아니라, 현지화를 통해 러닝센터를 기반으로 한 교육 플랫폼을 컨설팅하고 제공하고 있는 것이다.

통상적으로 교육기업의 해외 진출은 현지에 학원을 열거나 콘텐츠 저작권 판매 위주로 이뤄지지만 이들 기업은 '한국식 학습지 교육 관리 시스템' 자체를 전수한다. 스마트 기기를 연동한 학습지와 교재, 온라인 교육, 교사 방문 등 학습 관리 시스템을 현지화해 브랜드 가치를 높이고 있다. 교원은 베트남을 시작으로 스마트 영어 학습 프로그램인 '도요새잉글리시'의 학습관리 플랫폼과 콘텐츠의 해외 진출을 동아시아 지역의 국가로 확대했다. 일본, 싱가포르, 미얀마 등이 우선 진출 대상으로 각국의 파트너사를 선정했다. 주목할 것은 '도요새잉글리시'는 저작권 수출이 아니라 국내 교육 플랫폼 자체를 수출하는 형태라는 점이다.

대교는 현재 미국과 중국, 영국, 인도, 홍콩 등 20여 개국에서 650개가 넘는 '아이레벨 러닝센터'를 운영하고 있다. 아이레벨 러닝센터는 국내의 '눈높이러닝센터'의 글로벌 버전이다. 학생들이 방과 후에 아이레벨 러닝센터를 방문해 개인의 능력과 수준별로 선생님과 1:1 맞춤 학습을 진행하며 자기주도 학습을 하는 방식이다. 최근에는 미국 진출에 성공한 에듀테크 스타트업 기업 노리(KnowRe)를 인수한 후 인공지능 기술을 활용한 '써밋수학'을 론칭하기도 했다. 현지에 맞춘 다양한 콘텐츠 개발 전략이 주효했다.

출판기업으로 성장해 학습지 교육을 병행해 온 웅진씽크빅은 도서 콘텐츠로 승부수를 걸고 있다. 해마다 프랑크푸르트 국제도서전, 볼로냐 국제아동도서전 등에 참가하는 등 다양한 국가의 출판사들과 저작권 수출 상담을 진행하면서 계약 체결로 이어지는 성과를 나타내고 있으며, 2012년 베트남에 신개념 독서 상품인 '스토리빔'을 수출한 것을 시작으로 인도네시아와 대만, 태국 등의 국가로 도서 프로그램을 수출하고 있다.

재능교육은 사고력 전문 프로그램인 '생각하는피자'의 해외 브랜드 '브레인사파리(Brain Safari)'를 앞세워 교육 선진국인 미국, 캐나다, 홍콩, 호주, 싱가포르 진출을 타깃으로 잡았다. 기존의 수학, 영어 프로그램에 이어 창의력 프로그램까지 해외 시장 수

출하고 있다.[11]

영어교육 전문기업인 윤선생도 베트남에서 2019년 11월부터 3~8세 영유아 교육 상품인 '윤선생 정글비트'를 판매하고 있다. 튼튼영어는 2014년 80년 전통의 태국 최대의 출판 그룹 Aksorn Charoen Tat Education Group(악손 차런탓 교육 그룹)과 콘텐츠 수출 협약을 맺었다. 유치원 영어교육 브랜드 '튼튼영어 프리스쿨'의 'Growing Up'과 'Letters' World' 2개의 프로그램을 동시에 제공했는데, 이는 사교육이 아니라 태국 초등학생들의 영어 공교육 교재로 사용되었다. 영유아 통합발달 놀이 프로그램 '베이비리그', 3D 애니메이션으로 재미있게 영어를 배우는 '규리앤프렌즈' 역시 홍콩과 중국에 수출했다. 이제 한국이 만든 교육 프로그램으로 세계의 어린이들이 함께 공부하게 된 것이다. 글로벌 교육시장에 K-Pop 못지않은 바람을 일으키고 있는 'K-러닝(learning)'의 성장 가도는 AI, ICT 기술과 접목되어 앞으로 더욱 가속화할 것으로 보인다.

---

11   이유범, 「저출산에… 교육업체, 해외로 나간다」, 『파이낸셜뉴스』, 2018. 7. 10. 기사 참조.

교육과 정보기술을 결합한 '에듀테크'의 힘

2020년 전 세계를 덮친 코로나19의 영향으로 비대면 온라인 수업이 일상화되면서 교육계에서는 '에듀테크'에 대한 관심이 높아지고 있다. 에듀테크는 교육(education)과 기술(technology)의 합성어로 증강현실이나 빅데이터, 인공지능 등 정보통신기술(ICT)을 활용한 차세대 교육을 의미한다. 교육·학습·훈련을 포괄하며 웨어러블 디바이스 및 로봇 등 관련 산업과 동반 성장하는 확장성이 매우 높은 분야다. 최근에는 에듀테크 기업들이 해외 시장의 문을 두드리고 있어 주목된다.

시대와 기술의 흐름에 따라 교육 환경과 방법은 변화할 수밖에 없다. 전문가들은 미래교육의 핵심 키워드로 기술과 교육의 융합을 꼽는다. 그리고 이러한 변화의 중심에 인공지능(AI)이 있다. 21세기에는 교육도 AI와 결합해 새로운 형태로 진화한다. 디지털 시스템과 AI 기술이 만나면서 공교육 장에서는 AI가 보조교사로 자리를 잡게 되고, 학생 개개인의 데이터를 분석할 수 있어 개인 맞춤형 학습이 가능해졌다. 이른바 'AI 튜터 시대'가 도래한 것이다. 일찌감치 학습지 시장을 개척하며 교육열을 끌어올렸던 한국 시장은 이 변화에 발 빠르게 대처하고 있다.

4차 산업혁명 시대를 맞이하여 소프트웨어나 융합 교육에 대한 관심이 전 세계적으로 확산되는 만큼 에듀테크 기업들의 활약은 이제부터가 더 기대된다. 최근에는 코딩 교육용 로봇을 수출하는 럭스로보가 교육용 코딩 로봇 '모디(MODI)'를 영국, 미국, 중동을 비롯한 전 세계 50개국에 수출해 관심을 모았다. 타임교육은 오프라인 교구와 증강현실(AR) 기반 융합(STEAM: 과학·기술·예술·수학) 상품을 수출하는 데 성공했다. 미국, 일본, 중국, 러시아, 동남아 등 21개국에 200여 건을 수출했고, 중국 현지 법인까지 설립했다. 유비온은 학습 관리 시스템(LMS) 통합 사업으로 일본, 콜롬비아, 베트남, 우즈베키스탄 수출의 활로를 열었다. 유비온의 코스모스 LMS는 학습 분석 기반 학습 성취도를 예측하는 알고리즘으로 학습을 관리해 주는 시스템이다. 교육 성과를 데이터 기반으로 추측해 학습을 체계적이고 과학적으로 관리할 수 있도록 해 준다.

에듀테크 스타트업 기업들도 적극적으로 해외 진출을 꾀하고 있다. 뤼이드는 AI 기반 토익앱으로 투자를 유치한 회사다. 국내 이용자 수가 80만 명에 이른다. 일본과 동남아 등 토익 수요가 큰 해외 시장에 진출하고 있다. 모바일 학습 커뮤니티 전문 클래스팅은 해외 1,600여 개 학교에서 서비스를 제공 중이다. 교육용 소셜 네트워크 서비스 '클래스팅' 서비스를 일본, 대만, 베트남 등 아시아를 중심으로 25개국에 15개 언어로 지원하고 있다. 대만에서는 전체 초중고교의 34%에 달하는 1,330개 학교가 도입해

화제가 됐다.[12]

그런가 하면 한국 정부는 2019년 8월, '이러닝 산업법' 개정안을 공표해 공공부문과 교육이 적극적으로 에듀테크를 도입할 수 있도록 길을 열어 주었다. 법과 제도의 개선으로 공교육 자체가 에듀테크를 활용해 미래 교육으로 발전할 수 있는 계기가 만들어질 것이다. 나아가 공교육 레퍼런스를 발판으로 국내 기업의 수출 전략도 활발해지고 있다.

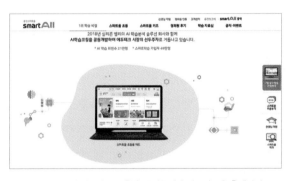

웅진씽크빅이 제공하는 AI 학습 플랫폼인 웅진스마트올 홈페이지

과거 교육업체를 대표하는 이미지가 책이나 종이 학습지였다면, 이제는 정보통신(IT) 기술을 활용한 에듀테크가 그 자리를 대

---

12   문보경, 「주목할 만한 에듀테크, 벌써 해외 시장 공략」, 『전자신문』, 2019.8.11. 기사 참조.

체하고 있다. 에듀테크는 단순히 PC나 스마트폰, 태블릿으로 동영상 강의를 보는 수준을 넘어 인공지능(AI)과 빅데이터까지 접목한 서비스로 진화하고 있다. 2019년 11월, 한국의 대표적인 학습지 교육기업 웅진씽크빅은 기존 학습 콘텐츠와 교육 노하우 등 500억 건의 학습 빅데이터를 집약한 AI 학습 플랫폼 '웅진스마트올'을 출시했다. 웅진스마트올은 AI가 학습 성과와 이해도에 따라 편성한 '오늘의 학습' 과정을 매일 제시하고, 학습 기록을 토대로 'AI 오답노트'까지 제공한다. 방문 선생님이 직접 하던 진도 확인, 채점, 오답 정리까지 이제 AI가 대신하게 된 셈이다. 최근 에듀테크 기업으로의 변화를 공식 선언한 교원그룹도 IT 기술 보완을 위해 IT기업 및 스타트업들과 제휴를 맺었다. 자사의 대표 학습지 브랜드 '빨간펜'에 IBM의 AI '왓슨'을 접목해 출시한 '레드펜 AI 수', IT 교육 스타트업인 '럭스로보', 코딩 교육 프로그램 '레드펜 코딩''이 대표적인 결과물이다.

영어교육 전문기업인 윤선생은 아이들이 AI 스피커와 대화하며 자연스럽게 영어를 배울 수 있는 '윤선생 스피커북'을 내놨다. SK텔레콤의 AI 스피커 '누구(NUGU)'에 이어 네이버 '클로바(CLOVA)', SK브로드밴드 'Btv'까지 플랫폼도 확대했다. 이에 따라 업계에선 IT 인력을 확충하거나 IT·교육 스타트업과 손을 맞잡는 등 기술 개발에 총력을 기울이고 있다. 교육업계는 학령인구 감소로 성장의 벽에 부딪힌 교육 서비스 시장에서 에듀테크가 새로운 성장 동력이 될 것으로 기대하고 있다.[13]

아이스크림미디어는 현재 비대면 교육, 디지털 변화 교육 등 빠르게 변화하는 교육 환경에 맞춰 인공지능(AI), 사물인터넷(IoT), 빅데이터, 클라우드 기술의 연구 개발을 지속하고 있다. 학교용 학습 프로그램인 아이스크림S와 가정용 학습 프로그램인 아이스크림 홈런(home-learn)을 두 축으로 디지털 학습 시스템을 강화하고 있다. 동영상, 이미지 등 멀티미디어 교육 자료 300만 건을 통해 콘텐츠와 플랫폼을 구축했으며, 하루 1천 5백만 건의 학습 데이터를 분석해 AI 맞춤형 교육 서비스를 제공하고 있다.

아이스크림 홈런이 제공하는 가정학습용 테블릿(출처: 아이스크림 홈런)

---

13   윤지현, 「책·학습지 내려놓고 IT기업으로 진화하는 교육업계」, 『연합뉴스』, 2019. 11. 17. 기사 참조.

아이스크림 홈런은 초등학생 교육 전용 테블릿 PC로 7세부터 초등 6학년까지 전 학년 콘텐츠를 이용할 수 있도록 구성되어 있다. 교과용 콘텐츠 외에도 6만여 건에 달하는 비교과용 콘텐츠(전자도서, 세계문화유산 등 영상자료)와 한자, 코딩, 독서 등 온라인 학습과 관련한 다양한 자료들을 이용할 수 있도록 한 인트라넷 플랫폼이다. 시공테크의 교육사업팀에서 출발한 아이스크림에듀는 1년 만에 회원 8만 명을 확보해 이듬해 900억 원대 매출을 올리고, 이 기세를 몰아 2019년 코스닥시장에 상장까지 했다. 이와 함께 미국 실리콘밸리에 법인을 세우고 현지 공략에 나섰다. 최근에는 AI와 빅데이터를 기반으로 하는 지능형 맞춤 학습, 다양한 AR·VR 실감형 교육 콘텐츠와 스마트 코딩 로봇 '뚜루뚜루'를 프랑스, 스페인, 일본, UAE 등 전 세계 20개국에 수출하며 교육 기업으로서의 입지를 다지고 있다. 코로나 이후 비대면 시대로의 전면적인 전환이 한국의 교육 기업에게는 새로운 기회로 작용하면서 콘텐츠 수출의 주력 통로를 열어준 것이다. 세계적으로 교육열이 높은 우리나라의 까다로운 소비자 입맛에 맞게 개발되고 검증된 콘텐츠로 무장했기에 한국 교육 산업의 미래는 더 밝아질 것으로 기대한다.

참고문헌

김봉구, 「스마트 콘텐츠로 해외 진출… 'K러닝' 일구는 교원」, 『한국경제』, 2017.12.26.

문보경, 「주목할 만한 에듀테크, 벌써 해외 시장 공략」, 『전자신문』, 2019.08.11.

박인하, 「어떤 어린이 만화를 읽힐 것인가」, 『중등 우리교육』, 우리교육, 2004.

박준형, 「"한국 교육열 봐라" 오바마 또 거론」, 『매일경제』, 2010.02.23.

윤지현, 「책·학습지 내려놓고 IT기업으로 진화하는 교육업계」, 『연합뉴스』, 2019.11.17.

이영미, 「'만화로 보는…' 1000만부 돌파…입소문 타고 4년만에」, 『국민일보』, 2004.07.01.

이유범, 「저출산에… 교육업체, 해외로 나간다」, 『파이낸셜뉴스』, 2018.07.10.

정영재, 「'먼나라 이웃나라' 만화가 이원복 선생」, 『중앙시사매거진』, 2020.03.17.

통계청, 『2019년 출생통계(확정), 국가승인통계 제10103호 출생통계』, 2020.

한국콘텐츠진흥원, 『2019 콘텐츠산업 통계조사 보고서』, 2019.

홍지민, 「[K-코믹스 신한류 이끈다] (5) 교양·학습 만화를 말한다」, 『서울신문』, 2012.5.20.

제7장

뉴미디어 시장과
키즈콘텐츠의 미래

1. 유튜브, K-콘텐츠에 날개를 달다

유튜브 이전과 이후의 한류

급격히 진화하는 콘텐츠 시장에서 주목할 것은 콘텐츠 유통 방식의 변화다. 초창기 드라마 중심이었던 한류가 K-Pop으로 방향 전환을 하고, BTS 같은 세계적인 스타를 키워낼 수 있었던 데에는 이러한 변화를 앞서 내다보고 발 빠르게 적응한 콘텐츠 기업들의 전략이 주효했다. 자본력이 부족한 한국의 엔터테인먼트 회사에게 콘텐츠 유통 방식의 변화는 오히려 새로운 도약의 발판이 되기도 했다. SM, YG, JYP 같은 국내 거대 엔터테인먼트 회사들과 달리 그 존재조차 미미했던 빅히트엔터테인먼트(현 하이브)가 일찌감치 유튜브라는 플랫폼을 공략해 성공을 거둔 것은 가장 대표적인 사례다. 그런 의미에서 한류는 유튜브 이전과 이후로 나눌 수 있다.

한류가 글로벌하게 부상할 수 있었던 중요한 요인은 모바일 영상 소비의 확대에서 찾을 수 있다. 대표적인 플랫폼인 유튜브는 유통과 제작에서 한류의 생태계를 변화시키고 있다. 유통의 접근성이 용이하기 때문에 독점적인 지위를 가진 대형 유통망이 적은 비율로 수익을 배분하는 불합리한 구조에서도 벗어날 수 있으며, 유통 구조가 단순해지면서 수익도 창출할 수도 있다. 이

전의 한류가 전통적인 공급망과 같은 유통경로에 기반을 둔 모델이었다면, 유튜브가 활성화되면서 한류 콘텐츠 생산자들은 저렴한 비용으로 파이프라인(pipeline)의 관리가 가능해진 것이다. 이는 온라인에서도 수익 구조가 형성되면서 소규모의 콘텐츠 생산자들이 자신들의 목소리를 낼 수 있는 공간을 갖게 된 것을 의미하며, 온라인 콘텐츠가 강화되고 보다 전략적으로 소비자에게 접근하는 계기를 마련했다고 볼 수 있다. 이에 따라 개인이나 소규모 창작자, 기획자들이 앞다투어 콘텐츠 유통에 뛰어들게 되었고, 대형 제작사들 또한 유튜브를 가장 중요하고 강력한 홍보 수단이자 유통 채널로 활용하고 있다.

댓글을 통해 콘텐츠 소비자의 반응을 실시간으로 확인할 수 있는 것은 전통적인 콘텐츠 유통 방식에서는 찾아보기 힘든 효과다. 실제로 유튜브는 CMS(Contents Management System)를 통해 이용자에 대한 자세한 정보를 추출하여 조회 수, 이용자의 국적, 시청 시간, 어느 시점에 시청 이탈자가 많은지, 어느 도시에서 어떤 콘텐츠를 좋아하는지 데이터를 기반으로 이용자들의 취향, 지역 등 특성을 이해하고 차별화된 전략을 수립할 수 있도록 도와준다. 유튜브가 해외 한류 팬덤을 구축하는 데 중요한 매체 역할을 해내고 있는 것이다. 이에 따라 개별 기획사와 방송사들도 유튜브 채널을 관리하면서 한류 수용자의 데이터를 확보하고, 이를

기반으로 기획과 전략을 시도하고 있다.[1]

한류 콘텐츠의 유통 형태 변화는 크게 세 가지로 나누어 볼 수 있다. 첫째, 한류가 완성된 단일 상품 형태에서 포맷 형태로 수출되는 것이다. 〈꽃보다 할배〉, 〈너의 목소리가 보여〉, 〈복면가왕〉 같은 예능 프로그램의 방송 포맷이 대표적이다. 둘째, 공동제작의 형태로 수출이 이루어지는 경우다. 예컨대 중국에서 제작되는 웹드라마에 한국 배우와 제작진이 참여하는 경우나 제작은 한국이 맡고 미국이나 캐나다 기업이 제작비를 부담하는 방식이다. 셋째, 영화나 드라마 같은 한류 콘텐츠가 국내 상영을 건너뛴 상태에서 곧바로 해외 무대로 진출하는 방식이다. 주로 넷플릭스 같은 글로벌 OTT 플랫폼을 통해 한류 콘텐츠가 유통·소비되는 방식이다.[2] 김은희 작가의 〈킹덤〉 시리즈가 대표적인 사례이고, 한국영화 최초로 우주를 배경으로 한 SF영화 〈승리호〉도 극장 개봉 대신 글로벌 플랫폼을 선택한 이유다. 이를 통해 한국의 콘텐츠들은 별도의 배급사나 극장을 거치지 않고 곧바로 네플릭스에 가입되어 있는 전 세계 190개 국가의 소비자들을 만나게 된

---

1   김새미, 「뉴미디어와 한류콘텐츠 지원정책 연구: 동남아시아 지역을 중심으로」, 『국제학논총』 제33집, 계명대학교 국제학연구소, 2021, 참조.
2   진달용, 「디지털 플랫폼 시대의 한류 소통 방식의 변화」, 『국어문학』 77호, 국어문학회, 2021, 참조.

것이다.

이제 글로벌 플랫폼 없이는 한류 콘텐츠의 유통과 소비가 불
가능한 상황이다. 코로나19 팬데믹을 겪으면서 인류는 이전에
경험할 수 없었던 새로운 삶의 방식을 경험하고 있다. 코로나
(Corona)를 기준으로 'BC'와 'AC'를 구분할 수 있을 정도다. 지난
2년 동안 우리는 '언택트(untact)'를 넘어 '온택트(online-tact)' 시대
로 진입했다. 이처럼 비접촉 환경에서 살아가야 하는 인류에게
오락·지식·정보가 하나의 유통망으로 집약된 플랫폼과의 접속
은 이제 선택이 아니라 필수다. 한류의 새로운 성장 동력이 플랫
폼 활용 전략과 긴밀하게 연결될 수밖에 없는 이유가 여기에 있다.

플랫폼 시너지 마케팅으로 해외 시장을 열다

주목할 점은 한국의 키즈콘텐츠가 구글플레이, 유튜브 등 디
지털 혁신을 발판 삼아 해외로 뻗어나가며 새로운 한류로 자리
잡고 있다는 것이다. 실제 국내 유튜브 상위 20개 키즈 채널 시청
시간의 70% 이상이 해외에서 발생할 정도로 이미 반응은 뜨겁
다. 뽀로로와 타요로 잘 알려진 애니메이션 제작사 아이코닉스
는 유튜브에서 10개 언어로 22개의 채널을 운영하고 있으며, 유
아 교육 콘텐츠 기업 더핑크퐁컴퍼니가 개발한 애플리케이션 핑
크퐁은 누적 다운로드 1억 5000만 건을 돌파했다. 그뿐만 아니라

112개국 유아 교육 부문 앱 1위를 기록하였다. 앱스토어와 유튜브라는 디지털 플랫폼은 국내 키즈콘텐츠 기업에 중요한 기회로 작용했다. 상대적으로 언어의 장벽이 낮은 키즈콘텐츠는 디지털 플랫폼을 발판 삼아 전 세계를 향해 나아가고 있다.[3]

이처럼 국내 키즈콘텐츠 제작사들이 구글플레이와 유튜브를 활용해 성공적으로 글로벌 시장에 진출해 새로운 가치를 창출하고 있는 것은 주지의 사실이다. 그 전략은 어떠할까. 먼저 뽀로로(앱, 유튜브), 타요(앱, 유튜브) 등을 제작한 아이코닉스는 유튜브 채널을 통해 세계적인 캐릭터 팬덤을 확보해 나가면서, 기존 유통 채널에서 소비되는 콘텐츠와 현저히 다른 특성의 유튜브 전용 영상을 개발해 눈에 띄는 성장세를 이어 가고 있다. 아이코닉스는 유튜브 내의 성과를 바탕으로 보다 풍부한 사용자 경험을 제공할 수 있는 맞춤형 서비스를 구글플레이 플랫폼으로 제공하기 시작했으며, 이후 두 플랫폼 간의 교차 상승 효과로 연 매출이 2배 이상 성장하고, 매출의 60%가 해외 시장에서 발생하고 있다.

더핑크퐁컴퍼니는 구글플레이에서 시작해 유튜브로 채널을 확장한 대표적인 사례다. 구글플레이로 유통하는 더핑크퐁컴퍼

---

3   김영은, 「'신한류' 만드는 한국의 키즈 콘텐츠」, 『한경비즈니스』, 2017.03.14.
     참조.

니 전체 앱의 해외 다운로드 비중은 약 50%를 차지하고 있으며, 유튜브 수익이 전체 매출에서 차지하는 비중도 절반 이상을 넘고 있다.[4] 유튜브에서 조회 수 신기록을 갈아치우고 있는 〈아기상어〉의 활약에 힘입어 2020년 6월에는 해외 매출이 전체 매출의 80%를 넘어서는 놀라운 성과를 보여 주었다. 매출액은 2020년 기준 1055억 원으로 전년 대비 164% 증가했으며, 영업이익은 347억 원에 달한다.[5] 창립 후 10년 만에 잘 만든 콘텐츠 하나가 기업의 위상을 이렇게 바꿔 놓은 것이다.

한류의 새로운 동력으로서 키즈콘텐츠의 성장의 비밀은 아이들이 콘텐츠를 소비하는 성향에서도 찾을 수 있다. 성인과 달리 아이들은 자신이 좋아하는 영상을 반복 시청하는 경향이 강하다. 이미 본 영상도 수백 번이고 반복해서 시청한다. 〈아기상어〉가 천문학적인 조회 수를 기록할 수 있는 이유가 여기 있다. 〈아기상어〉를 들으며 키즈콘텐츠의 세계에 입문한 영아들은 온종일 영상을 보고 어깨를 들썩인다. 그러다가 노래를 따라 부르며 손뼉을 치고, 또 자신의 모습에 즐거워하는 가족들 앞에서 귀여

─────────────

4   강일용, 「한국 애니메이션 세계 진출은 유튜브와 함께」, 『IT동아』, 2016. 09. 30. 참조.
5   박수호, 「해외 매출 80%, 영업이익률 30%… 스마트스터디 10년의 기록, K콘텐츠 신기록 작성은 '진행형'」, 『매경프리미엄』, 2020. 06. 11.

운 율동을 따라 하며 자기만의 쇼를 펼친다. 그렇게 그들은 자연스럽게 일상의 한 부분으로서 키즈콘텐츠와 만나고 있다.

다른 콘텐츠에 비해 해외 진출이 용이하다는 점도 주목할 만한다. 영아를 대상으로 한 콘텐츠가 많기 때문에 키즈콘텐츠에서 언어의 비중이 다른 콘텐츠와 견주어 상대적으로 낮을 수밖에 없다. 노래와 율동, 놀이를 근간으로 하기에 한국어를 몰라도 시청이 가능한 콘텐츠들도 많다. 오디오보다는 비디오, 사진보다는 영상에 익숙한 세대들이기 때문에 얼마든지 언어의 장벽을 넘어 콘텐츠가 주는 즐거움을 누릴 수 있는 것이다.

알파세대로의 세대교체와 발전 가능성

시대는 빠르게 변화하고 있다. 키즈콘텐츠의 수요층이 모모세대에서 알파세대로 바뀌고 있다. 알파세대는 2011~2015년에 태어나 인공지능, 로봇 등 기술적 진보에 익숙한 세대를 뜻한다. 이들은 AI 스피커와 대화하면서 원하는 동요를 듣거나 동화를 읽어 주는 서비스를 받으며 성장하고 있다. 달리 말하면 사람이 아닌 기계와 소통하는 방식에도 익숙한 세대라는 뜻이다. 이제 이 알파세대가 키즈콘텐츠 시장의 대표적인 소비자가 된 것이다. 그들의 부모들도 주목할 만하다. 알파세대의 부모는 청소년기부터 인터넷을 사용해 모바일과 SNS 등 정보기술에 능통한 밀레니얼세대다. 알파세대의 부모들 또한 디지털 네이티브 못지않은 감각을 지니고 있다.

키즈콘텐츠의 경쟁력은 앞으로 더 강해질 것으로 예상된다. 그 이유로 다음의 다섯 가지 요인을 들 수 있다. 첫째, 키즈콘텐츠는 증강현실(AR), 가상현실(VR) 같은 신기술과의 결합이 가장 활발한 기술 친화적 장르다. AR과 VR의 결합은 의외로 교육 콘텐츠에 많이 쓰이고 있는데, 아이들의 상상력을 키울 수 있다는 점에서 앞으로 더욱 활성화될 것으로 보인다. 둘째, 키즈콘텐츠의 대부분을 차지하는 에듀테인먼트 장르는 멀티 플랫폼 전략 및 유료 VOD 서비스가 가장 용이하다. 또한 문구·완구·출판·시청각 교재·캐릭터 사업 등 OSMU가 쉽고, 커머스 연계 비즈니스도 매우 다양하게 진행할 수 있다. 콘텐츠 자체가 가진 매력과 커머스 연계 가능성이 가장 균형 있게 조화를 이루고 있는 장르가 키즈 분야다.

셋째, 높은 확장성이다. 현재는 미취학 아동 대상의 콘텐츠가 대다수지만, 향후엔 초등학생 대상의 교육·엔터테인먼트 콘텐츠뿐 아니라, 부모세대를 대상으로 한 '육아·양육' 분야까지 장르의 확장이 일어날 가능성이 높다. 넷째, 1인 크리에이터 콘텐츠 시장의 지속적인 인기도 키즈콘텐츠 시장의 성장 요인이 될 수 있다. 친숙함과 친밀함을 무기로 하는 1인 크리에이터 시장에

서, 현재 양적으로나 질적으로 성장세에서 가장 두각을 보이는
장르가 키즈콘텐츠 분야다. 마이린, 어썸하은, 라임튜브, 예빈이
같은 키즈 크리에이터들은 성인 크리에이터 못지않은 인기를 누
리며 차세대 유튜브 스타 자리를 노리고 있다.

　다섯째, 키즈콘텐츠는 글로벌 진출에 유리하다. 넌버벌(non-
verbal)이 가능한 데다 반복 시청률이 높은 어린이들의 특성상, 타
장르에 비해 전 세계의 팬을 확보하는 것이 수월하다. 실제로 유
튜브에서 시작한 〈캐리와 장난감 친구들〉이 라이선싱 판매를 통
해 중국에 포맷을 수출하였고, 〈뽀롱뽀롱 뽀로로〉를 비롯하여
〈핑크퐁〉, 〈콩순이〉 등의 국내 캐릭터들도 유럽, 북미, 아시아 등
세계적인 인기를 얻고 있다.[6]

　이처럼 플랫폼이 받쳐 주고 우수한 콘텐츠가 끌어 주고 반복
시청을 좋아하는 소비자들이 밀어 주는 형상이니 키즈콘텐츠 시
장의 전망이 어두울 리 없다. 여기에 오래도록 사랑받은 수 있는
콘텐츠 자체의 세계관과 양질의 스토리텔링이 뒷받침된다면 앞
으로 '제2의 뽀로로'와 '제2의 아기상어'를 기대할 수 있을 것이다.

6　유진희, 「콘텐츠 슈퍼 파워 '키즈(kids)', 그들의 마음을 잡아라!」, 『방송 트렌드
　 & 인사이트』, 2017년 3월호 참조.

2. 뉴미디어와의 만남과 스마트한 공존

뉴미디어 플랫폼의 위력

기술의 비약적인 발달은 플랫폼과 콘텐츠 소비 형태에 혁명적인 변화를 가져왔다. 새로운 비즈니스 모델이라는 점에서 뉴미디어 플랫폼은 엄청난 위력을 갖는다. 빠른 속도로 성장하는 세계적인 브랜드들이 플랫폼 기업이라는 점은 누구도 부인할 수 없는 사실이다. 키즈콘텐츠 분야도 마찬가지다. 키즈콘텐츠 제작자들은 개인과 기업을 불문하고 플랫폼의 기술과 네트워크, 사람과 조직, 자원 등을 가지고 인터랙티브한 미디어 생태계의 파이프라인에 동승하려 한다. 안정적인 플랫폼의 인프라를 활용함으로써 궁극적으로 콘텐츠 소비를 확대시키고 수익을 창출하기 위함이다.[7] 양방향 시스템으로 오픈된 새로운 플랫폼이 콘텐츠 생산자와 소비자 모두에게 기회로 작용하고 있는 것이다.

플랫폼 시장의 비약적인 발전을 추동한 근간에는 스마트폰이 자리한다. 2008년 스마트폰의 보급 이후 미디어 생태계는 크게 요동쳤다. 이제 TV와 스크린을 대신해 스마트폰이 미디어 시장의 필수 디바이스로 자리잡았다. 1인 미디어가 매스미디어를 대

---

7   박란, 『4.0시대 애니메이션 브랜드 전략』, 커뮤니케이션북스, 2019, 56쪽 참조.

체하면서 플랫폼을 매개로 한 콘텐츠 생산자와 소비자의 만남도 활성화되고 있다. 유튜브 크리에이터라는 새로운 직업의 탄생에서도 확인했듯이, 이제는 콘텐츠 생산자와 소비자의 경계도 무너지고 있다. 누구라도 콘텐츠를 만들 수 있고, 또 글로벌 네트워크로 촘촘하게 연결된 인터넷망과 플랫폼을 통해 자신의 콘텐츠를 유통하고 돈도 벌 수 있다. 이로써 나라와 언어의 경계를 뛰어넘는 글로벌한 유튜브 스타도 탄생하고 있다.

스마트폰의 등장으로 휴대전화의 기능과 활용도는 거의 무한대에 가깝게 진화하고 있다. 스마트폰에서 특정한 일을 하도록 만들어진 응용 소프트웨어인 애플리케이션의 등장은 이미 새로운 시대로의 전환을 예고하고 있었다. 스마트폰이라는 뉴미디어와 플랫폼의 결합으로 콘텐츠 소비 방식을 180도 바꾸어 놓았기 때문이다. 이제 소비자는 방송사의 편성표에 따라 움직이지 않는다. 자신이 원하는 시간에 좋아하는 콘텐츠를 선택해서 볼 수 있게 된 것이다. 채널 선택권에 이어 프로그램 선택권까지 소비자가 갖게 된 셈이다.

이러한 변화에 따라 키즈콘텐츠의 유통 방식도 달라지고 있다. 예컨대 TV와 케이블 TV처럼 일방향 미디어를 통해 유통되던 애니메이션은 플랫폼과 애플리케이션으로 다원화되면서 적극적으로 소비자를 찾아나서고 있다. TV를 통한 애니메이션 방

영과 파생 사업으로서의 완구 제작에 한정되었던 기존의 애니메
이션과 달리 이제 우리는 주류 미디어의 도움 없이도 다양한 애
니메이션과 영상동요, 영상동화 등을 만날 수 있게 되었다.

우리는 이미 〈아기상어〉의 성공 사례에서 뉴미디어와 플랫폼
의 결합이 가져온 막강한 위력을 실감했다. 핑크퐁이라는 귀여
운 분홍 여우를, 더핑크퐁컴퍼니라는 한국의 에듀테인먼트 기업
을 키즈콘텐츠 한류를 대표하는 기업으로 성장시킨 것도 이처럼
변화하는 시대의 물결에 유연하게 대처했기에 가능한 일이었다.
이제 아기상어는 전 세계 아이들이 가장 사랑하는 스타 캐릭터
이자, 가장 영향력 있는 인플루언서가 된 것이다. 단일 영상으로
조회 수 122억 회를 기록한 〈아기상어〉의 놀라운 기록을 단순히
콘텐츠 자체의 매력에서만 찾을 수 없는 이유다.

메타버스 시대, 키즈콘텐츠의 생존 전략

팬데믹 이후 우리의 삶이 디지털 중심으로 변화하면서 현실
세계와 가상세계를 잇는 메타버스의 중요성이 더욱 커지고 있
다. 메타버스는 '가상', '초월' 등을 뜻하는 영어 단어 '메타'(Meta)
와 우주를 뜻하는 '유니버스'(Universe)의 합성어로, 현실세계와 같
은 사회·경제·문화 활동이 이루어지는 3차원의 가상세계를 가
리킨다. 아바타를 활용해 단지 게임이나 가상현실을 즐기는 데

그치지 않고 실제 현실과 같은 사회·문화적 활동을 할 수 있다는 점에서 획기적인 기술로 평가된다.

한마디로 메타버스의 매력은 가상 공유 공간과 현실세계와의 융합에서 찾을 수 있다. 이러한 추세는 특히 팬데믹 이후 빠른 속도로 확산하고 있다. 비대면 사회가 일상화되면서 가상세계에 대한 관심이 높아졌고 사이버 공간에 대한 활용 기술이 발전하면서 화상 및 영상을 넘어 실제와 유사한 환경을 경험하는 가상 기술에 대한 수요가 증가하고 있기 때문이다.[8] 특히 게임산업을 중심으로 MZ세대의 관심이 뜨겁다. 일례로 국내에서 화제를 모으고 있는 네이버제트의 메타버스 플랫폼 '제페토'의 가입자 수는 2023년 3월 기준 누적 가입자 4억 명을 돌파했다. 제페토는 국내를 비롯해 미국, 프랑스, 일본 등 200여 개 국가에서 서비스 되고 있다.

---

8   정종기, 「급성장하고 있는 메타버스시장 전망과 메타버스 가치사슬」, 『오늘경제』, 2021.0830.

네이버Z의 메타버스 플랫폼인 '제페토'의 메인 화면

이 같은 변화를 반영하듯 2021년 7월, 페이스북의 창업자 마크 저커버그는 언론 인터뷰 및 2분기 실적을 발표하는 자리에서, 앞으로 페이스북이 소셜미디어 기업에서 메타버스 기업으로 변신한다고 선언했다. 그는 메타버스가 가장 명확한 형태의 존재감을 전달하는 기술이라며, VR, AR, PC, 모바일 기기, 게임 콘솔등 모든 컴퓨팅 환경에서 접속 가능한 플랫폼이 될 것으로 예상했다. 또한 모든 디바이스와 앱에서 메타버스에 접근할 수 있게될 것이며, 사용자들이 게임과 업무, 소셜 활동만이 아니라 가령 춤처럼 현재의 인터넷에서는 상상할 수 없는 일을 포함해 모든 것을 인터넷에서 할 수 있게 될 것으로 전망했다. 뉴미디어 시대에 접어들면서 4차 산업혁명의 물결에 발을 담그었다면, 이제는 메타버스라는 기술력을 통해 인류가 가상의 세계로 한 번 더 도약하는 것이다.

　그런가 하면 2021년 6월 초에는 미국 뉴욕의 해리 포터 스토어에 〈해리 포터〉 시리즈를 모티프로 한 VR 게임 체험 공간이 문을 열었다. 이 자리에서 워너브라더스는 VR 게임 개발사들과 손잡고 개발한 2종의 게임을 소개했다. 사용자는 VR 헤드셋과 센서를 착용한 채 마술봉을 휘두르거나 빗자루를 타며 미션을 수행한다. 조앤 K. 롤링의 소설에 등장하는 킹스크로스역에서 호그와트까지 이동하며 요정 도비를 도와 곳곳에 흩어진 각종 괴물과 신비한 생명체를 붙잡는 체험을 할 수 있다. 체험 공간 입구에는 〈해리 포터〉에 등장하는 킹스크로스역을 그대로 재현해 놓았고, 이곳을 거쳐 실제 VR 체험 공간으로 이동할 수 있다. 이를 통해 참가자들은 현실과 가상의 세계를 오가면 스스로 자신이 좋아하는 캐릭터가 되어 환상적인 체험을 하게 되는 것이다. 이 모든 것을 가능케 하는 것이 VR, AR 같은 증강현실 기술이다.

　이러한 사례에서 보았듯 이제 키즈콘텐츠도 변화하는 시대 상황에 발맞추기 위해 증강현실에 기반한 '실감콘텐츠' 제작에도 눈을 돌려야 한다.[9] 만화, 그림책, 동화, 애니메이션, 캐릭터, 영상동요, 교육, 놀이, 게임까지 키즈콘텐츠가 담아내지 못할 분

---

9   한국콘텐츠진흥원,『실감콘텐츠 글로벌 동향분석』, 2021, 참조.

야는 없다. 이 비옥한 토양 위에서 길러낼 열매가 무엇일지 고민
할 때다.

　이제 팬데믹에서 엔데믹의 시대로 접어들면서 메타버스의 활
용 가치도 달라지고 있다. 팬데믹 시기에 비대면 원격수업을 경
험한 아이들에게 메타버스는 자신의 또 다른 자아를 활용해 제2
의 삶을 영위할 수 있는 특별한 공간으로 인식되고 있다. 아이들
은 메타버스 안에서 자신을 닮은 아바타를 만들고 자유롭게 공
간을 이동하며 다양한 활동을 체험할 수 있다. 소회의실에서 그
룹 토론을 할 수도 있고, 증강현실과 가상현실을 이용하면 현실
에서는 위험할 수 있는 화산 폭발 실험을 해볼 수도 있다.

80개국 2000여 곳에 이르는 박물관과 문화기관이 보유한
문화예술 유산을 감상할 수 있는 구글아트앤컬처

대면수업으로 전환된 후에도 메타버스의 활용 가치는 무궁무진하다. 구글이 운영하는 VR 박물관 '구글아트앤컬쳐'는 좋은 사례다. 구글아트앤컬쳐를 활용하면 80개국 2,000여 곳에 이르는 박물관과 문화기관이 보유한 예술 유산을 이용자들이 자유롭게 감상할 수 있다. 아침에는 루브르박물관에 소장된 〈모나리자〉를 감상하고, 점심에는 스미스소니언 자연사박물관에 소장된 공룡화석을 관람하는 식이다.

무엇보다 교육 분야에 접목했을 때 나타날 수 있는 메타버스의 장점은 고위험, 고비용 문제로 학교에 적용하기 어려웠던 교육 활동을 가상으로 제공할 수 있다는 것이다. 실례로 메타에듀시스는 최근 '메타버스 해양안전 체험교육 VR' 콘텐츠를 선보였다. 이 콘텐츠를 활용하면 아이들은 위급상황 시 구조자가 올 때까지 물에서 버틸 수 있도록 생존수영을 가상공간에서 체험하게 된다. 이외에도 물에 빠진 사람을 구조하거나 선박사고 등의 실제 사고 시 대응 방법을 배우고 이를 직접 체험할 수 있다.

날씨 등의 이유로 외부에서 체육활동을 진행하기 어려울 때도 메타버스를 활용할 수 있다. 실례로 에어패스는 VR과 AR을 활용해 2022년 8월 기준 전국 약 450개 이상의 학교와 수련관에 VR스포츠센터를 만들었다. 학생들은 학교에서 접하기 어려운 양궁, 골프, 테니스 등 총 40개 이상의 체육활동을 메타버스를 통해 체험할 수 있다. 그런가 하면 비상교육은 VR 역사 답사 콘텐츠를 선보였다. 이 콘텐츠를 활용하면 아이들은 삼국시대부터 조선시대, 그리고 근현대사의 유적이나 역사 현장을 생동감 있게 접할 수 있다.[10]

장기적인 전략으로 한류의 미래가 되자

현재 미디어 분야에서도 4차 산업혁명을 지원하는 인공지능, 빅데이터, 사물 인터넷 기술 등을 미디어 서비스에 접목하는 시도가 나타나고 있다. 스마트폰을 비롯해 PC와 TV가 연동되어 VOD나 MCN(다중 채널 네트워크) 등과 같은 새로운 콘텐츠 소비도 증가하고 있다. 미디어 분야에서 디지털 기술은 상호 연결된 기술과 다양한 플랫폼을 기반으로 제품, 서비스, 장소 등의 사물과 인간을 연결하는 새로운 패러다임을 창출하고 있다.[11]

과거 키즈 산업의 중심축은 완구였다. 그리고 완구사업은 TV 애니메이션 방영을 통한 관심 유도로 완구 매출을 증가시키는 전형적인 비즈니스 모델에 의존하고 있었다. 완구 이외의 의류, 식품, 생활용품 등의 사업 영역도 TV, 라디오, 신문 등 전통적인

---

10 정연호, 「메타버스를 통한 생생한 경험… 교육에 몰입감을 더한다」, 『IT동아』, 2023.01.27.

11 김광호 외 『4차 산업혁명과 미디어의 미래』, 한국학술정보, 2018, 19~26쪽 참조.

미디어의 광고 홍보 메커니즘으로 움직이는 시장이었다. 그러나 이제는 시장의 판도가 달라졌다. 미디어 환경이 급격히 변화하면서 새로운 콘텐츠 IP가 탄생하고 있다. IPTV, OTT, 유튜브 같은 뉴미디어 플랫폼이 전통 미디어가 독점하였던 시장에서 엄청난 영향력을 발휘하면서, 뉴미디어에 기반하여 키즈 산업의 성장 루트가 마련된 것이다.

캐릭터 IP는 키즈콘텐츠의 인기가 커질수록 활용 기회가 더욱 넓어질 것이다. 1928년 최초의 유성 애니메이션 〈증기선 윌리호〉에 처음 등장한 이후 미키 마우스는 전 세계 캐릭터 IP를 대표하는 상징이 되었다. 애니메이션의 세계를 최초로 열었던 디즈니가 이제는 증강현실 그림책을 위한 라이브 텍스처링(live texturing) 기술을 개발하고 있다고 한다. 어린 시절 익숙하게 경험했던 색칠공부에 증강현실을 접목해 3차원의 입체적인 캐릭터로 만들어 주는 것이다. 그동안 애니메이션과 캐릭터를 기반으로 성장해 온 세계 최대 키즈콘텐츠 기업 디즈니의 다음 행선지는 어디일까. 아마도 점점 발전하는 디지털 기술을 활용한 인터랙티브 교육이나 놀이 사업일 가능성이 커 보인다.

미래 전망이 밝은 분야인 만큼 앞으로 키즈콘테츠 분야의 경쟁도 더욱 치열해질 것이다. 콘텐츠 유통 시장에도 변화가 있을 것으로 예상된다. 그동안 유튜브와 넷플릿스 같은 글로벌 OTT

사업자들의 경쟁은 심화될 것이고 새로운 도전도 이어질 것이다. 플랫폼 시장은 벌써 콘텐츠를 장르별로 세분화하고 있다. 애니메이션만 전문적으로 서비스하거나 유아동을 위한 에듀테인먼트 콘텐츠만 제공하는 작지만 알찬 플랫폼들도 꾸준히 늘고 있다.

앞으로는 영상과 애니메이션 콘텐츠를 직접 기획·제작·배포할 수 있는 역량을 두루 갖춘 콘텐츠 기업이 시장 경쟁에서 매우 유리한 위치에 서게 될 것으로 보인다. 전통적인 미디어인 대중매체에 의존하지 않고서도 자체 미디어 역량을 발휘하여 커머스, 교육, 공연 등의 사업 분야로 확장할 수 있게 된 것이다. 따라서 오늘날 키즈 산업에서의 경쟁력은 콘텐츠의 자체 제작 및 배포 능력에 기반한 콘텐츠 IP와 미디어 역량이 아닐 수 없다.[12]

이미 시장은 무한대로 커지고 있고 국가 간 장벽은 무너진 지 오래다. 이럴 때일수록 더욱 중요해지는 것이 스토리텔링의 힘이다. 이제 스토리텔링은 멀티미디어와 콘텐츠산업의 장을 주도하는 막강한 담화 장치이자 핵심 전략이 되었다. 나아가 스토리밸류(story value, 스토리에 몰입시키는 강도가 큰 서사), 다시 말하면 강력한 서사를 유발하는 스토리의 원형을 발굴해야 한다. 시장이

---

12   캐리소프트, 「사업보고서」, 2020, 참조.

넓어지고 소비자들이 선택할 수 있는 콘텐츠가 많아질수록 양질의 콘텐츠에 대한 수요는 증가할 수밖에 없다. 〈뽀롱뽀롱 뽀로로〉와 〈아기상어〉의 성공으로 한국 키즈콘텐츠의 위상도 달라졌다. 기술력 또한 충분히 갖추고 있다. 이제 K-키즈콘텐츠 산업은 도약기에 접어들었다. 더 이상 선행 콘텐츠의 성공에 기대서는 안 된다. 이제는 제2의 뽀로로와 제2의 아기상어를 키워내야 할 때다. 당장 눈앞에 보이는 성과에 일희일비하지 말고 5년, 10년 후를 내다보며 장기적인 전략으로 키즈콘텐츠 한류의 미래를 열어가야 할 때인 것이다. 그 해답이 스토리텔링과 뉴미디어 기반 기술력의 결합에 있음은 자명한 사실이다.

참고문헌

강일용, 「한국 애니메이션 세계 진출은 유튜브와 함께」, 『IT동아』, 2016.09.30.

김새미, 「뉴미디어와 한류콘텐츠 지원정책 연구: 동남아시아 지역을 중심으로」, 『국제학
논총』 제33집, 계명대학교 국제학연구소, 2021.

김광호 외, 『4차 산업혁명과 미디어의 미래』, 한국학술정보, 2018.

김영은, 「'신한류' 만드는 한국의 키즈 콘텐츠」, 『한경비즈니스』, 2017.03.14.

박수호, 「해외 매출 80%, 영업이익률 30%… 스마트스터디 10년의 기록, K콘텐츠 신기록
작성은 '진행형'」, 『매경프리미엄』, 2020.06.11.

박란, 『4.0시대 애니메이션 브랜드 전략』, 커뮤니케이션북스, 2019.

유진희, 「콘텐츠 슈퍼 파워 '키즈(kids)', 그들의 마음을 잡아라!」, 『방송 트렌드 & 인사이
트』, 2017년 3월호.

정연호, 「메타버스를 통한 생생한 경험… 교육에 몰입감을 더한다」, 『IT동아』,
2023.01.27.

정종기, 「급성장하고 있는 메타버스시장 전망과 메타버스 가치사슬」, 『오늘경제』,
2021.08.30.

진달용, 「디지털 플랫폼 시대의 한류 소통 방식의 변화」, 『국어문학』 제77호, 국어문학회,
2021.

캐리소프트, 「사업보고서」, 2020.

한국콘텐츠진흥원, 『실감콘텐츠 글로벌 동향분석』, 2021.

한류총서를 발간하며

한류가 어떤 가치와 표현을 지향하는지를 묻는 이가 있다면 우리는 백남준의 미디어아트 「다다익선」(1988)을 상기시키고 싶다. 이 작품은 한국의 개천절을 상징하는 1003개의 텔레비전과 모니터들을 쌓아 올려 한국의 전통 건축물인 13층 나선형 불탑 모양으로 조형한 영상탑이다. 백남준의 예술생애에서 가장 웅장한 작품이라고 할 만한 높이 18.5m에 이르는 「다다익선」은 서울올림픽 개막 이틀 전인 1988년 9월 15일 처음 공개되었다. 벌써 35년 전에 제작된 노후한 작품이기에 2003년 낡은 텔레비전 모니터를 삼성전자 제품으로 전면 교체하는 수술을 받았고, 2018년에는 누전 상태로 폭발 위험까지 있다는 한국전기안전공사의 검진 결과로 인해 3년간의 대수술을 받았다. 중고 모니터와 부품을 수거하여 이미 단종된 737대의 모니터를 수리하고 교체하였으며, 손상이 많은 브라운관 266대는 새로운 평면 디스플레이

(LCD) 투사 방식의 제품으로 교체하였다. 과열을 방지하는 냉각 설비를 갖추고 「다다익선」에서 상영되는 8개 영상들은 디지털 방식으로 변환해 복구하였다.

2022년 「다다익선」 재가동을 기념한 퍼포먼스 현장에서는 백의민족을 상징하는 흰옷을 입은 춤꾼들이 영상탑을 휘돌며 탑돌이 퍼포먼스를 했다. 한국의 전통 건축물과 동서양의 건축과 사람들이 출몰하는 영상들은 탑의 형상을 한 모니터 안에서 제각기 흩어지다 모이는 듯 어우러지며, 신성한 문자나 색색의 도형들이 우주의 심연으로 스며드는 듯한 신비감을 연출한다. 마치 우주와 인간, 정신과 물질의 모든 측면을 음양오행으로 압축하여 생각하고 느끼는 한국인의 정서가 크고 작은 첨단의 큐브형 조형물에서 스며 나오는 듯하니 놀라운 일이다.

「다다익선」은 국수 한 그릇도 자연원리를 함축한 음양오행에 따라 오색고명을 올리는 한국인의 감각을 전달한다. 텔레비전 브라운관이 다섯 가지 기본색의 색점으로 모든 것을 조합해 표현하듯, 한국인들은 보자기의 배색과 형태 분할에도 몬드리안의 추상화의 기법을 숨겨 놓았다. 사람에게 체질이 있듯 형태와 방위와 시간에도 특질과 빛깔이 있다. 한국인은 동쪽의 청색, 남쪽의 적색, 서쪽의 백색, 북쪽의 흑색, 중앙의 황색 등 5가지 근본색을 오방색으로 규정했다. 삶의 모든 아름다움을 표현하기 위해 치자, 쪽물, 소목 등 자연의 모든 것을 활용해 간색을 만들어 내기도 했다. 화려하고 웅장한 궁궐 단청에도, 자그만 노리개 하나에도 올망졸망 오색이 어우러진 정교한 프랙털(fractal)의 색채 감각을 즐겨 사용하였다. 한국인들은 그 어떤 음식을 만들건 누구의 집을 짓건, 세상의 이치가 녹아 있는 오방색을 프랙털의 원리처럼 사용했다. 큰 것 밖에는 무한히 더 큰 것이 가능함을 알기에 오만함을 경계했다. 작은 것 안에는 더 작은 것이 포개져 있음을 알기에 연민을 갸륵하게 여겼다. 한국인들의 문화와 예술에서 색깔은 단순한 빛깔이 아니라 더 깊은 의미를 담고 있다. 그것은 방위와 계절을 함축하고 나아가 종교적이며 우주적인 철학을 담고 있기도 해서, 한국인들은 오방색을 예술가의 미의식과 용도와 분수에 맞게 사용하였다.

아이에게 입히는 배냇저고리 하나에도 의미를 입히는 한국인의 심성과 문화를 아는 이들이라면, 〈오징어 게임〉에서 가장 먼저 확 눈에 뜨이는 색채의 프랙털을 놓치지는 않았을 것이다. 그것이 대량생산된 복제품들을 '다다익선'마냥 쏟아내는 자본주의에 대한 비판이나 빈자들의 이야기가 아님도 살폈을 것이다. 감시인의 붉은 복장이 왜 벽사의 빛깔인지, 왜 빈자들의 추리닝은 황색과 청색의 간색인 초록이어야 하는지도 눈치챘을 것이다. 한국인에게 예술은 곧 사람이고, 사람은 천지를 환히 보여 주는 텔레비전이고 희로애락에 감응하는 신령한 매질이었다. 인간이 하늘이고 하늘은 지상에 포개져 있었다. 마치 백남준이 영상탑으로 감추는 듯 드러내던 인내천(人乃天)의 심의처럼 말이다

'한류총서' 1차로 발간되는 몇 권의 책들은, 저자마다 각기 다른 장르 영역에서 한류의 현황을 점검하고 한국인들에게는 자연스러운 표현과 이야기들이 왜 '한류'라고 불리고 한국적인 것이라고 느껴지는지, 도대체 한류는 무엇인가를 질문하듯 탐색해가고 있다. 시대가 필요로 하는 인문학의 가장 소중한 동반자가되어 온 젊은 출판사 역락의 '한류총서'가 독자에게 행복하게 다가갈 수 있기를 소망한다.

기획위원

오형엽(한국문학평론가협회 회장, 문학평론가, 고려대학교 교수)

허혜정(문화평론가, 콘텐츠 기획자, 숭실사이버대학교 교수)

이공희(영화감독, 아시아인스티튜트 미디어아트센터장)